Quanto mais ele procurava
por ela, mais ela dizia não...
Até que negar tornou-se impossível.

Se Você Fosse Minha

Bella Andre

Tradução

Ivar Panazzolo Júnior

Novo Conceito

2ª Impressão — 2013

Produção Editorial:
Equipe Novo Conceito
Imagem de Capa: Shutterstock
Impressão e Acabamento Geográfica 021013

Este livro segue as regras da Nova Ortografia da Língua Portuguesa.

Dados Internacionais de Catalogação na Publicação (CIP)
(Câmara Brasileira do Livro, SP, Brasil)

Andre, Bella
Se você fosse minha / Bella Andre ; tradução Ivar Panazzolo Júnior.
-- 1. ed. -- Ribeirão Preto, SP : Novo Conceito Editora, 2013.

Título original: If you were mine
ISBN 978-85-8163-275-9

1. Ficção norte-americana I. Título.

13-06001 CDD-813

Índices para catálogo sistemático:
1. Ficção : Literatura norte-americana 813

Novo Conceito

Rua Dr. Hugo Fortes, 1.885 — Parque Industrial Lagoinha
14095-260 — Ribeirão Preto — SP
www.editoranovoconceito.com.br

CAPÍTULO UM

Zach Sullivan olhou contrariado para a bola de pelos que estava mastigando seu cadarço.

— De jeito nenhum! — Ele moveu o pé para tentar se livrar daquela criaturinha. Mesmo assim, embora ela fosse minúscula, a infeliz até que era insistente. Ele grunhiu um pouco e ela balançou o rabo enquanto renovava o ataque contra o sapato. Seu sapato novo.

— Sophie adora cães. Pergunte a ela.

Ele ergueu os olhos e viu o sorrisinho de Gabe. Bem, fazia muito tempo desde que dera uma lição no irmão mais novo por rir dele daquele modo.

— Sophie já tem muitas coisas com que se preocupar no momento, como a gravidez e o casamento com Jake — disse-lhe Gabe. — Chloe e Chase estão para ter o bebê a qualquer momento. Marcus e Nicole estão sempre viajando. Ryan praticamente mora no estádio de beisebol, agora que a temporada dos jogos começou. E eu não confiaria em Lori para cuidar de um cachorro, mesmo se ela fosse a última pessoa na face da Terra. Pode acreditar em mim, você estava no final da minha lista de pessoas que poderiam cuidar da cadela enquanto estamos de férias, mas Summer insistiu que você *precisava* ficar com Ternurinha.

Zach quase vomitou.

— Ternurinha?

— Foi o nome que Summer escolheu para ela.

Os dois olharam para a cadela.

— Acho que o nome combina bem.

Gabe era incrivelmente protetor em relação a Summer, a filha de sua noiva, Megan. Zach sabia que zombar do nome daquela cadela seria uma má ideia, mesmo que fosse o pior nome possível para um cão.

— Veja bem — insistiu Gabe. — Summer está convencida de que você é a pessoa perfeita para cuidar desse filhote. Por alguma razão que nenhum de nós conseguiu descobrir, ela acha que você não pode fazer nada de ruim. Não a decepcione, Zach.

Zach sempre considerara Summer uma excelente pessoa, mesmo que ela tivesse apenas 7 anos. Até agora, quando estava tentando lhe empurrar uma cadela que ele não queria, durante duas semanas. Especialmente porque nenhum filhote de cão poderia se encaixar em sua vida, nem mesmo durante dois dias.

Sua rotina diária — e noturna — girava em torno de carros velozes e mulheres bonitas. Que diabos ele iria fazer com uma cadela?

Balançando a cabeça negativamente, Zach disse:

— Você realmente perdeu o controle, Gabe, deixando duas mulheres mandarem na sua vida.

Zach ainda estava surpreso com a mudança que tinha ocorrido com seu irmão — não somente em relação a Megan, mas também em relação à filha dela. E não fora somente Gabe a cair no poço sem fundo do "verdadeiro amor". Chase, Marcus e Sophie também despencaram por ele.

A mãe de ambos ficara empolgadíssima, sabendo que havia bebês e mais casamentos a caminho envolvendo os Sullivans. Zach estava feliz por ela estar feliz. Desde que não alimentasse qualquer esperança de que ele viesse a se apaixonar.

Porque isso *nunca* iria acontecer.

Mas Gabe, com certeza, não se importava se havia perdido o controle, ou com o fato de que nunca mais conseguiria cantar uma garota desconhecida em um bar para fazer sexo quente e intenso. Especialmente porque parecia estar muito feliz com essa situação, a ponto de lhe causar asco.

— Não estou pedindo para você vestir a cadela com roupinhas cheias de babados ou passar o dia inteiro rolando na grama com ela. Só preciso que a mantenha alimentada, limpa e saia para passear com ela enquanto estivermos viajando. E então? Você vai topar, ou terei que contar a verdade para Summer, dizer a ela que estava errada ao pensar que você tinha um bom coração?

Como se quisesse enfatizar a pergunta de Gabe, Ternurinha finalmente largou o cadarço de Zach e olhou para ele com os enormes olhos castanhos, a pequena língua cor-de-rosa lambendo os bigodes como se acabasse de degustar uma refeição verdadeiramente saborosa.

Caramba, ele sempre fora vulnerável ao olhar de cão sem dono!

Não ficou feliz com a situação, mas imaginou que poderia suportar aquilo por duas semanas enquanto Gabe, Megan e Summer viajavam pela Europa para ver castelos, princesas e qualquer outra coisa sobre a qual Summer comentara, sem parar, durante o almoço do domingo anterior.

A reputação de mulherengo de Zach era merecida, e era exatamente assim que ele queria que fosse: nada de envolvimentos profundos com os quais teria de se preocupar no futuro, nenhuma mulher que ele tivesse que decepcionar ou deixar para trás algum dia. Mas, com sua família, as coisas eram diferentes. Seus irmãos significavam tudo para ele.

— Tudo bem — acabou concordando, fazendo uma careta para a cadela. — Eu fico com ela. Aliás, qual é a raça?

Seu irmão sorriu, sem se preocupar em esconder um prazer maligno por Zach ter aceitado.

— Uma yorkshire terrier. Evidentemente, é uma das grandes.

— Grande? — Zach se curvou, segurou-a com dois dedos na região atrás do pescoço e levantou-a, antes de colocá-la novamente no chão ao lado do seu sapato. — Duvido que pese mais do que um quilo.

— Quase um quilo e meio — disse Gabe e depois foi até a porta do escritório de Zach e voltou com uma enorme caixa de papelão. — Aqui estão as coisas dela.

Zach sabia qual era a finalidade das vasilhas e da comida, mas todo o resto parecia ter sido tirado de uma caixa de brinquedos de uma sala da pré-escola.

— Por que uma cadela de um quilo e meio precisa de tanta coisa durante duas semanas?

Ele tinha uma sensação ruim em relação a tudo aquilo, prevendo que 14 dias poderiam facilmente se transformar em um período muito mais longo se ele não tomasse cuidado.

Gabe deu de ombros.

— Estamos com ela há somente dois ou três dias, e Summer é quem está cuidando dela por enquanto. O momento realmente não é oportuno para deixá-la, mas eu sei que Megan irá lhe agradecer muito pela ajuda que está nos dando.

Irritava-lhe o fato de que todos já tinham certeza de que ele aceitaria cuidar da cadela mesmo antes de ser consultado a respeito, mas não tanto quanto naquele exato momento, quando Ternurinha decidiu se agachar sobre o bico do seu sapato e esvaziar a bexiga.

Uma bexiga surpreendentemente cheia.

— É melhor você voltar para pegá-la em duas semanas — avisou Zach, em voz baixa. — Ou ela irá direto para o canil da prefeitura.

A risada de Gabe ressoou pelo ambiente antes que, inteligentemente, ele saísse correndo em direção ao seu carro.

Heather Linsey estava encerrando a aula com os alunos da sua sala de certificação em nível preliminar para treinadores de cães quando seu celular tocou. Ela o pegou, mas, quando viu o nome que apareceu no aparelho, enfiou-o rapidamente de volta no bolso.

— Eu posso dar as informações aos alunos sobre as próximas aulas, se você precisar atender — disse Tina, sua assistente.

Heather forçou-se a sorrir.

— Não se preocupe.

Mas seu cérebro não estava totalmente focado nos alunos quando ela os parabenizou pelo esforço no curso e disse-lhes que estaria à disposição para ajudá-los com o que precisassem quando estivessem montando seus próprios negócios. Depois de terminar com um lembrete sobre o evento de caridade Bark in the Park, que aconteceria no estádio de beisebol na sexta-feira seguinte, e sobre o leilão beneficente na noite de sábado, ela voltou ao seu escritório, seguida por Atlas, seu dogue alemão.

Heather fechou a porta antes de pegar outra vez o telefone e colocá-lo sobre a escrivaninha. Sentiu vontade de simplesmente apagar aquela mensagem, mas, devido a experiências anteriores, sabia que seria melhor descobrir o que seu pai queria.

"Querida, eu esperava poder falar com você, em vez de deixar recado na sua caixa postal", começou ele, e Heather ficou impressionada com a força com que ele demonstrava seu sentimento de negação. Será que não percebia que ela não atendia às suas ligações há vários anos? Heather esfregou as mãos nos braços enquanto ele prosseguia: "Vou viajar a São Francisco a negócios na semana que vem e estou pensando em levar sua mãe comigo. Faz muito tempo desde que vimos nossa filha pela última vez e nós dois estamos com saudade".

A pele nos braços de Heather começou a se eriçar e depois a arder, acompanhando as cicatrizes entrelaçadas que lhe subiam dos pulsos até acima dos cotovelos, circundando seus braços como um todo. Quase dez anos depois, as cicatrizes eram sutis o suficiente para que ela não precisasse usar blusas de manga comprida o tempo inteiro para escondê-las. Mas, embora os cortes houvessem sarado no decorrer dos anos, ela sempre sentia resquícios daquela dor quando precisava lidar com o pai. Quase como se voltasse a ter 17 anos outra vez, trancando-se em seu quarto para tentar lidar com as emoções fora do controle. Para tal, fazia pequenos cortes na pele com uma lâmina de barbear e observava o sangramento.

Ao ouvir a voz do pai de Heather, Atlas não foi deitar em sua enorme almofada, que ficava no canto do escritório. Em vez disso, permaneceu ao lado dela e colocou a enorme cabeça sobre o seu colo. Heather parou de esfregar os braços e passou a lhe acariciar a cabeça.

"Me informe sobre a sua programação para que possamos planejar alguma coisa em família. Sua mãe manda beijos."

A mensagem terminou e ela olhou fixamente para o telefone em sua escrivaninha, com a mão deslizando sobre a pelagem curta e macia de Atlas. Não conseguia acreditar que ainda estavam naquele jogo em que seu pai tentava agir como se tudo estivesse normal e eles tivessem um relacionamento perfeito. Principalmente quando ele sabia que ela *também sabia* que nada era perfeito, que o casamento "perfeito" dele com sua mãe e o relacionamento "carinhoso" com a filha não passavam de uma grande e estúpida mentira.

Ela ouviu uma batida na porta que a arrancou dos pensamentos sombrios.

— Entre.

Agnes Mackelroy, uma bela mulher de meia-idade de quem Heather gostava muito, enfiou a cabeça pelo vão da porta.

— Bom dia, Heather. Gostaria de conversar com você por alguns minutos. — Apesar do sorriso de Heather, a mulher pareceu pressentir que havia algo errado. — Está tudo bem?

Heather assentiu rapidamente.

— É sempre ótimo ver você.

Era verdade. Ela sempre ficava muito feliz ao ver Agnes e seu cão, Joey, especialmente se aquilo significasse que ela não teria mais que pensar em seu pai.

Agnes havia sido uma das primeiras clientes de Heather na Top Dog, quando a tinta ainda estava secando nos cartões de visita da empresa. Durante os últimos anos, ela fizera dúzias de recomendações à sua família e amigos para que Heather trabalhasse com seus cães.

Heather se ajoelhou para dizer olá ao chow chow de Agnes.

— Olhe só para você, com esse joelho novo — disse ela, coçando o queixo do cão exatamente onde ele mais gostava. Atlas não demorou a afastá-la para dizer olá também. — Pelo que estou vendo, ele está se recuperando bem da cirurgia — disse ela a Agnes.

— Maravilhosamente! Já voltou a ser o velho Joey de sempre, cavando buracos no meu jardim pela manhã, ao meio-dia e à noite.

Heather teve que rir daquele comentário, embora tivesse trabalhado duro com Agnes e Joey para tentar eliminar esse comportamento do cão durante o ano anterior.

— Quer que eu vá até a sua casa para ver se podemos fazer com que ele celebre de alguma maneira diferente?

— Não, estou perfeitamente feliz em deixar que Joey se divirta. Eu não me importava tanto assim com as cores das begônias — disse Agnes, com um gesto dramático. — Na verdade, vim aqui por causa de um grande amigo que está cuidando de um filhote.

— Bem, você me procurou na hora certa. Acabei de concluir o curso de treinamento para um grupo e tenho vários novos treinadores que adorariam poder ter suas primeiras experiências na área. Quer que eu lhe passe os telefones de alguns deles?

— Eu esperava que você estivesse disponível para ajudá-lo pessoalmente — protestou Agnes.

A empresa de Heather e sua equipe de funcionários especializados em treinar cães cresceram tanto durante os últimos três anos que ela passava a maior parte do tempo administrando o negócio. Embora ainda adorasse poder sair do seu escritório para brincar com os cães que entravam e saíam do seu *campus* de treinamento, ela agora raramente atendia pessoalmente a clientes individuais. Mas não conseguiu dizer não a Agnes, que fora responsável por muito do seu sucesso inicial.

Reorganizando mentalmente a sua movimentada agenda, Heather indagou:

— Qual é o nome do seu amigo?

— O nome dele é Zach — disse Agnes.

Alguma coisa parecida com um arrepio desceu pela espinha de Heather ao perceber o tom quase de admiração na voz da mulher. Ainda assim, sabia que Agnes tinha um casamento feliz.

— E eu sei o quanto ele ficaria grato se você pudesse conversar com ele ainda hoje de manhã, na oficina onde trabalha. Receio que a pobre yorkshire esteja deixando o homem louco.

Heather anotou o endereço da Sullivan Autos e abraçou Agnes e seu cão quando se despediram.

Ela imaginava que o chefe de um mecânico não ficaria muito feliz em ter um filhote ensandecido correndo pelo interior de uma oficina. Sem mencionar que, definitivamente, esse não era o ambiente mais adequado para um cão sem treinamento.

— Pronto para ir brincar com um filhote?

As orelhas de Atlas se empinaram quando o cão ouviu sua palavra favorita. Heather sempre achou incrível o quanto o seu dogue alemão de 80 quilos adorava brincar com filhotes, mesmo que eles tivessem a tendência de mordê-lo com dentes que ainda estavam nascendo e de usar as unhas afiadas para subir em suas costas largas, sem qualquer preocupação com a própria segurança.

Ela suspeitava que a razão estaria relacionada com o fato de, ainda no início da vida, o próprio Atlas não ter sido tão descuidado. Mas ele obviamente adorava estar às voltas com o caos indomado que era um filhote.

O dia estava quente e ela amarrou seus longos cabelos em um rabo de cavalo enquanto pegava a bolsa de treinamento e ia em direção ao seu carro. Atlas saltou para o banco traseiro, enfiando imediatamente a cabeça pela janela aberta, já esperando poder sentir o vento em seu pelo, com a língua balançando para fora da boca.

Dez minutos depois, Heather estacionou em frente à Sullivan Autos e colocou a coleira em Atlas. Ela viu meia dúzia de homens na oficina e, embora seu cão fosse muito mais comportado perto de homens agora do que quando o levara para casa pela primeira vez, há quatro anos, ela se preocupou com a possibilidade de que estar perto de vários homens grandes no mesmo lugar poderia ser demais para ele. Não ficou surpresa quando o dogue alemão se manteve próximo a ela. A rigidez da postura das suas orelhas e do rabo eram um sinal claro de que Atlas não estava completamente relaxado.

— Está tudo bem — disse ela, acalmando-o, acariciando-o gentilmente entre as orelhas. — Vamos somente brincar com um filhote, lembra-se? — A língua do cão saiu pela boca ao ouvir aquela boa notícia, e ela sorriu ao lhe garantir: — Isso mesmo, não temos nada com que nos preocu...

— *Onde está aquele cão desgraçado?* — um grito soou nesse momento.

CAPÍTULO DOIS

O grito de frustração rasgou os sons corriqueiros da enorme oficina mecânica, e tanto Heather quanto Atlas entraram em modo de alerta vermelho. Ela imediatamente começou a procurar pelos possíveis esconderijos nos quais um filhote poderia estar num lugar como aquele... especialmente se estivesse com medo do seu novo dono.

Seu dogue alemão a puxou em direção a uma cerca viva do outro lado do estacionamento e ela o seguiu. Se alguém era capaz de encontrar um filhote perdido e indefeso, esse alguém era Atlas. Ele parou em frente a um pedaço grosso da cerca viva na beirada do estacionamento, ganiu e mexeu na terra com a pata.

Heather deixou cair a correia e se abaixou, apoiando-se sobre as mãos e os joelhos para inspecionar o local. Ah, sim, era capaz de ver pelos negros e marrons por entre as folhas e galhos.

— Oi, belezinha — disse ela, com a voz suave. — Quer sair e conhecer um amigo que eu trouxe para brincar com você?

Infelizmente, naquele momento, o homem gritou outra vez.

— É melhor você voltar aqui com esse traseiro peludo!

Claro, o filhote não se moveu um milímetro. E por que o faria, se tudo que o aguardava era mais uma rodada de gritos, ou talvez algo ainda pior?

Esperando não terminar com dentes ferozes fincados ao redor da sua mão ou tornozelo, Heather começou a abrir caminho por entre os galhos, que lhe arranhavam as pernas, expostas porque usava short, mas estava concentrada demais no filhote para prestar atenção aos cortes e arranhões.

Um galho mais longo se prendeu em sua camiseta de mangas compridas e ela percebeu que não conseguiria avançar mais. Quebrando alguns dos galhos, finalmente conseguiu se agachar e ficar no mesmo nível do olhar do cão. Enfiando a mão no bolso, rezou para que ainda tivesse uma migalha de algo comestível, alguma sobra de alimento que tivesse ficado por ali desde a última vez que usara aquele short.

Grata por ter se esquecido de lavar as roupas na noite anterior, ela encontrou um pequeno pedaço de salsicha.

— Hummmm. Esse cheiro não é uma delícia?

Havia imaginado que o filhote estaria tremendo no meio dos arbustos, mas, agora que estava mais perto, percebeu que o animal não parecia assustado.

Ele estava brincando.

E, claramente, pela maneira com que todo o seu corpo vibrava de alegria, o filhote achava que o fato de Heather estar presa nos arbustos à sua frente era hilário.

Apesar de se encontrar presa no meio de vários ramos espinhosos, ela tinha que concordar que, de certa forma, a situação era engraçada.

Sabendo que, naquele momento, era uma questão de esperar que o pequenino ou pequenina se cansasse da brincadeira, ela se sentou sobre os calcanhares e olhou para cima, por entre os galhos e folhas. As nuvens lentamente mudaram de forma no céu azul acima dela. Enfiar-se no meio de um arbusto poderia não ser um modo muito adequado para descansar num dia movimentado, mas ela percebeu que estava satisfeita em poder relaxar por alguns instantes.

Infelizmente, ainda conseguia ouvir o dono gritando enquanto procurava o cão, e jurou que teria uma conversa séria com ele assim que estivesse com o filhote nas mãos.

— Eu também não iria querer sair daí, se fosse você — disse ela ao cãozinho com uma voz suave. — Mas não se preocupe. Atlas e eu não deixaremos que nada de ruim lhe aconteça.

Ela tinha uma empresa especializada em treinamento, não em resgate. Mesmo assim, se percebesse que um dono e um cão não eram compatíveis, fazia tudo que estivesse ao seu alcance para que pudesse cuidar do cão.

— Está tudo bem aí, garotão? — ela perguntou a Atlas.

Heather ouviu o impacto do rabo do dogue alemão contra o asfalto em resposta.

— Pelo jeito, Agnes nos enviou em uma bela aventura, não foi?

Aquilo não fazia sentido. Como era possível que o homem que estava gritando e xingando o filhote fosse amigo de uma mulher gentil como Agnes? Após ver a mulher interagir com o cão que adorava, Heather pensara que o cliente que iria treinar seria mais sensível do que estava demonstrando.

De repente, uma língua úmida pressionou a palma de Heather e ela olhou para baixo. O filhote estava tentando subir em seu colo enquanto mastigava o petisco.

— Ora, olá para você também — disse ela para o belo e meigo yorkshire.

Gentilmente, colocou uma das mãos nas costas do filhote e este emitiu um som alegre, conforme tentava se aproximar ainda mais dos dedos de Heather. Ela passou alguns momentos massageando o pelo incrivelmente macio, mas, como o dono ainda estava gritando à procura do cão, ela sabia que não poderia ficar ali para sempre.

— Que tal irmos procurar uma bela vasilha cheia de água para você? — E acrescentou em pensamentos: *E algum outro dono bem melhor, de preferência.*

Ela aconchegou o cão em seus braços para protegê-lo dos galhos e lentamente começou a se afastar, saindo dos arbustos em marcha a ré. Riu quando o filhote lambeu seu queixo, embora os arranhões em suas pernas aumentassem.

Desajeitadamente, Heather ainda estava tentando se arrastar para longe da terra, apoiada sobre uma das mãos e os joelhos, enquanto segurava o cão que se contorcia, quando ouviu passos por trás de si, juntamente com o rabo de Atlas batendo contra o asfalto outra vez.

Ao virar a cabeça o máximo que pôde para olhar por cima de seu ombro, percebeu um par de botas marrons no chão ao lado de seu cão.

— Encontrou essa peste?

Apertando os dentes, ela respondeu:

— Se você está se referindo à cadela, sim, eu a encontrei presa neste arbusto.

Bem, talvez *presa* não fosse exatamente a definição verdadeira, já que o cão estava claramente brincando de esconde-esconde, mas aquilo que o dono desconhecia não lhe faria falta. Além disso, devia lealdade ao filhote em seus braços, não a um homem que não tinha qualquer noção de como cuidar de um animal.

Heather continuou tentando se livrar dos arbustos, que, infelizmente, pareciam querer mantê-la aprisionada para sempre. Somente mais meio metro e ela estaria livre para dizer ao homem de botas marrons exatamente o que pensava.

Ela sentiu uma gota de suor escorrer enquanto tentava erguer o corpo, mas, não importava o quanto puxasse, não conseguia se mover mais do que alguns centímetros em qualquer direção. Frustrada por estar de quatro na frente de um estranho, com os joelhos arranhados ardendo furiosamente, ela se jogou para trás com um movimento brusco. Entretanto, com exceção de um rasgo em sua camiseta na altura das costelas, não conseguiu se livrar.

— Espere, tem um galho que a está prendendo.

A voz do homem, quando não estava gritando com cãezinhos indefesos, tinha um timbre atraente e profundo que parecia atravessar suas veias.

Ela sentiu o estranho deslizar a mão por cima das suas costas e soltar sua blusa do galho que a tinha aprisionado. Será que fora intencional roçar-lhe a espinha com os dedos? Ela prendeu a respiração até que ele terminasse.

Independentemente de ele estar fazendo aquilo de propósito ou não, a reação que Heather sentiu foi intensa.

Ela não deveria sentir como se o homem tivesse acabado de acariciá-la.

Heather esperava que Atlas grunhisse para o homem que ousara tocá-la, mas, em vez disso, o cão simplesmente continuou balançando o rabo.

Ela não conseguia acreditar. Depois de uma vida inteira desconfiando de todos os homens que encontrava pela frente, Atlas não iria se encantar instantaneamente justo por esse homem, não é?

— Pronto — disse o homem, finalmente. — Aqui, me dê a mão para que eu a ajude a se levantar.

Ele não lhe deu tempo para concordar ou se esquivar. Simplesmente moveu aquela palma calejada até tocar na pele macia da mão de Heather e puxou-a para que se erguesse. Ela sentia que suas pernas estavam com cãibras após ficar tanto tempo naquela posição desconfortável, e o sangue fluiu rápido demais por suas panturrilhas e pés. Sem conseguir se firmar, ela se desequilibrou e acabou se inclinando sobre ele, pressionando-lhe o peito com o ombro.

Ainda segurando na mão de Heather, ele disse:

— Pronto, peguei você. — E colocou o outro braço ao redor da cintura dela para evitar que tropeçasse com o cão no colo.

Heather ficou chocada ao perceber o quanto a sensação de ter os braços dele ao seu redor era agradável. Tão atordoada, de fato, que, quando ele disse "Vou tirá-la das suas mãos agora", ela quase deixou que ele lhe arrancasse o filhote das mãos.

Mas, apesar da maneira confusa como seu corpo se comportava, Heather não se esquecera de como o homem havia gritado quando procurava pelo cão, ou o quanto parecia estar irritado.

Então se afastou dos braços dele, finalmente trazendo a mão livre para segurar o cão mais perto do corpo para protegê-lo.

— Não — disse, finalmente olhando-o no rosto. — Não acho que isso seja uma boa ide...

Ela deu mais um passo para trás, mas, desta vez, sua ação não teve nada a ver com o cão que tinha nos braços. Heather nunca entendera as amigas que viviam babando em cima de fotos de homens bonitos, e sempre imaginara que não fosse uma pessoa muito visual.

Agora, percebia finalmente que seu olhar nunca se detivera sobre o homem certo.

Após cinco segundos observando aqueles cabelos escuros, o rosto perfeito, olhos azuis e ombros largos, o coração de Heather começou a bater rápido demais. Sua boca secou, suas palmas ficaram úmidas e a respiração acelerou. Sem mencionar o fato de que sua parte mais íntima estava ficando mais quente e excitada.

Nunca, em seus 27 anos, ela sentira uma reação física tão forte em relação a um homem.

O que havia de errado com ela?

Forçando suas sinapses a voltarem a funcionar como deveriam, ela indagou:

— Este filhote é seu?

Ele baixou os olhos, focando-os na cara meiga da cadela.

— Infelizmente.

Palhaço.

— Eu soube que você está interessado em meus serviços de treinamento para animais — disse ela. — Mas receio que...

— Você é treinadora de cães? — perguntou ele, interrompendo-a antes que ela pudesse dizer que, além de não estar disposta a trabalhar com ele, também pensava que seria melhor encontrar um novo lar para aquele filhote imediatamente. Um lugar onde a natureza brincalhona do cãozinho seria apreciada incondicionalmente. — Não é uma das garotas que chamamos para os anúncios?

Ele indicou com um gesto por cima do ombro e ela viu que havia meia dúzia de mulheres usando biquínis perto da entrada da oficina, esperando que o fotógrafo terminasse de montar seu equipamento de iluminação.

Heather piscou, sem conseguir acreditar que ele pensara naquela possibilidade.

— Meu Deus, *não* — disse ela. Em seguida, continuou: — Você pediu que Agnes Mackelroy conversasse comigo sobre sessões de treinamento especial... — Fez uma pausa antes de perguntar: — Não foi?

Ele balançou a cabeça negativamente.

— Eu sempre soube que amava aquela mulher por alguma coisa além da sua incrível coleção de Aston Martins.

O sorriso que Zach abriu demonstrava claramente uma intenção de derretê-la em uma poça de desejos aos seus pés.

— Além disso, Agnes também me enviou a treinadora de cães mais bonita deste planeta.

Negando-se totalmente a se derreter aos pés dele, ela ergueu uma sobrancelha.

— O que foi que disse?

Atlas reagiu ao tom gelado da voz de Heather com um ganido baixo. Ela não acreditava que aquele homem estava lhe dirigindo a palavra daquela maneira, tentando flertar com ela ao dizer que poderia ser uma de suas modelos. Especialmente quando ela sabia exatamente como estava sua aparência, com a camiseta rasgada e úmida pelo suor, o short enlameado e os joelhos e pernas lacerados.

Se tivesse treinado Atlas para ser um cão de ataque...

Um homem que segurava uma câmera enorme os chamou.

— Ei, Zach, as modelos precisam saber como você quer que elas se posicionem nos carros.

— É melhor não atrapalharmos seu trabalho importante. Vamos embora, Atlas — disse Heather, pegando a coleira enquanto o cão enorme se erguia ao seu lado.

Já estava andando para o seu carro quando Zach chamou:

— Ei, achei que você iria ficar para me treinar.

Como, imaginou ela, ele conseguia fazer com que seu trabalho soasse como se fosse algo tão *imundo*? Decidindo não premiar aquele comentário idiota com uma resposta, ela nem chegou a interromper o passo.

Pelo menos, até que ele disse:

— Não está esquecendo uma coisa?

Caramba. Ela esperava conseguir escapar rapidamente enquanto ele estivesse distraído pelos biquínis minúsculos e bronzeados artificiais.

Preparando-se para o confronto — e para voltar a olhá-lo sem reagir como uma garota adolescente atingida por sua primeira explosão de hormônios —, Heather se empertigou e se virou lentamente.

— Ouvi você gritando, mais cedo. Nós dois sabemos que você não está interessado em ter um cão — disse ela, olhando para o monte de pelos em seus braços, que roncava com um ar enganadoramente inocente. — Principalmente um que seja tão brincalhão.

Ele atravessou a distância que os separava e ela teve que lutar contra o impulso de dar um passo atrás.

— Vou comprar uma gaiola especial para ela ficar durante as próximas duas semanas.

Heather não conseguiu impedir que um rosnado lhe escapasse pelos lábios.

— Essas gaiolas são usadas somente para treinar os cães, não para prendê-los durante o dia inteiro. — Ela deveria ter lhe dado as costas e ido embora, mas precisava saber mais. — Por que você arrumou um cão se nem mesmo o quer?

— Minha sobrinha de sete anos a deixou comigo hoje de manhã, para eu cuidar do bicho enquanto ela viaja com os pais. Ela irá me crucificar se alguma coisa de ruim acontecer.

Heather ficou surpresa ao perceber um toque de medo nos olhos dele.

— Eu lembro que minhas irmãs mais novas sabiam ser muito cruéis se eu as irritasse — emendou ele.

Embora estivesse tentando resistir à tentação de gostar de qualquer aspecto daquele homem, ela não foi capaz de ignorar a profunda afeição em sua voz enquanto ele falava sobre as mulheres da sua vida. Não deveria se importar com a beleza dele, ou com a sensação que a dominara quando ele a pegara pela mão ou a abraçara para impedir que caísse.

E ela certamente não deveria se importar se ele tinha um carinho especial por meninas de 7 anos e irmãs mais novas. E aquilo explicava por que ele não tinha o menor talento para lidar com um cãozinho. Heather suspirou ao perceber que escapar daquele homem, com o filhote nos braços, não seria tão fácil quanto pensava.

— Que droga! — disse ele, com os olhos assumindo uma expressão mais séria quando subitamente se agachou e tocou em sua coxa, deslizando a mão por sua pele.

Ela deu um salto para trás.

— O que você está fazendo?

— Você está sangrando. — Ele parecia estar bastante irritado com a situação. — Que diabos lhe deu na cabeça para se arrastar para dentro daquele arbusto usando um short?

— Estava salvando o cão que você perdeu — retrucou ela, apesar de que, em algum ponto no seu âmago, ela se sentia contente pelo fato de que ele se importava com seus joelhos esfolados... sem mencionar a sensação sedutora das mãos dele tocando sua pele.

Heather cuidava de si mesma há tanto tempo que não conseguia se lembrar da última vez em que alguém se preocupara com seu bem-estar.

— Venha para a oficina. Vou limpar esses ferimentos.

A ideia de que ele voltaria a tocá-la fez com que Heather engolisse em seco. Ela sempre pensara que havia algo muito sensual nas mãos de um mecânico. Pelo fato de serem tão talentosos para construir e consertar coisas, era difícil não pensar que outras habilidades teriam aquelas mãos.

Não!

Ela sabia que não devia imaginar coisas como aquelas em relação a *esse* mecânico. Mãos talentosas não refletiam o caráter do homem, infelizmente.

— Você devia ir ficar com as suas modelos. Posso cuidar de mim mesma.

Mas, a julgar pela expressão dele, por um momento ela pensou que ele iria pegá-la nos braços e levá-la para dentro da oficina contra a sua vontade. Em vez disso, ele disse:

— Você se machucou para salvar o meu cão. Está sangrando por minha culpa. Deixe-me cuidar de você — e soltou um palavrão em voz baixa. — Você salvou meu cão e eu nem mesmo sei seu nome.

— Heather.

— Heather. — Ele manteve as sete letras em sua língua como se as estivesse saboreando, e ela sentiu como se algum encanto a mantivesse aprisionada, apesar de resistir. — É um belo nome. Eu sou Zach.

Dizer seu nome a ele não deveria lhe causar uma sensação tão íntima. Mas, quando o repetiu com uma voz baixa e sussurrada, o fato de ouvi-lo rolar por seus belos lábios chegou a ser melhor do que uma relação sexual completa com qualquer outro homem. E ela definitivamente não deveria sentir o desejo de saborear o nome dele em sua língua, também.

— E qual é o nome da cadela?

Ele gemeu, dando-lhe outro vislumbre de normalidade, algo muito inesperado em meio à perfeição que ele representava.

— Você realmente precisa saber?

— Confie em mim, já ouvi vários nomes loucos que cães receberam de seus donos desde que entrei no ramo. — Mas algo lhe dizia que este seria o campeão. Pelo menos, era o que ela esperava. — Além disso, ela poderia até mesmo voltar até onde você estava se a chamasse pelo nome, em vez de se referir a ela como “cão”.

Um músculo se retesou no queixo de Zach antes que ele murmurasse:

— Ternurinha.

Heather pressionou os lábios para tentar conter o riso, mas não conseguiu impedir uma gargalhada.

Havia meia dúzia de garotas usando biquínis na oficina de Zach, mas a mulher que ria com o cão nos braços, usando uma camiseta de mangas compridas molhada de suor e um short enlameado, com os cabelos presos em uma trança malfeita que lhe caía pelas costas era mais bonita que todas elas juntas.

Ele não conseguia se lembrar se já vira olhos daquela cor, um tom castanho com tantas e minúsculas manchas douradas que não conseguia olhar para outro lugar. E aquela boca, rosada e carnuda, era algo capaz de forçar um homem a fazer coisas insanas... como agarrar o cãozinho e beijar todo o seu focinho feio e ensalivado por trazer Heather até ali naquele dia.

Zach tinha ficado muito irritado com Gabe e Summer por largarem a cadela com ele durante duas semanas. Agora, entretanto, percebia que deveria agradecer-lhes por isso.

Diferente da maioria das mulheres, contudo, ele percebeu que Heather não queria nada com ele. Felizmente, o cão que ela trouxera consigo parecia não compartilhar daquela rejeição, principalmente quando farejou o açúcar glaceado que ainda estava nos dedos de Zach, originário do donut que ele estava comendo no café da manhã.

— Ei, vira-lata — disse Zach, pensando rapidamente. — Deixei o resto do meu donut no balcão do meu escritório. Quer ficar com ele?

As orelhas do dogue alemão se eriçaram como se entendessem a oferta, mas ele não se moveu. Em vez disso, olhou para Heather, como se esperasse por sua aprovação.

Ela estava claramente se preparando para recusar. Mesmo assim, aquele animal enorme sabia fazer a típica cara de cão sem dono quando queria. Zach estava impressionado. Precisaria se lembrar de como fazer aquilo no futuro.

Atlas soltou um ganido baixo e Heather finalmente se rendeu, com um suspiro:

— Certo, está bem. Vá lá. — Quando soltou a coleira e o cão enorme trotou em direção à oficina, ela o seguiu, ainda carregando Ternurinha nos braços.

— Eu entendo que você não está preparado para lidar com um filhote, mas não poderei deixá-la com você se tiver a intenção de mantê-la trancada em uma gaiola durante o dia inteiro. Ela precisa entender como deve se comportar quando está com você, de modo que não se machuque com as coisas que estiverem na oficina. Você vai precisar treiná-la para que entenda os seus comandos. E terá que fazer isso sem gritar com ela. — Heather lhe deu um olhar duro. — Nunca mais.

Ele concordaria com qualquer coisa que Heather dissesse, desde que ficasse por perto tempo suficiente para que ele a convencesse a lhe dar uma chance. Não conseguia se lembrar da última vez em que desejara tanto uma mulher, e tão rápido.

— Oi, Chase — disse ele ao irmão. — Precisamos cancelar a sessão de fotos.

As modelos olharam para o irmão de Zach, confusas, e Chase lhes disse para descansarem por alguns minutos antes de se dirigir a Zach:

— O bebê de Chloe vai nascer nos próximos dias, e, quando isso acontecer, vou passar algum tempo sem trabalhar. Tem certeza de que quer reagendar?

Apesar de ela protestar repetidamente, dizendo que estava bem, Zach já estava ajoelhado aos pés de Heather e limpando gentilmente os arranhões em seus joelhos com compressas antissépticas de um kit de primeiros socorros que havia nas proximidades.

— Preciso liberar minha agenda para as sessões de treinamento de cães.

— Está falando sério? — Heather o encarou como se ele estivesse tomando uma atitude inconsequente. — É por isso que você está mandando todo mundo embora? Seu chefe não vai ficar irritado?

— Agnes não mencionou o meu sobrenome, não é?

Os olhos de Heather se arregalaram. Ela não conseguia acreditar quando desviou o olhar para a placa que havia na parede, voltando a observar o rosto de Zach em seguida.

— Você é o Sullivan da Sullivan Autos? Esta oficina é sua?

— Não se preocupe, conheço carros muito melhor do que conheço cães.

Mas, acima de tudo, ele conhecia as mulheres. Além disso, pensou ele enquanto colocava um *band-aid* sobre o joelho esquerdo de Heather, mal podia esperar para colocar as mãos em outros lugares além daqueles joelhos. Mesmo enquanto limpava e tratava os cortes, percebeu que a pele de Heather era muito quente, macia e respondia aos seus toques.

Depois de colocar mais um *band-aid* sobre aquela pele macia e sedosa, ele estendeu os braços.

— Bem, agora que a sessão fotográfica foi cancelada, sou todo seu. Podemos começar o treinamento.

A maioria das mulheres ficaria feliz com as insinuações por trás daquelas palavras, ou, pelo menos, enrubesceria. Mas ela simplesmente o encarou com um olhar duro e gelado.

Ternurinha bocejou e se enrodilhou contra seu peito. Zach faria qualquer coisa para estar no lugar da cadela.

Ela afastou as pernas para longe do alcance dele.

— Você não pode cancelar a sessão de fotos. Vai perder muito dinheiro. — Ela se levantou e pegou a coleira do seu cão outra vez. — Atlas, é hora de irmos embora.

Diabos, ela estava prestes a sair. Zach sentiu o pânico invadi-lo, embora tivesse acabado de conhecê-la, embora pudesse facilmente encontrar outra mulher com quem pudesse fazer sexo.

— Heather...

Ela franziu a testa ao baixar os olhos, observando-o e percebendo que ele ainda estava ajoelhado no piso de cimento.

— Já que não pode manter Ternurinha aqui enquanto está... — ela fez uma pausa para olhar para as modelos que fumavam sem parar e falavam em seus telefones celulares no estacionamento — ... *trabalhando*, vou levá-la para o meu escritório. Quando ela acordar, poderá brincar com Atlas até você chegar para a nossa primeira aula.

Ela lhe deu o endereço e emitiu um som parecido com um clique, que fez com que seu enorme dogue alemão a seguisse para fora da oficina com uma expressão de adoração na cara enorme.

Zach entendia exatamente como aquele cão se sentia. Se ela lhe desse o mesmo sinal, ele faria a mesma coisa, alegremente.

Seu irmão se aproximou e, juntos, eles observaram Heather indo embora, com sua longa trança balançando nas costas, as pernas longas e bronzeadas expostas pelo short.

— Quem é essa aí?

Zach abriu um sorriso.

— Minha nova treinadora de cães.

E, se tudo corresse bem, seria bem mais do que isso dentro de pouco tempo.

CAPÍTULO TRÊS

O sol da tarde brilhava pela janela do escritório de Heather quando ela finalmente desligou o telefone. Esfregando a nuca com as duas mãos, ela alongou os músculos tensos. Se soubesse que teria tanto trabalho para coordenar o comitê beneficente para o abrigo de animais de São Francisco, ou o quanto seria difícil convencer doadores em potencial para contribuir com aquela causa nobre...

Bem, ela teria se oferecido para o trabalho de qualquer maneira. Mas, pelo menos, poderia ter se preparado melhor. Felizmente, os dois grandes eventos beneficentes aconteceriam naquele fim de semana, e, posteriormente, ela poderia relaxar em uma banheira quente, com os olhos fechados e uma enorme taça de vinho por tanto tempo quanto desejasse.

Mas, no momento, teria que se contentar com um café. E talvez uma ou duas daquelas trufas de chocolate que mandara sua assistente Tina jogar fora.

Ela se levantou da cadeira em frente ao computador e tanto Atlas quanto Ternurinha bocejaram quando passou por eles.

— Não deixem que eu interrompa a soneca de vocês — disse ela.

Eles passaram o dia inteiro brincando e ela ficara impressionada com o fato de que a cadela de Zach tivera apenas dois acidentes, causados mais pela empolgação de estar na companhia de um cão maior do que por qualquer outra coisa.

Atlas imediatamente pousou a cabeça enorme sobre sua almofada para cães, e ela o olhou com uma careta, fingindo estar aborrecida, enquanto abria a porta.

— Continue a esfregar na minha cara o quanto a sua programação para os próximos dias é tranquila. Da próxima vez, vou mandar você para lidar com cada uma das empresas com quem eu estava falando ao telefone agora há pouco.

Suas últimas palavras sumiram quando ela se chocou contra o que parecia uma parede sólida e masculina.

— Conversando com os cães, hein?

O calor queimou-lhe as mãos quando ela as pressionou contra o peito do homem incrivelmente bonito, cuja voz acabara de fazê-la vibrar.

— Zach.

— Heather.

Ele sorriu para ela, com os olhos escuros tão cheios de sensualidade que ela quase se sentiu incendiar apenas com aquele olhar. Um olhar que prometia mais prazer do que ela jamais imaginara ser possível.

O que havia de errado com ela? Afastou-se imediatamente, dando um passo para trás. E por que era tão difícil pensar em outras coisas quando estava perto desse homem?

Nunca tivera problemas para manter a guarda quando lidava com homens. Mesmo com aquela aparência maravilhosa, Zach Sullivan não deveria ser diferente. Principalmente por ser tão encantador.

Ser encantador nunca fora um atributo que favorecesse um homem aos olhos de Heather. Em especial depois de seu pai ter dado àquela característica um significado tão ruim.

— Como está a cadela?

Ela se afastou para que Zach pudesse ver Ternurinha lambendo o focinho de Atlas com o imenso entusiasmo que somente um filhote seria capaz de exibir.

— Ela parece ter Atlas sob seu controle.

— Com certeza.

Ela percebeu que Zach a estava observando, ou, mais especificamente, observando seu cabelo. Prendera-o em uma trança no início da manhã, mas o soltara conforme a tarde passara.

— Você tem cabelos lindos. — A boca de Zach se abriu em um sorriso incrivelmente sexy. — Faz com que um homem sinta vontade de passar as mãos por eles para saber se são tão sedosos quanto parecem.

Como percebeu de maneira tola que também queria que ele fizesse aquilo, Heather enfiou a mão no bolso para pegar um elástico e amarrou os cabelos em um rabo de cavalo. Vestira outra camiseta ao voltar ao escritório, mas ainda estava com o short enlameado.

Fazendo questão de ignorar aquele elogio, embora até então dissesse a si mesma que não se importava com o fato de ainda estar imunda, indagou:

— Está pronto para começar o treinamento?

Ela usava um tom de voz claro e profissional, mas Zach simplesmente pareceu relaxar mais enquanto se apoiava contra o batente da porta.

— Você não me disse que era dona deste lugar. É impressionante!

— Heather, acabei de voltar do banco e eles querem saber se... — Era Tina, cujo queixo caiu ao se deparar com Zach. Logo ela tratou de fechar a boca. — Oi.

— Olá — disse Zach à funcionária loira e atraente. — Sou Zach Sullivan.

Os olhos da assistente de Heather se arregalaram, e tudo que ela conseguiu dizer, outra vez, foi um "oi" suspirado.

Tina era brilhante. Não somente com cães, mas também com seus donos. Tinha um enorme talento para organização. E um relacionamento com o namorado que levava bastante a sério.

Mesmo assim, uma olhada em Zach foi o que bastou para mandar as células do seu cérebro pelo ralo. Perceber que não fora a única pessoa a sentir o mesmo naquele dia foi um pequeno consolo para Heather.

Que bom que tinha superado aquela sensação. Tinha superado total e completamente as emoções provocadas por aquele queixo quadrado, os ombros largos e fortes, a maneira que a boca máscula se...

Ah, que droga. Seu cérebro realmente precisava parar de se comportar daquele modo.

— Tina — disse ela, de uma maneira escrupulosamente profissional. — Zach é o novo cliente que, como eu lhe disse, viria até aqui para fazer um treinamento individual com Ternurinha.

— Ela é uma filhote linda! — exclamou Tina. — E eu adorei esse nome. A maioria dos homens não chamaria seu cão de Ternurinha — disse ela, abrindo um enorme sorriso para Zach.

Eca. Heather achava que seu estômago não conseguiria suportar mais uma dose de café ou chocolate. Quanto mais cedo Zach estivesse fora do seu escritório e envolvido com o treinamento, mais rapidamente iria embora.

E depois, tudo voltaria ao normal.

Como seus batimentos cardíacos, por exemplo.

— Atlas, junto.

Seu cão se retirou cuidadosamente de debaixo do filhote minúsculo e aproximou-se de Heather.

Às 17 horas era precisamente o momento em que a maioria dos clientes vinha pegar seus cães, e, infelizmente, o percurso da sala ampla até o gramado delimitado por cercas atrás do prédio foi o suficiente para que Zach atraísse uma quantidade enorme de atenções femininas. Mulheres que Heather conhecia há anos, tanto solteiras quanto bem casadas — até mesmo as vovós — não conseguiam tirar os olhos dele. A última coisa que um homem como Zach Sullivan precisava era de um cãozinho para aumentar ainda mais o magnetismo que tinha em relação às mulheres.

Quando finalmente conseguiram sair, ele colocou a cadela no chão. Ternurinha imediatamente começou a correr em círculos, perseguindo o próprio rabo. Pela maneira como Atlas vibrava ao seu lado, ela percebeu que ele também queria brincar; mesmo assim, seu cão era muito bem treinado para quebrar o protocolo por causa de um simples capricho.

— Há quanto tempo seu irmão estava com Ternurinha antes de pedir que você cuidasse dela?

— Uns dois dias.

Ela ficou feliz em saber que não houvera muito tempo para influenciar o comportamento da cadela, pelo menos.

— Os primeiros dias com um filhote são muito importantes. Eles podem agir de maneira tão meiga que, mesmo quando quer manter as regras, você acaba por quebrá-las. Mas seria um erro enorme agir assim com ela.

— Ela pesa um quilo e meio — disse Zach enquanto Ternurinha começava a rolar na grama. — Será que realmente vai criar tantos problemas assim se tiver um pouco de liberdade?

Heather conhecia muito bem o preço da liberdade. Não somente para cães que se sentiam perdidos e com medo em um mundo sem limites, mas para mulheres que se apaixonavam por homens encantadores como Zach Sullivan. Homens que queriam aquilo que queriam, no momento em que queriam, sem qualquer respeito por outras pessoas — e conseguiam.

— Liberdade é um conceito que as pessoas entendem de maneira errada — ela lhe disse com a voz firme. Quando ele ergueu uma sobrancelha em resposta ao tom de voz que ela usou, Heather o moderou antes de prosseguir. — Não se esqueça de que ela foi tirada de sua mãe e dos irmãos recentemente, e não tem qualquer noção de como deve navegar por nosso mundo. Assim como vimos hoje de manhã na sua oficina, qualquer coisa pode acontecer com ela. Sua função é cuidar dela e ensiná-la a permanecer segura.

— Isso aqui não é somente um negócio para você ganhar dinheiro — destacou ele. — Você realmente gosta de cães, não é?

Surpresa ao perceber que ele tinha alguma noção sobre sua vida, ela colocou uma das mãos nas costas de Atlas e retrucou:

— Alguém precisa fazer isso.

Zach olhou para o enorme cão de Heather.

— O que aconteceu com ele?

As orelhas de Atlas se ergueram quando ele percebeu que estavam falando dele.

Mais uma vez, ficou atordoada ao perceber que Zach estava prestando bastante atenção aos indícios sutis que ela demonstrava, em vez de se entreter com a observação do próprio reflexo nas janelas, sem prestar atenção ao mundo que havia ao seu redor.

— Encontrei Atlas em um criadouro comercial.

— Um criadouro comercial?

— Um lugar onde criadores inescrupulosos forçam fêmeas a parirem tantos cães com pedigree quanto puderem, para que sejam vendidos a preço de ouro. A orelha de Atlas pendia um pouco para o lado, de modo que ninguém queria comprá-lo. Quando perceberam isso, pararam de alimentá-lo e de deixá-lo sair da sua gaiola.

Zach se ajoelhou sobre a grama.

— Foi um começo difícil, hein? — Atlas não somente deixou que o homem alto esfregasse suas orelhas, mas começou praticamente a gostar. — Teve muita sorte por Heather trazer você para casa.

Ela revirou os olhos, dando-se conta de que Zach emendara o comentário carinhoso sobre a história de Atlas com uma insinuação obviamente sexual. Heather percebeu que Zach realmente gostava do cão, e isso a comoveria se Zach não se ocupasse tanto tempo usando cantadas tão batidas — porém sutis.

— Bem, vamos começar. Vou mostrar a você e a Ternurinha os resultados do treinamento com Atlas, e depois vamos começar o processo de ensiná-la a obedecer seus comandos. Está bem?

Ele voltou a se levantar e fez que sim com a cabeça.

— Claro. Sou ótimo para dar comandos.

Concentrando-se em ignorar as insinuações sensuais que ele parecia colocar por baixo de praticamente todas as palavras que lhe saíam da boca, ela começou:

— Há cinco comandos básicos que queremos que Ternurinha compreenda. *Aqui, sente, parada, deite* e *junto*. Mas, no primeiro dia, o mais importante é *aqui*.

Por sorte, ele não emendou qualquer frase de duplo sentido com aquele comando enquanto ela recolhia um brinquedo no chão e o lançava por sobre o gramado. — Atlas, pegue.

O cão se levantou com um salto, acompanhado de perto pelo filhote, quase como se não quisessem se separar por um segundo sequer. Quando o dogue estava a meio caminho do brinquedo, ela o chamou de volta.

— Atlas, aqui!

Ele refreou sua corrida, travando as quatro patas contra o gramado e rapidamente deu meia-volta, praticamente se lançando a toda velocidade na direção de Heather, esquecendo-se instantaneamente do brinquedo. Ainda assim, teve o cuidado de não pisar no filhote.

— Bom garoto.

Quando ela fez o sinal para que se sentasse e lhe estendeu um petisco, Ternurinha finalmente alcançou o brinquedo, caindo-lhe por cima e fazendo com que ele emitisse um guincho. As orelhas de Atlas se empinaram, mas ele não se moveu de onde estava sentado, aos pés de Heather.

— Sua vez — disse ela para Zach, prevendo que não ia dar nada certo, com uma cadelinha tão desastrada e um dono temporário que ela duvidava que estivesse levando a sessão de instrução a sério. Ela lhe entregou um petisco para cães. — Se ela vier, dê-lhe isto aqui.

Ele ergueu as sobrancelhas quando Heather usou a palavra *se*. Sem que ela lhe dissesse o que devia fazer, Zach se ajoelhou no gramado, abriu os braços num gesto grandioso e disse em uma voz firme:

— Ternurinha, aqui!

O filhote hiperativo levantou os olhos do enorme brinquedo plástico que estava tentando roer. E como se quisesse fazer tudo rapidamente para voltar à brincadeira, Ternurinha praticamente voou pelo gramado, na direção dele.

— Boa garota — disse ele, acariciando-lhe o pelo e alimentando-a com o petisco. Ele olhou para Heather. — Que tal?

A contragosto, ela admitiu:

— Bom.

Muito bom.

E a pior parte de tudo foi saber exatamente por que o filhote viera correndo. O magnetismo de Zach não influenciava apenas mulheres.

Parecia que ele era capaz de exercer uma atração quase gravitacional sobre todos os seres vivos.

Ela se recusava a deixar que ele a conquistasse com seus encantos. Especialmente quando cada segundo perto de Zach a forçava a fortalecer cada vez mais seu autocontrole para não sorrir com as insinuações que ele fazia... ou de se deixar impressionar pelo talento que ele demonstrava ao lidar com Ternurinha e Atlas.

— Venha comigo até o outro lado do gramado e vamos fazer de novo.

Durante os quinze minutos seguintes, Zach Sullivan demonstrou uma afinidade surpreendente para comandar a atenção da filhote. Ela sabia que deveria ficar feliz por Zach ter um talento natural, em vez de deixar que isso a irritasse. E, mesmo assim, em vez de elogiá-lo, pegou a cadelinha nos braços e beijou-a em seu focinho macio.

— Ótimo trabalho, Ternurinha. Divertiu-se bastante na aula de hoje?

A cadela a lambeu, e depois se contorceu até que Heather a colocasse no chão para continuar a atormentar Atlas, que alegremente deixava a filhote à vontade para brincar.

— Já terminamos? — Zach parecia decepcionado.

— Filhotes se cansam rápido.

Quando ele olhou atentamente na direção de Ternurinha, que tentava cavar um buraco no gramado, ela esclareceu:

— O que estou querendo dizer é que filhotes não conseguem prestar atenção em uma coisa só por muito tempo. Quinze minutos são suficientes para que aprendam um pouco mais a cada dia, sem que vocês dois fiquem frustrados. De qualquer forma, hoje foi um ótimo começo. E, se tudo correr bem, se ela fugir outra vez, você será capaz de fazer com que ela volte para perto de você.

— Nós dois estamos muito felizes por você estar por perto e por encontrá-la no meio dos arbustos hoje cedo. — Ele olhou para as pernas de Heather, e ela quase estremeceu ao se lembrar da sensação daquelas mãos grandes e quentes lhe tocando a pele. — Como estão seus joelhos?

— Estão bem — respondeu ela, bruscamente, tentando fazer com que a atenção dele se concentrasse em Ternurinha... e não no fato de que percebia que Zach tinha um cheiro delicioso, ou que, ao forçar que seu olhar se afastasse daquelas mãos grandes e fortes, ela acabara se perdendo naqueles olhos hipnóticos.

— Esta noite será muito importante. Você deve preparar um quarto pequeno, ou parte de um quarto, onde ela irá ficar durante

as próximas duas semanas. Coloque papéis no chão e a cama e as vasilhas de água e comida em um dos cantos. Espalhe os brinquedos dela pelo cômodo. E, seja lá o que você faça, a menos que ela esteja dormindo, não recomendo deixá-la sozinha fora da área gradeada por mais do que quinze minutos.

Ele franziu a testa.

— E se eu tiver planos para a noite?

Ela não teve dificuldade para imaginar que espécie de "planos" ele teria.

— Você terá que mudá-los, a menos que possa levá-la com você e prestar atenção nela durante o tempo inteiro. — Ela sorriu com a expressão desconcertada no rosto dele. — Quer agendar outra sessão de treinamento de quinze minutos para amanhã?

— Quando você vai poder?

Ela balançou a cabeça negativamente.

— Só conversei com você hoje como um favor para Agnes. Agora que percebi que você terá bons resultados se receber instruções adequadas, pode trabalhar com qualquer um dos meus treinadores.

— Não quero outra pessoa, Heather. — Ele se certificou de que ela o estava olhando nos olhos enquanto dizia: — Quero somente você.

Ele poderia tê-la puxado para si e a beijado, tamanho foi o efeito que aquelas palavras causaram. Heather rapidamente percebeu que, nos poucos minutos que passara com Zach Sullivan, já estava perto demais dos limites de desejar algo que nunca poderia ter.

Até os seus 17 anos, ela acreditava no amor. Pensava que seus pais tinham um casamento maravilhoso e desejava muito poder encontrar um homem que a amasse da mesma maneira que seu pai amava sua mãe. E foi então que ela descobriu a verdade... descobriu que seu pai estava traindo sua mãe durante praticamente todo o casamento. Por todo aquele tempo ele mentira para a sua mãe. E para ela. Porque, toda vez que voltava para casa de uma de suas viagens a negócios dizendo o quanto as amava, o quanto sentia saudades delas, ou que significavam tudo para ele — tudo aquilo era mentira.

Heather enfiou um dedo por baixo da manga da sua camiseta de mangas compridas e deslizou-o por cima dos contornos finos das suas velhas cicatrizes, dos cortes que ela fazia em si mesma noite após noite, quando não sabia como lidar com suas emoções desencontradas e sombrias. Quando tudo o que queria era sentir que tinha controle sobre alguma coisa. Sobre qualquer coisa.

Ela não sabia, na época, quantos garotos e garotas adolescentes se cortavam daquela mesma maneira. Demorou algum tempo. Foi somente quando saiu de casa para frequentar a faculdade e a enfermeira no centro médico estudantil viu os cortes durante um exame ginecológico, no qual Heather vestia somente uma camisola de algodão, que ela recebeu um panfleto sobre pessoas que se cortavam. Já havia começado a superar o problema naquele momento da sua vida, mas saber que não era a única garota no mundo que agia daquela maneira ajudou um pouco. Mesmo assim, embora não tivesse se cortado em quase dez anos, as cicatrizes nunca chegaram realmente a desaparecer, tanto por dentro quanto por fora.

Felizmente, ela não era mais aquela garota perdida. Era uma mulher forte e capaz, que gostava de canalizar sua energia para o trabalho, nos amigos e nos cães. Era feliz. Tinha tudo que queria. Um homem como Zach era exatamente alguém com quem não precisava se envolver. Não quando ele era carismático demais para seu próprio bem... e para o bem dela, também.

Cedendo aos sinais de alarme que ressoavam por todo o seu cérebro e seu corpo, ela se manteve firme e disse-lhe:

— Você não pode exigir que eu fique com você.

Ao perceber a determinação arder nos olhos dele, Heather percebeu, tarde demais, que acabara de lançar um desafio — um desafio enorme — ao homem errado.

— Outro treinador estará esperando por você aqui às cinco da tarde. — E ela se certificaria de que fosse um treinador completamente heterossexual, alguém que Zach não conseguiria convencer com suas doces palavras a fazer o que ele quisesse. A coisa mais importante a fazer era dar um fim àquela conexão. — Foi um prazer conhecê-lo.

Ela duvidou de que seria inteligente estender a mão para que ele a apertasse, mas era a única forma de saber com certeza que o contato que eles estabeleceram havia chegado ao fim, e que quaisquer faíscas que se avivaram entre os dois estariam oficialmente extintas ao final do expediente daquele dia.

Ele se aproximou e envolveu os dedos dela nos seus.

— Eu lhe devo algo por salvar Ternurinha hoje.

— Não — disse ela, balançando a cabeça negativamente, conforme o calor de Zach a envolvia da cabeça aos pés. — Você não me deve nada.

— Nós dois sabemos que eu devo. E eu sempre pago as minhas dívidas.

Ah, Deus, por que ela não conseguia respirar?

Heather não era virgem, não era uma garotinha que se rendia facilmente aos encantos de um homem apenas porque ele olhava em sua direção. Pelo contrário — era uma mulher pragmática que sabia muito bem o quanto uma fachada bonita poderia ser falsa.

— Cuide bem de Ternurinha — disse ela, puxando a mão para longe dele. — É só isso que você me deve.

Antes que pudesse se afastar, entretanto, seu estômago roncou e ela resmungou em voz baixa:

— Agnes me ligou quando eu estava prestes a sair para buscar algo para comer.

Novamente, não percebeu a tempo a gravidade da situação até que ele disse:

— Deixe-me compensar o incômodo levando-a para jantar. Algum lugar onde possamos sentar ao ar livre e onde os cães possam brincar.

Será que Zach pensava que ela tinha nascido ontem? Heather sabia exatamente como ele esperava que o jantar para "compensar o incômodo" terminasse. Ele a serviria de algumas taças de vinho e, quando ela desse por si, estaria deitada de costas implorando para que ele a possuísse.

Não que ela fosse tão puritana. Pelo contrário — só porque sempre protegera seu coração cuidadosamente dos homens, isso não significava que cometeria a tolice de abrir mão dos prazeres de ser mulher. Ela sempre procurara ter a certeza de que seus parceiros não estavam mais interessados em seu coração do que o interesse que ela sentia por eles, e que não haveria qualquer possibilidade de que as relações progredissem para além do contato físico.

Mas... com Zach...

Atrever-se a ceder ao desejo incrivelmente forte de beijá-lo seria a coisa mais estúpida que ela poderia fazer. Mesmo a alguns bons passos de distância, sentia-se completamente descontrolada. Se ele pusesse a boca, as mãos, sobre a pele nua do seu corpo...

O simples fato de pensar naquilo fazia seus sentidos titubearem.

Ela recuou mais um passo.

— Ainda estou ocupada com o trabalho que deixei de fazer hoje pela manhã, depois de passar tanto tempo fora do escritório. Vou ter que recusar o jantar.

Ela disse a si mesma que não estava sendo covarde. Pelo contrário — estava sendo inteligente, protegendo-se do tipo de homem que poderia destruí-la.

— Lembre-se do que eu disse sobre esta noite — acrescentou antes que ele a pressionasse para jantar outra vez. — Não cometa o erro de deixar Ternurinha fazer o que quiser somente porque é fofa. Você só vai confundi-la se agir assim.

— E se eu tiver uma queda por fofuras?

Desta vez, ele realmente não estava se referindo à filhote. Evidentemente, ela não fora direta o suficiente com ele até o momento. Já era hora de colocá-lo em seu devido lugar.

— Então é melhor superar esse problema rapidamente. Atlas, é hora de se despedir da sua amiga.

Heather estalou a língua dentro da boca, deu as costas para Zach e afastou-se da tentação.

CAPÍTULO QUATRO

Zach queria Heather com uma voracidade que nunca sentira antes. Sua fascinação por garotas começara cedo. Ele já estava beijando algumas nos corredores da escola e indo bem mais além do que isso ao chegar no Ensino Médio. Mas, mesmo com tudo que fizera durante seus 30 anos, nunca sentira uma necessidade tão forte, e nunca tão rápido.

Teria sido assim que seu pai se sentira em relação à sua mãe, quando a conhecera?

Subitamente percebendo os rumos loucos que seu cérebro tomava, ele quase deixou Ternurinha cair no chão. Ela soltou um ganido curto quando ele a segurou com mais firmeza.

O que havia de errado com ele, pensando em Heather daquela maneira?

Desde que tinha 7 anos e seu pai morrera inesperadamente em consequência de um aneurisma, deixando sua mãe para lamentar a morte e cuidar dos oito filhos, Zach sabia que nunca poderia se permitir forjar uma ligação tão forte com uma mulher. Ele era muito parecido com seu pai. Parecia-se com ele, agia como ele, tinha todos os mesmos interesses. Tinha até mesmo as mesmas dores de cabeça que acometiam seu pai, aquelas que surgiam como um trem-bala em um minuto, e que desapareciam no instante seguinte. Ele e Jack Sullivan eram tão similares que os tios de Zach não conseguiram permanecer por muito tempo ao seu lado. Mesmo agora, sempre que via os tios, percebia que eles tinham muita dificuldade para se sentirem confortáveis perto dele.

Durante toda a sua vida, Zach tivera o cuidado de deixar às claras os seus limites em relação às mulheres. Estava sempre disposto a fazer sexo, até que elas cometiam o erro de tentar misturar suas emoções na relação — e, quando esse momento chegava, ele sempre escapava a toda velocidade. Não conseguia suportar a ideia de que uma mulher se apaixonasse por ele e planejasse sua vida ao redor dele, para simplesmente deixá-la para trás depois de algum tempo.

Da mesma forma que seu pai fizera com sua mãe.

Tal pai, tal filho. Era por essa razão que Zach sempre se sentira atraído pela velocidade. Carros. Mulheres. *Vida*. Queria experimentar o máximo que pudesse antes que sua vida terminasse precocemente. Porque sabia que era parecido demais com seu pai para que as coisas acontecessem de outra forma.

Droga, ele precisava parar de perder tanto tempo analisando o que sentia por Heather. Ela era sexy. Inteligente. E o sexo com ela seria excelente.

Isto é, se pudesse convencê-la a ceder.

Finalmente, ele sorriu. Porque, se havia algo que Zach sabia fazer melhor do que qualquer homem na Terra, era convencer as mulheres a ceder.

Meia hora mais tarde, depois de calcular que os funcionários de Heather já haviam voltado para suas casas, ele ligou para celular dela.

— Entrega de pizza na porta da frente.

— Não pedi pizza nenhuma.

Ele desligou o telefone e esperou em frente à porta trancada. Quando ela olhou pela janela alta ao lado da porta, Zach pensou ter vislumbrado um rápido sorriso antes que ela o substituísse por uma careta.

— Por que você voltou aqui? E como descobriu o número do meu celular?

— Ternurinha estava muito preocupada com o fato de que você estaria pulando refeições por nossa causa. — Ele se apoiou contra o batente da porta. — E Agnes me ligou agora há pouco, querendo saber se estava tudo bem conosco. Eu disse que sim, por causa do que você fez por nós. Ela achou que seria melhor eu ter o seu número, para o caso de haver mais alguma emergência com a filhote.

Novamente, parecia que os lábios dela queriam se curvar para cima, mas, a julgar pelo modo como ela sempre se esforçava para manter a expressão séria em seu belo rosto, ele sabia que ela estava determinada a resistir bravamente.

Como ele gostaria de tê-la aos seus pés, implorando...

Sabendo que havia uma alta probabilidade de que ela simplesmente lhe tirasse a pizza das mãos e trancasse a porta, deixando-o sozinho na calçada, ele ergueu Ternurinha para que Atlas, dentro do escritório, pudesse ver sua nova amiga pela porta. O dogue alemão começou imediatamente a ganir.

— Então é assim, Atlas? — perguntou Heather, com uma voz exasperada. — Você vai agir assim *agora*?

O cão abanava alegremente seu rabo enorme e Zach usou a oportunidade para colocar a filhote para dentro do escritório, sabendo que ela não o deixaria para fora se Ternurinha estivesse no escritório.

Sim, agora ele amava oficialmente aquela pequena e irritante bola de pelos, mesmo que ela tivesse tentado usar sua camiseta para aperfeiçoar suas habilidades no jogo de cabo de guerra depois de saírem da pizzaria.

— Imagino que você queira dividir a pizza. — Ela parecia extremamente irritada com a possibilidade de estar junto com ele para dividir o jantar.

— Somos em oito irmãos. Aprendemos a comer rápido quando éramos crianças, pois, se não fosse assim, ficaríamos famintos. Se *você* quiser um pedaço de pizza, é melhor começar agora.

Ela arregalou os olhos.

— Oito? Por favor, diga que você é o pior de todos eles.

Ele sorriu.

— É claro que sou.

Ela balançava a cabeça ao saber da família numerosa de Zach enquanto ia em direção à mesa e às cadeiras colocadas no canto da sala. Enquanto lavava as mãos em uma pia nas proximidades, ela lhe deu bastante tempo para admirar a vista de suas belas pernas dentro do short e a maneira como seus longos cabelos lhe caíam até quase a altura dos quadris, mesmo atados em um rabo de cavalo. Ele mal podia esperar para descobrir a maciez daqueles cabelos quando suas mãos estivessem correndo por eles, e...

O ruído alto de uma cadeira se arrastando pelo piso de linóleo o arrancou daquele devaneio quente. O rosto de Heather estava sério como uma tempestade quando ela se sentou.

— Pare de me olhar desse jeito.

Ele lavou as mãos e sentou-se à sua frente.

— Como estou olhando para você?

Ela estreitou os olhos e o encarou.

— Não faça uma pergunta idiota quando você sabe exatamente o que está fazendo.

Não era assim que as coisas geralmente aconteciam. Nomalmente, ambos os lados flertavam sem que nenhum dos envolvidos dissesse o que realmente tinham na cabeça. Mas Zach ficaria feliz em abrir mão do jogo. Muito feliz, na verdade, já que aquele jogo parecia estar ficando muito velho ultimamente.

Ele deu de ombros.

— Desculpe, mas vai ser quase impossível parar de olhar para você desse jeito. — Ele ergueu os olhos até o rosto dela. — Você é linda, como deve saber.

Ela pareceu ficar chocada com aquele elogio totalmente honesto, e ele sabia que havia levado a melhor sobre Heather. Finalmente. Sentindo-se mais confortável, Zach abriu a caixa grande de papelão, pegou um pedaço de pizza e colocou-o em um dos pratos descartáveis que trouxera do restaurante. Ela olhou para a pizza e depois voltou a encará-lo.

— Você gosta de ovos na sua pizza?

— Nunca peço pizza sem ovos — mentiu ele.

Ele colocou a fatia em frente a Heather, e depois pegou uma para si mesmo, dando-lhe uma enorme mordida, com ovos e tudo. Depois que a assistente de Heather lhe confessara quais eram os ingredientes de que sua chefe mais gostava, Zach estava preparado para engolir qualquer coisa que lhe aparecesse pela frente, independentemente de o sabor ser ruim. Mas, na verdade, estava excelente.

— Ninguém gosta de ovos na pizza além de mim e dos franceses. Você é o primeiro.

— O seu primeiro, hein?

Ela balançou a cabeça negativamente e suspirou.

— Não acredito que tenho que falar isso para você, mas é óbvio que preciso. — Ela olhou ao redor, como se para ter certeza de que eles eram as únicas duas pessoas ali dentro, antes de dizer: — Não vou dormir com você.

Bem, essa conversa estava tomando um rumo incrivelmente pouco convencional.

— Por que não?

— Você realmente quer que eu lhe diga por que acho completamente repugnante a ideia de dormir com você?

Sexy demais e com um ótimo vocabulário. Ele iria dar um belo bônus a Agnes da próxima vez que ela trouxesse um de seus carros para uma revisão, por apresentá-lo a Heather.

— Claro. Bote tudo para fora. — Na verdade, ajudaria muito saber por que ela estava resistindo. Assim, poderia desconstruir os motivos que ela tivesse, um por um. Ele indicou a pizza dela com um movimento de cabeça. — Mas, antes disso, coma. A pizza está esfriando e eu sei que você está faminta.

Quando seu estômago roncou outra vez, concordando com Zach, Heather finalmente deu uma mordida. Ele lhe entregou um copo gelado de refrigerante para ajudá-la a engolir e, enquanto a observava tomar um longo gole da bebida doce e efervescente, Zach a desejava cada vez mais, a cada segundo que passava. Linda, inteligente e, além de tudo, comia e bebia como uma mulher que gostava de comida, em vez do tipo de mulheres com quem ele normalmente fazia sexo. Essas últimas mal tocavam no que havia no prato.

Por Deus, ele daria qualquer coisa para lhe dar a pizza para comer na cama, tê-la nua e usando seu abdômen como prato, lambendo o azeite por entre as linhas dos músculos que lhe marcavam a região do estômago, continuando a descer...

— Você está fazendo isso de novo — disse ela, quando percebeu a maneira como ele a observava, mas sua indignação era mais suave desta vez.

Ele resistiu à tentação de fechar o punho e comemorar, percebendo que finalmente estava fazendo algum progresso.

— Eu já lhe disse, não consigo evitar. Você é bonita demais!

Heather estendeu a mão para pegar outro pedaço de pizza.

— Aí está um dos motivos. Você acabou de dizer. Você é rápido demais com essas cantadas.

— Não é uma cantada. É a verdade.

— Percebeu o que eu disse? — Ela pegou um pedaço de ovo da pizza e o enfiou na boca. — Rápido demais.

— Tudo bem, você venceu. Não vou falar nada quando estivermos na cama.

— Eu devia ficar surpresa por você dizer isso — disse ela, mais para si mesma do que para ele. — Mas, na verdade, não estou.

Ela deslizou o dedo pela borda do copo e sugou o açúcar da ponta, o que o fez sentir uma dor por baixo da mesa.

— Também não estou interessada em ser a sua diversão da semana. Ou da noite, como provavelmente é o caso.

— Esqueça essa coisa de "uma semana" ou "uma noite" — disse ele. — Um mês já será ótimo. — Mesmo assim, nesse momento, até mesmo 30 dias com Heather amarrada à cabeceira da sua cama, com seus cabelos longos e sedosos espalhados ao redor do corpo, não parecia um tempo longo o suficiente.

Ela soltou um suspiro irritadiço quando se virou para observar os cães bebendo da enorme vasilha d'água que havia do outro lado da sala.

— Você deveria ter se tornado político em vez de mecânico.

Ele não a corrigiu. Não disse que era mais do que um mecânico, e sim o dono de quarenta franquias da Sullivan Autos espalhadas por toda a costa oeste.

— E, só para deixar bem claro — acrescentou ela. — Você não faz o meu tipo.

Agora era a vez de Zach dizer:

— É bom ver que você se tornou treinadora de cães em vez de política. Você não sabe mentir, Heather.

Ela empurrou sua cadeira para trás e Zach percebeu que ela estava irritada quando jogou o restante da sua pizza no lixo.

— O que foi? Você acha que é tão irresistível que não existe uma única mulher no mundo que não queira ficar com você?

— Tenho certeza de que existe alguma — disse ele com a voz tranquila enquanto se levantava. — Mas você não é essa mulher.

Antes que ela pudesse atirar alguma coisa contra sua cabeça, Zach chamou:

— Ternurinha, aqui!

Sua pequena e esperta filhote correu até os seus braços abertos e os dois correram para fora do centro de treinamento.

CAPÍTULO CINCO

— Socorro! Estou tendo mais uma emergência com Ternurinha.

Heather segurou o telefone contra a orelha enquanto se virava na cama e olhava para o relógio com os olhos semicerrados.

— São cinco e meia da manhã. — Não seria tão ruim se ela tivesse conseguido dormir por mais tempo, mas, durante a noite inteira, observara o relógio passar das 23 horas à meia-noite, depois à 1 da manhã e depois às 2 horas antes que seu cérebro finalmente cedesse e se desligasse.

Maldito Zach Sullivan. Não somente por acordá-la... mas por ser a razão pela qual ela não conseguia dormir.

— Ternurinha não se importa com o horário — grunhiu ele ao ouvido de Heather.

No dia anterior, ela ficaria em pânico ao ouvi-lo falar assim, presumindo que faria algo horrível com a cadelinha. Mas, depois de passar uma parte do início da noite em sua companhia, embora confirmasse que era cheio de si, Heather também estava confiante de que ele tinha jeito para lidar com animais. Até mesmo com filhotes que não se comportavam bem.

— A vida com um filhote é assim — ela informou em meio a um bocejo enquanto se recostava contra o travesseiro e observava o sol começar a se erguer do lado de fora da janela do seu quarto. Era estranho o fato de parecer tão natural conversar ao telefone com Zach, embora tivesse acabado de conhecê-lo. De qualquer forma, era assim. — Basta limpar qualquer sujeira que ela tenha feito, diga-lhe que você a ama mesmo assim, e não se esqueça de aparecer para sua sessão de treinamento no fim do dia.

— Ternurinha! — ele gritou. Ela ouviu algo se quebrar ao cair no chão, seguido por uma sequência abafada de palavrões antes de a ligação ser interrompida.

Ela fechou os olhos, mas já sabia que não haveria motivo para tentar voltar a dormir. Não deveria sair correndo sempre que ele lhe telefonasse, especialmente no caso de Zach Sullivan, que veria aquilo

somente como uma confirmação de que era o rei do mundo. Mas, ao mesmo tempo, sabia que passaria o dia inteiro distraída imaginando se ele e Ternurinha conseguiriam chegar sãos e salvos para a sessão de treinamento às 17 horas.

Ela se arrastou para o chuveiro e ligou-o numa temperatura um pouco mais fria do que a habitual, forçando-se a acordar — e se refrescar após o sonho sensual que estava tendo, e que envolvia exatamente a pessoa que não deveria dominar seus pensamentos. Depois de se secar, Heather verificou o número no histórico de chamadas do seu celular, registrado quando ele lhe telefonara na noite anterior, e deixou-lhe uma mensagem dizendo que iria até sua casa para ajudá-lo, afinal.

Secar os cabelos e aplicar maquiagem foi algo muito mais tentador do que deveria ser, mas já era ruim demais ter que ir até a casa de Zach naquela manhã sem nada além de um telefonema. Se ela se vestisse especialmente para ele, qualquer chance de manter o respeito que tinha por si mcsma desapareceria.

Quando vestiu uma calça jeans, uma das várias camisetas de mangas compridas em seu armário e trançou seu cabelo para mantê-lo longe de qualquer problema enquanto lidava com o caos que Ternurinha deveria estar armando na casa de Zach, ele lhe enviou uma mensagem de texto com seu endereço.

Ela levou Atlas até o quintal e alimentou-o antes de saírem.

— Sabe o que vamos fazer? Vamos visitar sua nova amiga, Ternurinha.

Quando ouviu o som do nome da cadelinha, Atlas bateu alegremente o rabo contra o chão.

— Pelo menos um de nós está contente em fazer isso — murmurou ela enquanto dirigia para a região de Potrero Hill, um dos distritos mais exclusivos de São Francisco, com paisagens que se estendiam até onde a vista alcançava. Quem imaginaria que mecânicos de carro tinham uma vida tão boa?

Aquele pensamento voltou a atingi-la quando Heather estacionou em frente à casa imensa, junto com a indagação sobre como Zach tinha condições de manter aquele imóvel. Mas, ao perceber que a casa parecia estar sinistramente quieta enquanto batia na porta, a preocupação sobre o que poderia ter acontecido entre ele e a cadela deixou a questão para trás.

Porque, embora tivesse a sensação de que Zach provavelmente vivia para fazer coisas como acordar pessoas de um sono profundo às 5h30 da manhã, ela agora tinha a sensação de que a verdadeira razão para lhe telefonar fora o desespero.

Esperando ser tarde demais, bateu na porta outra vez, com mais força. Zach atendeu, dizendo:

— Shhhhh.

Estava com uma aparência horrível. Ainda era lindo demais para um mero mortal, mas definitivamente não estava em seu melhor momento.

Sem dúvida, até mesmo Heather conseguira dormir mais do que ele na noite anterior. E, a julgar pelo rosto barbeado pela metade e o jeans que usava, puxado até a altura dos quadris, os danos verdadeiros começaram a ocorrer quando ele estava no chuveiro.

Certo, disse firmemente a si mesma, ao ver como os músculos naquele peito nu se retesavam à sua frente. Ela era capaz de lidar com um belo abdômen de tanquinho. Que droga, ela chegara até mesmo a passar algum tempo com um atleta profissional. Não era a primeira vez que via um belo corpo.

Felizmente, Zach estava tão atarantado pelo que Ternurinha aprontara que pareceu não perceber que Heather olhava fixamente para o seu peito nu. A última coisa de que ela precisava era que ele percebesse sua dificuldade para resistir.

Ele apontou para Atlas e ordenou:

— Não acorde Ternurinha.

O cão baixou as orelhas e Heather revirou os olhos. Homens eram realmente muito infantis. Zach estava agindo como se acordar Ternurinha fosse o fim do mundo. Ele abriu lentamente a porta, gemendo com cada rangido da madeira.

Ao olhar para dentro, Heather ficou de queixo caído.

— Ah, meu Deus! — Ela encarou Zach, chocada, e depois olhou para o interior da casa outra vez. — Não acredito que Ternurinha fez tudo isso sozinha.

Um músculo se retesou no queixo de Zach.

— Pode acreditar. Ela é o diabo disfarçado de cão.

Normalmente, Heather ficaria ofendida se alguém dissesse isso sobre um filhote doce e indefeso, mas estava atordoada com a destruição na sala de estar de Zach.

Ternurinha não somente rasgara todas as almofadas sobre o sofá, mas também havia atacado aquilo que Heather acreditava ser um tapete incrivelmente caro. Havia marcas de arranhões em um dos lados de um balcão da cozinha e meia dúzia de manchas escuras nas partes expostas do piso de madeira de lei.

Até mesmo Atlas ficou alarmado com o estado em que a casa se encontrava, postando-se ao lado de Heather na porta da frente como se fosse uma estátua de um dogue alemão.

— Onde ela está? — perguntou Heather na voz sussurrada que Zach queria que ela usasse antes.

Ele apontou para uma pilha de penas ao lado do sofá. Heather teve que observar com cuidado para ver Ternurinha enrodilhada no meio delas, dormindo o sono dos exaustos.

— Vou matar o meu irmão — disse ele em uma voz baixa que indicava que cada uma daquelas palavras era sincera.

Não o culpava por pensar daquela maneira. Era um homem solteiro que fora obrigado a cuidar de um filhote hiperativo. Na verdade, Zach não tinha qualquer culpa pelo que acontecera. Estava fazendo o melhor que podia. Infelizmente, parecia que aquele filhote em particular o tirava do sério.

Heather trabalhara com centenas de cães no decorrer dos anos, e soube imediatamente que Ternurinha era um dos casos mais complicados. Cães inteligentes e brincalhões sempre eram assim.

— O que aconteceu?

— Ela não parava de chorar ontem à noite, quando a coloquei na cama e fechei a grade.

Heather revirou os olhos.

— O que foi que eu lhe disse ontem sobre manter regras rígidas?

— Nem eu nem ela conseguiríamos dormir a menos que eu a deixasse subir na cama — disse, olhando para Heather com uma expressão arrependida. — Ela adormeceu assim que a coloquei sobre um dos meus travesseiros, e imaginei que iria ser assim até o dia raiar — continuou ele, esfregando o rosto com as mãos. — Eu sei, sou um idiota. Não achei que um quilo e meio de pelos conseguiria fazer um estrago tão grande. Não consigo acreditar que me esqueci dos dentes. E da bexiga. E das unhas.

— Quanto tempo você acha que ela ficou sozinha?

— Não sei. Pensei que ela tinha se enfiado por baixo de um travesseiro e imaginei que ainda estivesse na cama quando me levantei para fazer a barba e tomar banho. — Ele fez uma careta. — Foi quando

ouvi o estrondo. Uma luminária caiu no chão e se quebrou, mas, por sorte, não a machucou. Ela derrubou outra logo depois que eu lhe telefonei. Juro por Deus, foi só desviar os olhos por três segundos e essa filhote se transformou num maldito diabo-da-tasmânia.

Heather fez um sinal a Atlas para que ficasse ao lado da porta antes de se aproximar da pilha de penas e de Ternurinha.

— Ela está bem?

— Ela está bem. Dei uma olhada nela antes de deixá-la dormir.

A verdade era que, nesse ponto, a maioria das pessoas estaria irritada o suficiente para dar uma boa surra no traseiro de um filhote que se comportasse assim. Aliás, era engraçado o fato de que Heather conseguia imaginar com tanta facilidade as mãos enormes de Zach movendo-se gentilmente por entre as pernas e a barriga macia de Ternurinha enquanto examinava a cadelinha para se certificar de que ela estava bem.

Sentindo pena dele, ela disse:

— Vou ajudá-lo a limpar essa bagunça. Volte e termine o seu banho.

Ele pareceu sentir uma gratidão patética enquanto lhe mostrava onde os sacos de lixo ficavam guardados.

— Obrigado, Heather.

Ah, não. Ela não estava preparada para um sorriso como aquele, completamente desprovido de sedução ou segundas intenções. Uma coisa era guardar seu coração contra um otário sem quaisquer limites morais... outra coisa, inteiramente diferente, era permanecer fria e distante com um homem de carne e osso, alguém que ela receava que poderia ser tão humano quanto qualquer outro.

Ele já estava a meio caminho do outro lado da sala de estar quando se virou e disse:

— Se não fosse pelo cão e a destruição em massa que ela causou, eu a convidaria para vir comigo.

Ah, ali estava o homem contra o qual ela teria muito mais facilidade para lutar, apesar da atração que sentia.

— Se não fosse por ela, eu não estaria aqui.

Deu as costas para ele enquanto enfiava as penas e os cacos de cerâmica no saco de lixo. Quando ouviu Zach ligar o chuveiro, ela finalmente soltou a respiração. Balançando-se sobre os calcanhares, olhou para Atlas, que vigiava Ternurinha do lugar em que estava.

— No que foi que nos metemos, Atlas?

O grande dogue alemão ergueu as sobrancelhas escuras ao ouvir aquela pergunta, mas não tirou os olhos de Ternurinha. Heather não o culpava por ficar tão encantado com aquela cadelinha meiga, mas muito impertinente.

Deus sabia que ela não conseguia afastar seus pensamentos do dono temporário de Ternurinha, igualmente meigo e impertinente.

CAPÍTULO SEIS

Zach ainda não conseguia acreditar como a filhote havia atacado cada peça da mobília da sua casa, mas valera a pena. Porque Heather estava ali.

Depois da maneira como ela o havia dispensado na noite anterior, Zach duvidava que qualquer outra coisa poderia fazê-la concordar a vir até sua casa tão rapidamente.

Já fazia algum tempo que suas irmãs Lori e Sophie estavam loucas para redecorar a casa. Elas provavelmente nunca parariam de rir quando soubessem o que acontecera. Seus irmãos iriam *adorar* saber. Chase provavelmente já espalhara a notícia sobre Heather para o restante da família, após a sessão de fotos da véspera.

Zach vestiu uma calça jeans e uma camiseta para voltar à sala e ajudar Heather a limpar o lugar. Parou no final do corredor, surpreso.

— Já terminou?

Ela sorriu para ele na porta da cozinha, do outro lado da sala de estar.

— Já participei de uma quantidade enorme de faxinas após um filhote causar uma destruição dessas. Parecia pior do que realmente era. Mesmo assim, seu sofá vai ter que ir para o lixo.

Ele cheirou o ar.

— Está cozinhando?

Heather enrubesceu discretamente.

— Não consegui comer nada no café da manhã e imaginei que você devia estar com fome. Espero que não se importe por eu ter revistado sua geladeira.

Com um pano de prato enfiado por entre a cintura do jeans e os cabelos começando a se livrar da trança conforme o sol se erguia na janela da cozinha, Heather era, sem comparação, a mulher mais linda que ele já vira em toda a vida. Zach sentiu um aperto no peito enquanto a observava fritar os ovos e espalhar manteiga nas torradas.

Além de sua mãe, nenhuma mulher lhe preparara o café da manhã antes. Muitas quiseram fazê-lo, mas ele nunca permitira, nunca quisera compartilhar algo tão íntimo para não alimentar falsas esperanças. Se alguém lhe dissesse que ele abriria sua cozinha de bom grado para receber uma mulher, que estaria tentando encontrar mais razões para fazer com que ela ficasse ali por mais algum tempo, ele diria que essa pessoa estaria precisando de ajuda psiquiátrica.

Definitivamente, queria Heather com tanta intensidade que estava disposto a quebrar algumas regras para tê-la. Não a maior de todas, é claro. Não iria se apaixonar por ela ou coisa do tipo.

Mas o café da manhã, e querer passar mais tempo com ela do que geralmente passava com outras mulheres, não era uma transgressão tão grande.

Ela olhou para Zach por trás da porta aberta de um dos armários, claramente surpresa ao perceber que ele ainda estava no mesmo lugar.

— Não estou encontrando seu batedor de ovos.

Zach finalmente resolveu se mover, mas, quando chegou à cozinha, deteve-se e olhou para os armários.

— Você nem faz ideia de onde ele esteja, não é? — Ele percebeu que Heather ria da sua cara. Mas preferiria muito mais que ela zombasse dele do que o enxotasse de casa, como na noite anterior.

— Eu nem sei qual é a aparência de um batedor de ovos.

Quando ela começou a gargalhar, ele lhe cobriu rapidamente a boca com a mão. Ao ver a expressão dela ao ser tocada daquela maneira, ele sussurrou:

— Ternurinha pode acordar!

Heather assentiu, compreendendo a situação, mas não antes que Zach sentisse aqueles lábios macios tocando a palma da sua mão.

E não antes de perceber como a expressão nos olhos dela ficou séria conforme a mão de Heather encobriu a sua para afastá-la da sua boca e do rosto.

Ele a quisera desde o momento em que a vira presa nos arbustos em frente à oficina. E não havia mais nada que pudesse impedir o beijo. Não quando ela estava na sua cozinha, tão próxima, quente e macia.

A expressão nos olhos de Heather ficou mais suave quando Zach baixou a cabeça para se aproximar dela. Um beijo não seria o bastante para tirar a audácia do desejo que sentia, não quando ela era tudo em que ele conseguia pensar...

Uma série de latidos esganiçados fez com que ela saltasse para longe de seus braços.

Ternurinha escolhera o pior momento para acordar.

Zach e Heather se viraram para ver a filhote correr pela sala e dar um longo salto na direção de Atlas. O imenso dogue alemão continuou imóvel conforme Ternurinha se esfregava e se contorcia ao seu redor, mas Zach percebeu o quanto o cão ficara feliz com todo aquele carinho.

Entrando rapidamente em ação, em vez de deixar que aquela aproximação voltasse a acontecer, Heather pegou dois pratos e encheu-os com ovos mexidos.

— Não consigo acreditar na rapidez com que esses dois viraram amigos. É quase como se tivessem nascido para ficar juntos, e estivessem apenas esperando a oportunidade para finalmente se conhecerem.

Zach tentou ignorar a sensação de aperto no peito, novamente, ao ouvir aquelas palavras. O fato era que Heather era sensual demais, mesmo enquanto se sentava à sua mesa de jantar, descalçando as sandálias e sentando-se sobre uma perna.

— É espantoso como ela se comporta quando Atlas está por perto — comentou Heather. — É quase como se ela quisesse impressioná-lo.

— Nesse caso, seria melhor vocês dois se mudarem para cá durante as próximas duas semanas. — Propositalmente ignorando a expressão de *como se isso fosse acontecer algum dia* no rosto de Heather, ele se sentou e experimentou os ovos. — A comida está tão boa que você poderia cozinhar para mim todas as manhãs, também.

— É mesmo? Você acha? — ela indagou com sarcasmo.

— Tenho certeza — respondeu ele, com um sorriso.

Ela balançou a cabeça negativamente, mas Zach percebeu que Heather lutava contra o impulso de retribuir o sorriso. Se ele tivesse ao menos conseguido roubar aquele beijo na cozinha, não teria que se esforçar tanto para conquistá-la agora, ou continuar avançando tão lentamente.

Ele pensou no tempo que levava para reconstruir um carro clássico, começando pelo motor. A satisfação que sentia não ocorria somente ao entregar o produto final, mas durante cada minuto que passava parafusando o cabeçote do motor ou trabalhando sob o veículo.

Forçar a situação para acontecer rápido demais acabaria por afastar Heather?

— Ah, eu quase me esqueci — disse ela, levantando-se da mesa para lhe entregar uma fotografia. — Encontrei isso debaixo de uma almofada. A moldura está quebrada, mas acho que Ternurinha não estragou a foto.

Era uma velha foto em preto e branco, uma das únicas que ele tinha com seu pai. Seus pais estavam com os braços ao redor um do outro, e Marcus, Smith, Chase, Ryan e Zach se esforçavam para ficar quietos para o fotógrafo.

— Se não fosse uma foto em preto e branco, eu pensaria que o homem na foto era você.

— É o que todo mundo diz. Sou uma cópia exata do meu pai. Quando eu era criança, nós passávamos horas debaixo do capô de algum carro velho que ele estava tentando consertar.

— Quantos anos você tinha nessa foto?

— Quatro.

Seu pai falecera apenas três anos depois que aquela foto fora tirada. Três anos e duas semanas. O aniversário da morte de Jack Sullivan nunca era um dia agradável. A equipe de Zach na oficina aprendera a evitar o mau humor que o acometia uma vez por ano.

— Você parece estar louco para arrancar essa gravata-borboleta — disse Heather, com um pequeno sorriso. Um sorriso que revelava mais a Zach sobre o que ela sentia, mais do que ela estivera disposta a mostrar por vontade própria até agora.

— Sabe o caos que tomou conta da minha sala de estar? — sorriu ele, lembrando-se. — Multiplique a destruição por cinco depois que essa foto foi tirada e nós fomos dispensados.

Ele amava o som do riso de Heather, a maneira como afastava as nuvens negras que surgiam sempre que ele pensava em seu pai.

— Jamais poderia imaginar que uma mulher tão linda quanto sua mãe pudesse cuidar de tantos garotos.

— Mesmo quando ela estava gritando conosco, você poderia vender uma foto dela para ser a capa de alguma revista — disse ele, sorrindo para a fotografia, mantendo o foco na mãe em vez do pai desta vez. — Mesmo agora, depois de tudo que a fizemos passar, ela ainda é uma gatona.

Zach levantou os olhos e viu que Heather o observava como se nunca o tivesse visto antes. Ele nunca tivera dificuldade para falar com uma mulher antes. Geralmente a situação acontecia de maneira oposta, quando elas não conseguiam parar de lhe dizer o quanto estavam empolgadas por ficar em sua companhia, o quanto esperavam poder conhecer seus irmãos famosos.

— Achei que vocês fossem oito irmãos.

— Minha mãe estava grávida do meu irmão Gabe nessa foto. Lori e Sophie nasceram dois anos depois. — Ele decidiu quebrar o gelo, caso ela estivesse lhe escondendo alguma coisa. — Este aqui é Smith.

E esse outro é Ryan.

Ela olhou para o retrato outra vez.

— E quem são os outros dois?

Ele franziu a testa. Ela não se importava com o fato de Smith ser um dos maiores atores do mundo e Ryan, estrela do beisebol, o principal arremessador dos Hawks?

— Marcus e Chase. — Observou o rosto dela cuidadosamente para ter certeza de que ela não estava brincando. Claro, se não fosse entusiasta de esportes, provavelmente não saberia quem era Ryan, mas teria que viver sob uma rocha para não saber quem era Smith. — Você assiste a filmes, não é?

— É claro que assisto. — Ela se levantou, pegou os pratos vazios e levou-os para a pia. — Viu algum que seja bom ultimamente?

Atlas tocou na porta de tela com a pata e Zach o deixou sair para se aliviar. Claro, Ternurinha o acompanhou. Ele esperava que ela conseguisse aprender alguma coisa, especialmente a usar a grama em vez do seu piso de madeira de lei num futuro próximo.

— Você realmente não se importa com o fato de que Smith Sullivan é meu irmão?

Ele não sabia por que a estava pressionando tanto em relação àquilo. Mas não queria ficar decepcionado mais tarde, quando descobrisse que estava secretamente desejando ser convidada para conhecê-lo.

Ela parou, com um prato em uma mão e uma esponja na outra.

— É mesmo? — disse ela, rindo de si mesma. — Eu devia ter percebido antes, não é? Estive tão ocupada com a minha empresa durante o ano que passou que não saí tanto quanto costumava fazer. — Olhou na direção dele, receosa de que o tivesse ofendido ao não se importar com a fama de Smith. — Mas ouvi dizer que seu irmão esteve ótimo nos últimos filmes em que trabalhou. Há algum que eu deveria assistir?

Juntou-se a ela na pia, enxugando os pratos que Heather acabara de lavar.

— Se você vir um deles, verá todos eles.

— Pelo jeito que fala, você se importa muito com a sua família — disse ela, com a voz suave.

— Eu levaria um tiro por qualquer um deles.

— É mesmo?

Ele nem precisou pensar naquela pergunta.

— Somos uma família.

— Família. — Ela ficou em silêncio por um longo momento. — Eles têm sorte em tê-lo por perto.

Querendo apagar as sombras que não deveriam cobrir aqueles belos olhos, ele disse:

— É exatamente isso que eu sempre digo a eles.

Ela balançou a cabeça.

— Vá dar uma olhada nos cães, por favor. Acho que devemos nos afastar da cena do crime por algum tempo para mais um pouco de treinamento. Deixe que eu termino de cuidar da louça.

Ele estava saindo da cozinha quando percebeu que se esquecera de algo importante. Voltou até onde ela estava, erguida na ponta dos pés, guardando os pratos limpos de volta no armário.

Antes que Heather percebesse o que ele estava fazendo, Zach lhe deu um beijo no rosto.

— Obrigado pelo café da manhã, Heather. E por vir até aqui para me ajudar com Ternurinha. Eu estaria completamente perdido se não fosse por você.

Aquela pele era tão macia, e ela tinha um perfume tão bom que

ele queria fazer muito mais do que beijá-la no rosto. Em vez disso, forçou-se a recuar e ir para o quintal. Ainda não havia desistido da missão de levá-la para a cama, mas, naquele momento, não parecia certo tentar seduzi-la da maneira como geralmente o faria.

Mas, mesmo enquanto se afastava, não conseguiu evitar de se virar e olhar para ela. Heather estava em frente aos armários, com a mão sobre a face onde ele a beijara... parecendo tão atordoada quanto ele se sentia.

CAPÍTULO SETE

Heather não estava acostumada a ser surpreendida pelas pessoas. Levara algum tempo até que ela aprendesse a interpretar o comportamento das pessoas, como separar os honestos dos enganadores, o real do falso. Mesmo assim, desde os 17 anos, tinha se esforçado para não deixar ninguém passar pelo seu filtro.

Pensava que havia compreendido Zach Sullivan desde o início. Mas, pela maneira como ele olhava para a foto em preto e branco e falava sobre sua família, com um amor e uma afeição tão profundos... aquilo a levara a imaginar se as primeiras impressões em relação a ele estavam erradas.

À primeira vista, um homem como Zach parecia não precisar de ninguém. Não quando se mostrava tão perfeito e tão intocável e, certamente, não quando deixava óbvio que passara a vida inteira às voltas com estranhos que faziam de tudo para agradá-lo em troca de migalhas da sua atenção.

Ficar ao lado dele naquela cozinha, tão próxima, com o calor da palma da mão dele sobre seus lábios, quase a tinha feito implorar para que ele a beijasse. Sem dúvida, ela provavelmente faria exatamente isso se não fossem os latidos de Ternurinha, que surgiram no momento mais oportuno.

Mas, no fim das contas, o beijo que ele lhe dera no rosto foi o que mais a deixou chocada.

Ela se pegou desejando que ele continuasse com a estratégia original, e bancasse o homem encantador com um único objetivo na cabeça. Porque, mais do que qualquer coisa, ela precisava reprimir suas emoções antes que as coisas piorassem dentro de si.

Não podia, de jeito nenhum, sentir algo pelo homem encantador com a filhote adorável de yorkshire... não quando já sabia o que iria acontecer depois de assistir ao show ao vivo entre sua mãe e seu pai se desenrolar na casa em que vivera durante 17 anos.

Havia um bom parque que permitia a presença de cães e ficava a poucos quarteirões da casa de Zach. Dava para ir a pé até lá. Mas ainda assim era tempo suficiente para que pelo menos duas dúzias de completos estranhos os abordassem com exclamações sobre a filhote incrivelmente adorável — ou, mais especificamente, o dono e sua cadelinha.

Se ela ouvisse as palavras *tão linda* e *adorável* mais uma vez, iria obrigar Ternurinha e Zach a vestirem máscaras da próxima vez que saíssem juntos em público.

Não que estivesse planejando alguma aparição em público ao lado dele, é claro. As circunstâncias presentes eram extraordinárias, afinal de contas, e não o começo de qualquer tipo de quarteto que circularia pela cidade.

Pobre Atlas, pensou ela enquanto o dogue alemão empurrava Ternurinha com o focinho e a filhote soltava um latido feliz. Ele iria ficar com o coração partido quando Heather encontrasse outro treinador para a sua nova amiga.

Bem, talvez, se conseguisse ser dura o bastante e confiar em si mesma quando estivesse perto de Zach, poderia fazer algumas concessões adicionais à sua agenda diária para continuar trabalhando diretamente com os dois. Ela certamente tinha autocontrole suficiente para manter aquele relacionamento num nível profissional durante as próximas duas semanas, não tinha?

Quando encontraram um espaço desocupado na grama, ela colocou sua bolsa com equipamentos de adestramento e avisou:

— Vamos trabalhar com reforços positivos hoje.

Zach ergueu as sobrancelhas.

— Você quer que eu recompense essa pestinha depois de tudo que ela fez hoje de manhã?

Heather fez um sinal sutil para Atlas, e o cão parou de arfar enquanto observava um esquilo subir pelo tronco de uma árvore, concentrando toda a sua atenção nela.

— Bom garoto — disse ela, sorrindo. — Deite.

Ela levou a mão até a pequena bolsa que havia prendido à alça do cinto e agachou-se para lhe entregar um petisco. Em seguida, afagou-o entre as orelhas e olhou para Zach.

— Por que você acha que Atlas quer me agradar?

Os olhos dele arderam.

— Quem não iria querer agradá-la?

Ela engoliu em seco, sem saber como aquelas conversas — mesmo aquelas que versavam sobre tópicos totalmente pouco sensuais como o treinamento de cães — sempre acabavam se desvirtuando tão rapidamente.

Não, aquilo não era exatamente verdade. Ela sabia exatamente como aquilo acontecera.

Tudo porque Zach Sullivan era o sexo que andava, vivia e respirava. E ela era uma mulher sensual que não conseguia evitar as próprias reações. Pelo menos no patamar físico.

Prosseguindo como se ele não tivesse acabado de fazer o sangue lhe correr aceleradamente pelas veias, ela disse:

— É reconfortante para ele saber que estou no comando, e que eu sempre lhe darei indícios claros para que saiba se estou feliz ou irritada com o que ele faz.

Zach olhou para a filhote em seus braços com uma expressão séria. Heather pensou que ele não percebia o que estava fazendo, mas, mesmo que ainda dissesse estar irritado com a cadela, segurava-a carinhosamente contra o peito, deixando a cabecinha do animal apoiada contra o lugar onde podia ouvir as batidas do seu coração.

— Eu tinha a impressão de que gritar fosse um indício bastante claro.

Ela teve que sorrir para aquela dupla adorável, mesmo enquanto balançava a cabeça, sabendo que estava agindo de maneira tão patética quanto todas as mulheres com as quais cruzaram durante o trajeto até o parque.

— Todos aqueles gritos só a deixam mais ansiosa. Ela fica ainda mais agitada, especialmente porque não sabe qual é a conduta adequada para substituir o mau comportamento.

— E eu costumava pensar que gostava que as minhas garotas se comportassem mal.

Ela suspirou.

— Você é incorrigível.

Ela devia estar bem mais irritada com aquilo, mas a verdade era que Heather até gostava daquele senso de humor.

— Incorrigível o bastante para dizer o quanto você fica sexy quando fala palavras longas?

Ela já devia saber. Se lhe oferecesse a mão, ele iria querer o braço. Reprimindo um sorriso, ela disse:

— Que tal "irritante", então?

Heather tirou Ternurinha dos braços de Zach e lhe entregou o pacote de petiscos.

— Vá até aquela árvore e vamos trabalhar no comando *aqui* mais algumas vezes, para começar.

Ela prendeu a respiração, esperando que ele soltasse alguma frase de duplo sentido com o comando que estavam praticando, mas ele simplesmente seguiu as instruções e foi até a árvore em questão. Não que ela ficasse desapontada pelo fato de Zach ter desperdiçado uma oportunidade para fazer um trocadilho sensual, ou que estivesse começando a gostar da sensação constante de sentir faíscas ao seu redor quando estava com um homem tão atraente, é claro.

Mas, ah, enquanto observava seu corpo magro e musculoso movendo-se sob a luz do sol, ela não conseguiu conter um suspiro de puro desejo feminino. Zach Sullivan podia ser irritante e incorrigível
por dentro, mas, por fora, realmente era uma obra de arte.

Depois de alguns minutos observando Ternurinha correndo para os braços de Zach quando ele dava o comando, a língua da cadelinha estava pendendo para fora da boca.

— Traga-a aqui para lhe dar um pouco de água.

Ela colocou uma pequena vasilha na grama e entregou uma garrafa d'água a Zach para que a enchesse. Ternurinha imediatamente enfiou o focinho na vasilha. Antes que Heather lhe dissesse o que deveria fazer, Zach começou a acariciar a cadelinha e dizer-lhe o quanto era inteligente. O rabo do animal abanava o tempo todo, e Heather sabia que não havia motivo para tentar reprimir o sorriso enquanto observava os dois juntos.

Bem, Zach lhe causara uma primeira impressão horrível. Mesmo assim, poderia acabar sendo o seu melhor aluno.

Quando Ternurinha se fartou de beber água, Heather se virou para Atlas, que aguardava pacientemente atrás dela. Ela tirou uma corda multicolorida da bolsa e a atirou a alguns metros de distância.

— Vá lá brincar um pouco, Atlas. — Ternurinha pulou por cima da sua vasilha de água na ânsia de brincar também.

— Esse vira-lata adora você.

— Ele é um dogue alemão puro-sangue, não um vira-lata — informou ela a Zach e em seguida concluiu: — Eu também acho que ele é ótimo.

Era muito tentador poder relaxar com Zach e fingir que estavam compartilhando uma manhã no parque com seus cães. Excessivamente tentador.

Claramente, ela precisava se esforçar mais para lembrar o que eram quando estavam juntos: treinadora de cães e dono de um filhote. Nada além disso.

— Agora, vamos trabalhar com o reforço positivo. O que eu quero que você faça é o seguinte: chame o nome Ternurinha algumas vezes enquanto eles estiverem brincando. Você não precisa dizer a ela para vir até onde você está, mas, toda vez que ela olhar na sua direção, dê-lhe um biscoito, acaricie-a ou diga que ela é uma boa garota.

Zach fez que sim com a cabeça, e depois concentrou-se na cadelinha.

— Ternurinha.

A filhote olhou para ele, ainda segurando a corda esfarrapada na boca, para ver o que seu dono temporário queria. Ele imediatamente estava lá com um petisco e um abraço. Era realmente um animal muito sortudo por receber tanta atenção e carinho de Zach.

Ele deu um passo atrás.

— Que tal?

— Você adora elogiar, não é?

Ele se aproximou para afastar uma mecha de cabelo da frente dos olhos de Heather, com os dedos tocando-lhe a pele com uma suavidade incrível.

— Foi bom, não acha?

Ah, minha nossa, pensou ela, conforme sua pele se eriçava toda ao sentir aquele toque gentil. *Bom* não era o suficiente nem para começar a descrever a sensação.

— Faça outra vez — disse ela, com as palavras surgindo sussurradas demais para qualquer lugar que não fosse um quarto.

Os olhos de Zach ficaram mais sérios conforme ele deslizou os dedos pelos cabelos dela outra vez, agora deslizando a ponta do polegar sobre a sua face.

— Com prazer.

Ela se deixou perder naquela sensação doce com tanta intensidade, na promessa pecaminosa de prazer estampada nos olhos dele,
que demorou mais do que deveria para se afastar daquele calor.

— Não assim. Diga o nome da cadelinha outra vez.

Por um momento, ela achou que ele fosse ignorar a instrução e, em vez disso, puxá-la para si. Os olhos de Heather se concentraram na boca de Zach, como se tivessem vontade própria. Ela não conseguia deixar de perguntar a si mesma qual seria a sensação de sentir aqueles lábios pressionados contra os seus. Não um daqueles beijos suaves que ele lhe dera no rosto na cozinha, mas um beijo primal, sôfrego, que não lhe deixasse qualquer brecha para esconder as sensações que ele lhe causava.

Abruptamente, ele se virou e chamou pela cadelinha. Outra vez, Ternurinha respondeu imediatamente e ele a encheu de elogios e carinhos.

Heather sentiu o rosto arder com a maneira constrangedora como continuava a perder o controle sobre si mesma quando estava perto de Zach, especialmente depois de ridicularizar mentalmente tantas outras mulheres que faziam exatamente a mesma coisa. Reunindo forças para manter a cabeça no lugar, ela transferiu toda a sua concentração de volta para a sessão de treinamento.

Depois que Ternurinha respondeu aos chamados de Zach mais de dez vezes, ela disse:

— Acho que já está bom o bastante para que ela comece a associar prazer à sua pessoa.

— Prazer?

Ah, não. O que ela acabara de dizer?

Ela se obrigou a continuar como se dissesse aquilo a qualquer outro cliente.

— Quanto mais ela associar petiscos e afeição a você, menor será a probabilidade de que fique alegre destruindo seu sofá. Principalmente quando aprender que você não aprova esse comportamento.

— Achei que você tivesse dito que eu não devia gritar.

— Você não vai mais precisar gritar com ela. Porque, se você pegá-la arrancando o enchimento de uma almofada e não sorrir, não acariciá-la e não lhe disser que é uma cadelinha maravilhosa, ela ficará decepcionada.

— Será que isso também funciona para tratar os meus funcionários?

Heather teve que rir ao considerar a ideia de que ele lidaria com os homens enormes que vira trabalhando na oficina do mesmo modo que havia feito com a cadelinha.

Um casal jovem passou por eles, de mãos dadas, as bocas coladas às faces um do outro. Não seria tão ruim se eles não tivessem parado para trocar carícias e murmurar palavras carinhosas um para o outro.

Zach percebeu a careta de Heather.

— Não aprova esse tipo de comportamento?

— Eu poderia viver sem ter que ver um lambendo as amígdalas do outro, mas, fora isso, estou feliz por eles enquanto o relacionamento durar.

— Enquanto o relacionamento durar? — perguntou ele, confuso. — Pensei que todas as mulheres acreditassem em amor eterno.

Só as idiotas.

— Não, nem todas.

Ele a estava ajudando a guardar as coisas em sua bolsa quando perguntou:

— Por que não?

Aquela conversa estava cruzando certos limites mais uma vez, passando da esfera profissional para a pessoal. Claramente, Zach não se deixava intimidar por limites. Assim, em vez de responder, ela simplesmente deu de ombros e rebateu com sua própria pergunta:

— E você? — Embora achasse que poderia adivinhar a resposta.

— Não sou o tipo de homem que acredita em amor eterno — disse ele, como se aquilo explicasse tudo. E, em seguida: — Algum cara com quem você estava namorando despedaçou seu coração, não foi?

Qualquer afeição que ela poderia estar se permitindo sentir por ele esfriou imediatamente.

— Meu coração está perfeitamente intacto, obrigada.

Ele estalou os dedos.

— Já entendi. Seus pais se separaram e você nunca conseguiu superar isso.

Ela teve que forçar os músculos tensos do rosto para responder.

— Errado de novo. Meus pais ainda estão juntos. Não que isso seja da sua conta — enfatizou ela.

E não que o casamento intacto dos seus pais houvesse lhe dado qualquer razão para acreditar no amor — ou qualquer outra esperança de que o sentimento seria eterno. Na verdade, era exatamente o oposto sempre que pensava no relacionamento dos seus pais, em como seu pai traíra a mãe, provavelmente desde quando se conheceram, e o fato de que sua mãe continuara com ele, como um cão implorando por restos, independentemente da maneira como ele a tratava.

Heather pegou sua bolsa e chamou Atlas para irem embora. Nunca deveria ter ido à casa de Zach naquela manhã, ou tomado o café da manhã com ele, e menos ainda concordado em uma segunda sessão de treinamento individual. Mal podia esperar para voltar para o seu escritório. Voltar à sua vida normal. Para o jeito que as coisas eram antes que pensamentos sobre Zach Sullivan — e sobre a sensação que seus beijos lhe causariam — começassem a dominar todo o seu bom senso.

Mas, em vez de entender a mensagem de que ela não desejava mais falar sobre por que não acreditava no amor, quando Ternurinha veio correndo atrás de Atlas, Zach disse:

— Tem que haver uma razão.

O profissionalismo fora jogado pela janela há tanto tempo que ela nem tentou reparar a situação desta vez. Em vez disso, ela disse exatamente o que tinha em mente.

— Deixe-me ter a certeza de que entendi as coisas direito. Um homem não pode procurar pelo amor, porque isso complicaria a vida fácil que ele tem. Mas uma mulher deve ter vários tipos de trauma para agir dessa forma, não é?

Até mesmo o casal que trocava carícias parou de se lamber para observar aquela discussão acalorada. Bem, acalorada por conta de Heather, de qualquer maneira, porque Zach parecia estar completamente tranquilo. Pior ainda, parecia até mesmo estar se divertindo com a reação dela.

— Acho que é exatamente assim.

Ela arremessou o pacote de biscoitos em Zach, atingindo-o no peito.

Mulheres bonitas se jogavam aos seus pés, não atiravam coisas nele. E definitivamente nunca diziam que não acreditavam em amor eterno.

Será que Heather era a mulher perfeita?

Ele mal podia esperar para levá-la para a cama e mantê-la ali. Especialmente agora que sabia que ela não estava procurando por um relacionamento firme.

Toda a diversão que teriam quando ela finalmente cedesse...

Os cães se atiraram sobre os biscoitos que haviam se espalhado pelo chão quando o pacote batera contra o peito dele.

— Isso faz parte da sua lição sobre reforço positivo? — ele a provocou.

Zach tentou não rir quando ela grunhiu para ele ao se abaixar para recolher o pacote e espantar os cães, que atacavam a comida. Ele estava se abaixando para ajudá-la, mas nesse instante levantou os olhos e viu um adolescente sobre um *skate* descontrolado descendo a ladeira, direto na direção deles.

O garoto gritava para que eles saíssem do caminho e Zach rapidamente pegou Ternurinha com um braço e passou o outro ao redor da cintura de Heather.

— Atlas, aqui! — ordenou ele enquanto rolava para o lado.

A borda do skate bateu contra a panturrilha de Zach com força suficiente para fazê-lo gemer de dor, mas tudo que importava era o fato de Heather estar sã e salva por baixo dele, Ternurinha protegida na curvatura do seu braço flexionado e Atlas ao lado de sua bela dona.

Agora que o perigo passara, ele deveria soltar Heather. Mas como, se ela era tão macia, tão quente... e olhava para ele com aqueles olhos grandes que faziam seu coração saltar dentro do peito desde o primeiro momento em que os vira?

Ele a desejara desde aquele momento, mas, estranhamente, neste instante não estava pensando em sexo. Não totalmente, pelo menos.

— Você tinha realmente que fazer isso? — perguntou ela em uma voz que vacilava levemente.

Ele afastou os cabelos que caíram pela testa de Heather, deliciando-se com as mechas soltas que lhe escaparam da trança.

— Tinha, sim.

Ele queria pressionar seus lábios contra a testa dela, queria garantir a si mesmo que nenhum mal acontecera — ou viria a acontecer — a Heather.

Ele se aproximou mais um pouco e tocou-lhe suavemente a pele com a boca, antes de dizer:

— Eu ficaria muito irritado se você fosse atropelada por um adolescente cheio de espinhas e o seu skate.

— Eu estava pronta para ficar brava com você — sussurrou ela, dando-lhe a impressão de estar excitada e sem fôlego, mas não irritada. — Diga algo sarcástico, por favor.

Era estranho, mas, pela primeira vez desde que se lembrava, ele não queria agir daquela maneira.

Era a oportunidade perfeita para aquele beijo que sabia que ela queria lhe dar, mais do que simplesmente roçar os lábios contra o rosto dela.

Acabara de salvá-la e ela estava grata — Zach podia sentir o coração de Heather batendo contra o seu, e a respiração dela estava bastante acelerada. E Deus sabia como durante toda aquela manhã ela o enlouquecera com suas curvas, seu belo sorriso e seus olhos expressivos.

Ele não podia beijá-la agora... porque gostava dela.

Gostava demais.

Zach rolou para ficar de costas sobre a grama e olhou para o céu azul, engolindo uma longa quantidade de palavrões pela estupidez de abrir mão, por vontade própria, da sua chance de finalmente seduzir Heather.

Quando Ternurinha se viu solta outra vez, imediatamente subiu no peito dele e começou a lambê-lo. Em seguida, fez o mesmo com Heather, por tanto tempo que os dois começaram a rir enquanto tentavam se desvencilhar dela. E, quando os dedos de Heather acidentalmente tocaram os de Zach, a reação mais natural do mundo foi ele segurar sua mão e puxá-la até os lábios, para lhe beijar a palma.

Seu telefone tocou ao mesmo tempo que o dela, e ele sentiu os dedos de Heather se enrijecerem por entre os seus. E, embora a sensação de estarem deitados ali, lado a lado, completamente vestidos, fosse melhor do que qualquer outra ocasião em que estivera nu com outra mulher, ele se forçou a soltar a mão de Heather conforme ela se levantava.

Nenhum deles disse uma palavra conforme verificavam suas mensagens e depois caminharam de volta para a casa de Zach, enquanto Heather e Atlas embarcaram no carro dela e foram embora. Ternurinha ganiu nos braços de Zach como se seu coração tivesse sido despedaçado.

CAPÍTULO OITO

Heather não acreditava em recuar de desafios. Fora assim que ela havia conseguido expandir a Top Dog, começando com uma empresa que fazia treinamentos individuais e transformando-a em um enorme centro de treinamento e hotel para cães. Ela não tinha medo de defender o que considerava ser certo ou de encarar decisões difíceis.

Mas não havia chegado até onde estava agindo de maneira idiota, também.

E passar mais tempo com Zach Sullivan seria exatamente isso. *Idiotice*. Elevada à enésima potência.

Não eram nem mesmo os dois quase-beijos que a preocupavam. Beijar, ou até mesmo o sexo, eram coisas que ela sabia compartimentar. O fato de não estar procurando por um relacionamento do tipo “felizes para sempre” não significava que ela era uma freira.

Mas naquele momento em que ela e Zach estavam rindo juntos e a mão dele encontrara a sua... ela apertou os olhos com força para tentar afastar aquela sensação de carinho. De contentamento.

De uma doce ligação.

Apesar disso, não importava o quanto tentasse, desde aquela manhã, afastar Zach de seus pensamentos — fingir que ele não a fizera sentir algo profundo e verdadeiro, tentar ignorar como ele sorria toda vez que falava da sua família, e que até mesmo *levaria um tiro* por eles —, toda vez que pensava nele, ela acabava voltando exatamente ao mesmo lugar. Não apenas sentindo o desejo, mas querendo algo em que nem mesmo cogitava acreditar.

O relógio estava se aproximando das 17 horas, e Zach apareceria com Ternurinha a qualquer minuto. Mas ela estaria ocupada em uma reunião com o conselho administrativo para discutir uma possível expansão no ramo de vendas de petiscos por atacado. Por sorte, todos estavam disponíveis quando ela lhes telefonara algumas horas antes.

Heather estava conduzindo o último dos membros do conselho administrativo para a sala de conferências quando sentiu o ar mudar dentro do prédio. Não precisou se virar para saber que Zach estava lá. E não somente porque seria capaz de sentir sua presença em qualquer lugar, mesmo no meio de um furacão. Nem mesmo porque Atlas estava vibrando com a necessidade de cumprimentar sua amiga pequenina.

Mas por causa do par formado por aquele homem lindo e Ternurinha, o que sempre provocava uma enorme onda de risadinhas e suspiros de admiração.

Ela tentou fechar a porta da sala de conferências, mas, antes que pudesse, Jerry Caldwell, um dos principais fabricantes de rações orgânicas, percebeu a presença de Zach e chamou-o pelo nome.

O homem que ela estava tentando evitar a observou com um olhar tão intenso que sua respiração se acelerou, mesmo antes que ele se aproximasse para cumprimentar Jerry.

— Tenho um Austin Healey chegando à concessionária que é exatamente do jeito que você gosta, Jerry. — O olhar de Zach pousou em Heather quando ele acrescentou: — É uma beleza, com linhas e curvas maravilhosas. Você não vai conseguir resistir.

Ela sentiu que o rosto estava enrubescendo e sabia que sua única chance para disfarçar a reação era concentrar-se na cadelinha nos braços dele. Atlas e Ternurinha já estavam se cheirando e lambendo com bastante alegria. Com certeza, ela não era a única que estava esperando o relógio mostrar 17 horas.

Só que uma delas estava quase em pânico conforme a hora se aproximava.

Que grande mentirosa ela era. Na verdade, estivera ansiosa com a possibilidade de ver Zach outra vez, ainda mais do que Atlas sonhava em rever a filhote.

— Como foi que Ternurinha se comportou hoje na sua oficina?

Jerry soltou uma gargalhada.

— Você comprou uma filhote? E a chamou de Ternurinha? Preciso admitir uma coisa, Sullivan. Nunca imaginei que você fosse fazer algo assim. Nem mesmo em um milhão de anos.

Ela esperou que Zach explicasse que a cadelinha pertencia à sobrinha, que não era sua e que não fora ele quem escolhera o nome. Em vez disso, os olhos de Zach pousaram em Heather por uma fração de segundo antes que ele respondesse.

— Eu também nunca imaginei que isso fosse acontecer.

Felizmente, Jerry pareceu não ouvir quaisquer insinuações estranhas naquela conversa, já que prosseguiu com naturalidade.

— Isso é uma coisa que os cães fazem com você. Mas vale a pena. É a melhor amiga que você terá. — Ele apertou a mão de Zach outra vez. — Vou até a sua loja na semana que vem para dar uma olhada no Austin Healey.

Depois que Jerry foi em direção à máquina de café, ela informou a Zach:

— David irá trabalhar com você e Ternurinha hoje, no gramado dos fundos. — Ela sabia que não precisava se justificar, pois Zach já estava ciente de que ela tinha planos de passá-lo para outro treinador, mas ainda assim disse: — Tenho uma reunião com o meu conselho administrativo hoje.

— Parece importante.

— É, sim. — O calor que emanava do corpo de Zach a atraiu em sua direção, e ela forçou-se a dar um passo atrás. — Tenham uma boa sessão de treinamento.

As orelhas de Atlas baixaram quando ele a seguiu para dentro da sala de reuniões e observou a filhote que ele adorava ir para os fundos com Zach.

Ah... ela sentia o mesmo.

Uma hora depois, Heather estava sentada em frente ao seu computador para digitar as anotações que fizera. Mas, pela primeira vez em muito tempo, não conseguia se concentrar no trabalho que precisava concluir. Atlas arranhou a porta e ela foi até o lado de fora para que ele se aliviasse. Ele cheirou cada pedaço do gramado, e ela soube que o dogue alemão estava procurando por algum sinal que indicasse que Ternurinha ainda estava por perto. Mas tanto a filhote quanto seu dono já tinham ido embora.

Será que fazia apenas vinte e quatro horas que Zach estava em frente à porta da empresa segurando uma caixa de pizza, agindo como se fosse o dono do resto do mundo e quisesse que ela se tornasse mais uma de suas inúmeras posses?

Atlas finalmente desistiu de Ternurinha e aguou um arbusto no canto, mas não parecia estar tão aliviado. Heather sabia que provavelmente mostrava a mesma expressão no rosto. De alguém irritado e perdido.

Ela precisava encontrar alguma maneira de tirar Zach da cabeça. Sabendo que mais trabalho não adiantaria, enviou uma mensagem de texto para sua melhor amiga. *Que tal irmos ao cinema hoje?*

Brenda respondeu com uma mensagem afirmativa, dizendo que comprara ingressos para um drama histórico que queria assistir havia algum tempo, e que encontraria Heather no cinema para a sessão das 19 horas.

Heather mal teve tempo de levar Atlas para casa antes de encontrar a amiga. No cinema, deu um abraço em Brenda, com o cuidado de não derrubar o enorme saco de pipocas que segurava.

— Estou feliz por você ter vindo.

Brenda sorriu e enlaçou o braço no de Heather.

— Eu também. É muito melhor ficar suspirando por Smith Sullivan ao seu lado do que sentar com o meu marido e fingir que não estou ficando excitada com o que vejo na tela.

Heather enrijeceu dos pés à cabeça.

— Vamos assistir a um filme de Smith Sullivan?

Sua amiga escolhera assentos bem no meio da sala, e as pessoas começaram a encher o lugar rapidamente, impedindo que ela conseguisse sair.

— O melhor de tudo é que ele fica praticamente metade do filme sem camisa. Meu marido vai ficar muito feliz hoje à noite.

Ah, meu Deus. Heather precisava de uma noite no cinema para parar de pensar em Zach... não para lembrá-la, durante duas horas, do homem de quem tentava desesperadamente se esquecer.

— E então — perguntou a amiga, como se percebesse a deixa. — Tem saído com alguém?

Heather engasgou com a pipoca e pegou a raspadinha vermelha que Brenda lhe comprara, sugando o canudo com tanta força que o gelo lhe causou uma pontada forte de dor de cabeça.

— Não — acabou respondendo, embora Brant, um rapaz com quem saíra algumas vezes nos últimos meses, tivesse ligado e deixado uma mensagem naquele dia mais cedo, dizendo que gostaria de vê-la. Heather gostava dele, mas, se concordasse em sair para jantar, já sabia o que aconteceria depois. E, nas atuais circunstâncias, ela não conseguia se imaginar tirando a roupa para ninguém, a não ser...

Seu resmungo de desgosto foi interrompido pelo início dos *trailers*. Heather deixou-se afundar na poltrona e tensionou o maxilar. De algum modo, iria resistir bravamente durante o filme. Afinal de contas, o quanto Zach e seu irmão famoso seriam parecidos?

Eles eram extremamente parecidos.

Brenda ainda estava enxugando as lágrimas quando as luzes do cinema se acenderam.

— Não é uma história de amor linda? Ter um homem como aquele desejando você com tanta força... eu nem consigo imaginar.

Heather pressionou os lábios. Ela iria ficar de boca fechada. Não iria dizer...

— Eu conheço o irmão dele.

O que havia de errado com ela?

Heather colocou a alça da bolsa no ombro e tentou se levantar, mas Brenda a segurou pelo braço, mantendo-a sentada na poltrona.

— O irmão de quem?

As duas eram as únicas pessoas que restavam na sala, e a equipe de limpeza estava entrando com seus sacos de lixo.

— O irmão de Smith Sullivan.

Brenda soltou um grito tão alto que Heather gemeu.

— Ah, meu Deus! E quando você ia me contar?

Nunca, se as coisas corressem como Heather planejara, porque Zach não deveria ter qualquer função importante — ou de longo prazo — em sua vida.

— Zach é um dos meus novos clientes nas sessões de treinamento com os cães.

— Ele se parece com Smith Sullivan?

Heather sentiu que seu rosto estava adquirindo um tom rosado pela maneira que sua amiga dizia aquele nome, como se fossem crianças em um *playground* e ele fosse o garoto popular por quem todas se sentiam atraídas.

— Na verdade — admitiu Heather —, ele é ainda mais bonito.

Sua amiga a fuzilou com um olhar do qual Heather não conseguiu escapar. Brenda era a única que sabia a respeito da família de Heather. Ela conhecera seus pais e testemunhara a dinâmica estranha do casal — o encantador e a encantada, o mentiroso e a estimuladora — em primeira mão.

— Ele é realmente apenas um cliente?

A voz de Brenda havia se suavizado e Heather sabia que a pergunta não tinha nada a ver com a ligação entre ela e o irmão de um astro do cinema, mas com o fato de que sua amiga realmente desejava que ela conseguisse encontrar o amor verdadeiro algum dia, apesar de tudo.

— Sim. — Ela se levantou e foi jogar o saco de pipocas vazio no lixo. — É sério. Eu não o mencionaria se tivéssemos visto outro filme.

Brenda bloqueou o caminho de Heather, impedindo-a de sair.

— O que é que Zach faz? Ele não é o jogador de beisebol, certo? Nem o dono da vinícola, não é?

Heather estreitou os olhos.

— Como é que você sabe tanto sobre a vida de Smith Sullivan?

— Sou fã dele — disse Brenda sem qualquer indício de estar na defensiva. — E então, qual dos irmãos é Zach?

Com um suspiro, Heather disse:

— O mecânico.

Os olhos de Brenda se arregalaram.

— Está brincando! Ele não é só um mecânico. É um magnata!

— Um magnata? — Ela balançou a cabeça negativamente. — Ele é dono de uma oficina.

Sua amiga quase parecia estar com um olhar de decepção.

— Sei que esteve muito ocupada com a sua empresa ultimamente, mas você deveria saber mais sobre uma das famílias mais famosas daqui de São Francisco. Seu novo cliente é dono de um zilhão de oficinas. Elas o deixaram incrivelmente podre de rico — concluiu ela. Brenda estava praticamente babando. — Isso sim é que é um bom partido.

Bem, isso explicava a casa enorme naquele bairro de classe alta, pelo menos. Mesmo assim, era engraçado pensar que, mesmo com todo o dinheiro que agora ela sabia que ele tinha, Zach certamente não tentara conquistá-la usando sua riqueza. Diferente do seu pai, que sempre se esforçava para comprar o amor de Heather e de sua mãe com viagens e presentes caríssimos.

Na verdade, ela se pegou pensando, com um pequeno sorriso que não conseguiu conter, que, mesmo que Zach não tivesse dinheiro, certamente seria tão atrevido e seguro de si quanto já demonstrara ser.

— Por favor, durma com ele e me diga como é!

Heather teve que sorrir. Somente duas pessoas que se conheciam desde a faculdade seriam capazes de dizer esse tipo de coisa sem se constranger.

— Desculpe, mas não acho que isso vá acontecer.

— Mas ele quer, não quer? E não adianta negar. Estou percebendo, pela maneira que seu rosto fica vermelho desde que nos encontramos hoje, que ele é mais do que apenas um cliente.

Heather não conseguia mentir para a sua melhor amiga.

— Você tem razão, acho que ele quer. Mas eu já o afastei.

— Por que você faria isso quando tem a oportunidade de dormir com um Sullivan?

Era fácil responder àquela pergunta. Porque, se manter as barreiras erguidas ao redor do seu coração com Zach já era difícil enquanto os dois estavam vestidos e treinando os cães... seria totalmente impossível se estivesse nua nos braços dele.

Mas tudo que respondeu foi:

— Não seria uma boa ideia.

Heather percebeu que Brenda queria dizer mais alguma coisa, mas a amiga simplesmente colocou o braço ao redor dos ombros dela e disse:

— Vamos sair outra vez daqui a alguns dias, o que acha? Talvez possamos trazer nossos respectivos?

Heather balançou a cabeça negativamente.

— Você sempre teve muita esperança, não é?

— Quando o assunto é amor, sim — respondeu sua amiga. — Sempre!

CAPÍTULO NOVE

Na manhã seguinte, quando Heather chegou ao trabalho, cansada e mal-humorada, Tina estava bastante animada em relação a alguma coisa.

— Chegou um pacote para você há alguns minutos.

O açúcar da raspadinha da noite anterior lhe causara dor de cabeça, que foi exacerbada pelo fato de que, cada vez que ela fechava os olhos, via Zach e a si mesma vestindo as roupas de época do filme e atuando em uma cena em que ele a puxava para seus braços e a beijava como se tivesse passado a vida inteira esperando por seu amor.

Ela parou sob o batente da porta do escritório quando viu a enorme caixa retangular vermelha sobre sua escrivaninha. Atlas imediatamente correu até o embrulho e começou a cheirá-lo, com o rabo balançando rapidamente.

Ninguém lhe enviava presentes.

Ela colocou a mão sobre o coração, que batia forte conforme se aproximava para pegar a caixa. Embora sua assistente estivesse louca para saber o que havia dentro, Tina, por sorte, respeitava muito a privacidade de Heather e lhe deu o espaço de que precisava, retirando-se.

Procurou por um cartão, mas não havia nada além de um imenso laço vermelho do lado de fora da caixa. Levantando a tampa lentamente, ela teve que piscar algumas vezes para ter certeza de que o que estava vendo era real.

Não conseguiu conter o sorriso quando ergueu o imenso osso para cães do fundo de veludo onde estava pousado.

— Parece que você tem uma admiradora secreta — disse para Atlas, que estava sentado como o bom cão que era, olhando para o osso com desejo. Ela o estendeu e Atlas gentilmente o tirou de sua mão antes de trotar até sua almofada no canto do escritório.

Foi então que ela viu o pequeno cartão que estava quase enterrado por baixo do grosso pedaço de veludo vermelho.

Atlas,

Senti sua falta ontem. O treinamento não foi o mesmo sem que você estivesse lá para brincar comigo depois da aula. Espero poder vê-lo hoje.

Sua amiga,
Ternurinha

Heather sentiu o coração fazer uma pirueta dentro do peito quando colocou o cartão de volta na caixa. Sentia algo engraçado naquela região do peito. Tinha uma sensação esquisita nos olhos, também, como se houvesse alguma coisa neles.

— Você acabou de receber sua primeira carta de amor, Atlas — disse ela com uma voz que estava embargada pela emoção.

As orelhas do cão se ergueram quando ouviu seu nome, mas ele estava entretido demais com o osso para prestar muita atenção na dona.

O que era muito bom, porque, naquele momento, Heather não queria que ninguém olhasse muito atentamente para a sua reação ao presente.

Nem mesmo seu cão.

Zach quase arrebentou o telefone durante o dia, bem mais do que uma vez. Parecia que todas as pessoas do planeta estavam lhe telefonando.

Exceto a única que ele queria ouvir.

Ele tinha tanta certeza de que o osso para cães derrubaria a resistência de Heather em relação a ele, que ligaria rindo por causa do cartão, e então continuariam do ponto onde haviam parado no parque, rindo juntos sobre a grama.

Entretanto... nada.

Nem uma única palavra.

Em vez de manter-se à distância de seu mau humor, Ternurinha passara o dia inteiro tentando demonstrar afeto. Toda vez que ele se virava, ela estava se esfregando contra suas pernas ou implorando-lhe para que a pegasse nos braços. Os funcionários da oficina já estavam tão acostumados a vê-lo com Ternurinha nos braços que tinham parado de fazer comentários sarcásticos.

A cadelinha se aninhou em seu colo enquanto ele dirigia para a Top Dog, e Zach ficou surpreso ao perceber que não detestava tanto ter uma bola quente de pelos sobre si quanto imaginara. Por duas semanas, talvez, ele supunha que não seria tão ruim ter aquela criaturinha por perto.

Quando viraram a esquina e Ternurinha viu a empresa de Heather, ela se levantou e esfregou as patas animadamente contra a janela do carro.

— Não se preocupe — disse ele com uma voz resoluta, cheia de certezas. — Não iremos embora até que você tenha a chance de passar algum tempo com o seu amigo.

Se Heather tentasse se esquivar da sessão de treinamento às 17 horas com alguma reunião ou outra desculpa esfarrapada, ele pretendia esperar até que ela surgisse e forçá-la a confrontar a atração que fervia entre eles, não importa o quanto demorasse ou o que a estivesse ocupando.

Como ele a queria! E sabia que ela o queria, também. Evitar aquele desejo mútuo era algo simplesmente estúpido.

Ele foi direto para o escritório de Heather, e, quando ela ergueu o rosto, Zach poderia jurar que os olhos dela brilharam com uma mistura de felicidade e atração.

Claro, ela não agiu como se aqueles sentimentos fossem verdadeiros.

Em vez disso, olhou diretamente para Ternurinha nos braços e comentou:

— Ela tem pernas, sabia?

Ele apertou mais o filhote contra o peito quando se aproximou da mesa de Heather.

— Ela gosta de ficar aqui.

Heather resmungou algo que Zach não conseguiu compreender direito, mas não precisava ouvir para saber que não era nenhum elogio. Atlas quase pulou em cima dele para conseguir alcançar Ternurinha. A cadelinha saltou dos braços de Zach e praticamente pousou sobre as costas do dogue alemão.

Heather observou os dois cães se engalfinhando, horrorizada.

— Por favor, não diga a ninguém que você viu meu cão fazer isso.

— O que você vai me dar em troca do meu silêncio?

Porque ele certamente gostaria de receber aquele beijo logo, em vez de mais tarde. A situação o estava deixando mal-humorado, toda aquela demora. Principalmente porque não estava acostumado a esperar que uma mulher cedesse.

Ele nunca tivera que esperar por nada em sua vida antes de conhecer Heather.

Ela o fuzilou com um olhar que dizia que ele não iria conseguir lhe arrancar um beijo com tanta facilidade.

— Estou aqui hoje para trabalhar com você e com Ternurinha, não é?

— O que a fez mudar de ideia?

Ela pareceu estar surpresa com aquela pergunta. Francamente, Zach também estava um pouco surpreso.

Ele não era o único que passava muito tempo tentando entender as mulheres. Com exceção de suas irmãs, as quais ele mal conseguia compreender, e de sua mãe, Zach não tivera qualquer relacionamento mais duradouro com uma mulher. Nunca quisera ter.

E, embora ainda insistisse que não pretendia se casar, ou colocar um anel no dedo de uma mulher, ele queria saber a resposta que ela lhe daria.

Em vez de responder, ela olhou para os cães. Quando acompanhou o olhar de Heather, viu que os dois estavam brincando de cabo de guerra com uma corda, uma disputa totalmente hilária e desequilibrada. Atlas segurava pacientemente a corda úmida e desfiada na boca, e Ternurinha parecia enlouquecida tentando arrebentá-la. Subitamente, o cão maior deu um puxão na corda e o filhote saiu rolando pelo chão.

O riso de Heather o aqueceu em lugares que ele não imaginara que estavam frios.

— Como eu poderia resistir ao show do Grandão e da Pequenina?

Ela deslizou os dedos pela enorme caixa vermelha na qual ele lhe enviara o osso, e ele desejou que Heather estivesse tocando seu corpo daquela maneira. Em breve ela estaria! Não descansaria até descobrir uma maneira de fazê-la ceder.

— Além disso, ninguém nunca deu um presente para Atlas antes.

— Quer dizer que o osso influenciou sua decisão? — indagou ele, saboreando a vitória de uma grande ideia executada com perfeição.

Ela deu de ombros.

— Além do fato de que todos os meus outros treinadores estarão ocupados esta noite.

O momento que escolhera para declarar a justificativa foi tão perfeito que ela teve que rir, embora fosse às custas de Zach.

Ela fez um gesto para que Atlas os seguisse até a área de treinamento, nos fundos da empresa. Claro, Ternurinha seguiu logo ao lado do seu enorme amigo. Heather assumiu uma postura completamente profissional quando começaram com a prática do comando *aqui* outra vez, e depois começaram a trabalhar com *sente*.

Como se soubesse que teria que fazer algo para compensar sua explosão de empolgação há alguns minutos, Atlas comportava-se como o exemplo perfeito de um cão bem treinado. Não importava o quanto Ternurinha tentasse distraí-lo, ele mantinha os olhos em Heather.

Zach também não conseguia tirar os olhos dela. Estava incrivelmente bonita, mesmo vestida numa blusa de moletom e um jeans desbotado, e com a trança lhe caindo por sobre as costas, com algumas mechas soltas emoldurando-lhe o rosto.

Ele queria encontrar alguma desculpa para poder tocá-la, sentir o calor daquela pele sob seus dedos, ter aquela suavidade sob seus lábios.

Ela o instruiu para que começasse a usar o comando *sente*, mas, pela primeira vez, Ternurinha não entendeu imediatamente o que estavam tentando lhe ensinar.

Depois de algumas tentativas fracassadas, Heather disse:

— Você precisa se concentrar na sua cadelinha para que ela saiba o quanto é importante para você que ela faça o que lhe pede. Ela perceberá se estiver distraído com outra coisa.

— Você tem razão — admitiu ele. — Estou distraído. — Com toda a seriedade, se ele não conseguisse arrancar aquele beijo logo, iria acabar enlouquecendo.

— Tudo de que ela precisa é de quinze minutos da sua atenção focada. Tenho certeza de que você é capaz de fazer isso — disse ela, em tom de desafio.

— Você sabe o que Ternurinha passou o dia todo fazendo? — Sem esperar que ela respondesse, Zach emendou: — Ela estava morrendo de saudades do seu vira-lata, esperando que ele estivesse aqui esta noite. Tenho certeza de que uma sessão de treinamento é a última coisa que lhe passa pela cabeça quando tudo que ela quer é brincar com o amigo.

— Eu já lhe disse, Atlas não é um vira-lata — disse ela automaticamente. Em seguida: — E você está exagerando sobre a saudade que ela sentiu.

— Juro por Deus — disse ele. — Mostrei a ela uma foto de um dogue alemão no meu celular e ela ficou louca.

Zach percebeu que Heather lutava para conter um sorriso enquanto se esforçava para manter o profissionalismo.

— Nosso tempo já está quase acabando e eu detestaria que você fosse embora sem fazer progressos com Ternurinha.

— Que tal se fizermos assim? — negociou ele. — Eu e Ternurinha nos comportaremos direito durante o restante da sessão se você concordar em deixá-la brincar com Atlas, enquanto jantamos juntos depois.

Heather apertou os lábios.

— Depois do café da manhã na sua casa e do que aconteceu no parque... — Outro rubor indicou que ela não tinha se esquecido de como seus corpos se encaixaram perfeitamente quando ele a salvara do garoto skatista. — Sei que os limites parecem estar um pouco indefinidos, mas não mudei de ideia em relação ao que já lhe falei. Sobre nós. Estou feliz em apoiar seu treinamento com Ternurinha e fazer com que as coisas fiquem melhores para vocês dois enquanto ela estiver com você, mas não estou interessada em nada além disso.

— Você está comprometida com alguém?

Ela piscou.

— Você ouviu o que eu acabei de dizer?

Zach abriu um sorriso.

— Então isso é um não.

Os lábios de Heather se ergueram, mostrando os dentes em um rosnado que ele achava incrivelmente sexy.

— Nunca conheci ninguém como você antes.

— Obrigado.

— Não foi um elogio — esbravejou ela.

— Somente um encontro.

Ela começou a guardar suas coisas.

— Nada de encontros. Acho que nossa relação está oficialmente encerrada hoje. E não poderei trabalhar com você na quinta nem na sexta-feira.

— Não queremos trabalhar com outro treinador.

— Não é nada pessoal — disse ela. — Simplesmente não posso fazer isso.

Zach detestava o fato de que aquilo realmente não soava como algo pessoal. Mas por quê? As mulheres o amavam. Por que era diferente com esta? E, mais especificamente, por que ele não conseguia simplesmente se desapegar de Heather e se concentrar na sua próxima conquista fácil — e *entediante*?

— O que poderia ser mais importante do que Ternurinha?

— O evento Bark in the Park.

Demorou alguns instantes até que o cérebro de Zach entendesse do que ela estava falando. Até que ele finalmente se deu conta.

— O evento para cães no estádio?

— Eu sou presidente do comitê e tenho muitas pontas soltas para amarrar antes que o jogo comece na sexta-feira à noite.

— Parece um bocado de trabalho.

— Realmente é — concordou ela, e Zach finalmente percebeu o quanto ela parecia estar cansada.

— Eu posso ajudá-la.

— Não! — Ela corou outra vez. — O que eu quero dizer é que tenho uma equipe excelente de pessoas que estão trabalhando comigo, e estamos cuidando dos últimos detalhes agora. Mas obrigada pela oferta. — Heather olhou para o relógio. — Acho que é hora de nos despedirmos.

Nem no inferno ele a deixaria escapar tão facilmente.

— Se Ternurinha sentar, você janta comigo.

Ela deu a impressão de que iria recusar a aposta, mas olhou para Ternurinha e viu que a cadelinha estava deitada de costas, coçando-se e esfregando-se no gramado.

— Tudo bem. Mas, quando percebermos que ela não vai sentar, você terá que concordar em não me convidar mais para sair.

Zach não podia acreditar que tudo aquilo dependia somente de Ternurinha.

— Fechado.

— Ternurinha! — A cadelinha olhou para ele de onde estava deitada, e ele fez um gesto de comando uma fração de segundo antes de dizer: — Aqui!

Ela se levantou imediatamente com um salto e correu até onde Zach estava.

— Essa não conta — disse-lhe Heather.

Zach a olhou com uma expressão que indicava que já sabia disso. Ele parou, fez uma prece silenciosa e depois disse:

— Ternurinha, sente!

O filhote piscou para ele por vários segundos, e Zach pensou que estava tudo acabado... até que suas pequenas orelhas se moveram para trás e ela apoiou o traseiro no chão, como se estivesse esperando por toda a sua curta vida para que ele a mandasse sentar.

Zach estendeu a mão para a bolsa de petiscos presa ao cinto de Heather — aproveitando qualquer desculpa para poder tocá-la — e entregou um para o filhote, dizendo-lhe que era uma menina muito, muito boa.

— O que achou? — ele perguntou a Heather.

Ela o olhou com uma expressão desconfiada.

— Você me enganou. — Ela olhou para o rosto inocente de Ternurinha e para o de Zach, não tão inocente. — Vocês estavam praticando antes de hoje, não é?

— Queríamos impressionar você. — E era verdade. — Mesmo assim, você tem que admitir que foi por pouco.

Ela suspirou e disse:

— Eu conheço um ótimo restaurante indiano que tem um terraço para os cães.

CAPÍTULO DEZ

Eles se sentaram nas cadeiras ao lado dos cães, que mastigavam alegremente os ossos de plástico que Heather lhes trouxera. Ela tomou um gole da cerveja gelada e não conseguiu reprimir um suspiro de prazer. Ela e Zach não conversaram muito enquanto caminharam pelos três quarteirões que separavam sua empresa do restaurante, exceto pelas tentativas de convencê-lo de que Ternurinha seria capaz de fazer o percurso com as próprias pernas, enquanto ele disparava uma desculpa após a outra sobre os motivos pelos quais "precisava" carregá-la no colo.

Heather nunca vira alguém se apegar tão rapidamente a um cão, e, francamente, estava preocupada com o que iria acontecer quando Zach tivesse que devolver Ternurinha ao irmão. Chegara até mesmo a passar algum tempo naquela tarde examinando sua lista de criadores de yorkshires para ver se algum deles teria uma cria à disposição para venda ou adoção em breve, mas receava bastante que Ternurinha fosse insubstituível.

A cadelinha travessa, mas amável, combinava perfeitamente com o homem travesso, mas adorável, que a estava segurando nos braços.

Adorável?

Eca. Ela tomou outro gole da cerveja, enquanto insistia em lembrar a si mesma que, embora estivesse com todos os ingredientes de uma noite perfeita à sua disposição, aquilo não era um encontro romântico. E que não tinha qualquer interesse em pensar em Zach como alguém *adorável*... nem mesmo se, naquele momento, ele a olhasse com uma expressão que demonstrava mais afeto do que desejo.

Os olhos de Zach escureceram quando ela os observou fixamente, e emendou aquele pensamento com *um pouco mais*.

No momento em que o garçom chegou à mesa, o celular de Zach tocou.

— Desculpe, é o meu irmão. — Ele apontou para o cardápio. — Peça o que quiser para nós. Eu confio em você. — Em seguida, levantou-se

da mesa para atender ao telefone longe dos outros clientes.

Mesmo depois de fazer o pedido, Heather ainda sentia o efeito que lhe causavam aquelas últimas palavras, ditas de maneira tão casual. *Eu confio em você.*

Como seria ser capaz de dizer a alguém, sem hesitar, que confiava em uma pessoa que ela conhecia há menos de uma semana?

Ela tentou não fixar os olhos em Zach, que conversava ao telefone na calçada em frente ao restaurante, mas, quando ele riu e seu belo rosto se iluminou, Heather percebeu que não era a única mulher incapaz de tirar os olhos de cima dele. Todas as outras mulheres no terraço também o observavam atentamente.

Incrivelmente, ele parecia não perceber ou se importar por ser o centro das atenções. Em vez de se aproveitar da adoração do público como o homem vaidoso que Heather imaginara que ele fosse, Zach estava bastante concentrado no que seu irmão estava dizendo.

— Está tudo bem? — perguntou ela quando Zach voltou à mesa.

— O bebê de Chloe, a esposa de Chase, devia ter nascido há dois dias. Mandei uma mensagem para ele hoje cedo para ter certeza de que tudo estaria bem. Ela está bem, mas bastante ansiosa.

Mais uma vez ficou maravilhada com o quanto Zach era apegado à família, especialmente devido à sua personalidade expansiva e aparentemente despreocupada em relação à vida. O fato de que ele claramente não estava procurando sua própria esposa não o impedia de ter boas relações — e preocupar-se — com as esposas dos seus irmãos.

Ela não conseguia montar as peças do quebra-cabeça que era Zach Sullivan... e isso só servia para aumentar suas preocupações. Se ele fosse uma pessoa fácil de definir, em preto e branco, Heather saberia exatamente onde guardá-lo em sua cabeça, em vez de ter que lidar com a preocupação cada vez mais real de que ele estivesse se aproximando do seu coração, pouco a pouco, a cada vez que estavam juntos.

— Quantos sobrinhos e sobrinhas você tem?

O sorriso amplo que ele abriu fez com que ela sentisse um calor lhe percorrer o corpo todo.

— Esse será o primeiro.

Era difícil resistir a um homem que adorava cães e bebês. Quase impossível, para falar a verdade.

Mas ela precisava continuar a fazer exatamente isso, droga...

— Eles já sabem se será um menino ou menina?

— Se souberem, não disseram a ninguém — disse ele, sorrindo. — Fizemos até mesmo uma roda de apostas.

— Sua família está apostando sobre qual será o sexo do filho do seu irmão?

Ele voltou a encher o copo de Heather, enquanto dizia:

— Foi ideia da minha mãe.

Ela riu com aquela frase, surpreendendo-se com a sensação espontânea de alegria que fervilhava dentro do seu peito, assim como sempre acontecia quando estava com Zach.

— Ela realmente parece ser uma mulher incrível. Linda, criando oito filhos, e agora seu primeiro neto está prestes a chegar. — Heather balançou a cabeça. — E, pelo jeito, é uma apostadora. — Pensou no homem da foto em preto e branco que se parecia tanto com Zach. — Imagino que seu pai estimula toda essa loucura na família Sullivan...

O riso desapareceu dos olhos dele.

— Meu pai morreu quando eu tinha sete anos. Duas semanas antes do meu oitavo aniversário.

Ela agarrou a haste da sua taça com mais firmeza. Zach não dissera nada durante o café da manhã em sua casa quando estavam olhando para aquela foto em preto e branco.

— Desculpe, eu imaginei que... — Ela tentou manter a boca fechada, mas as palavras ainda lhe escapuliram. — Deve ter sido muito difícil para você. — Zach mencionou o quanto era parecido com o pai, e que herdara dele o amor pelos carros. Um garoto jovem que claramente adorava o pai certamente teria ficado devastado pela sua morte.

Ele deu de ombros, mas ela quase conseguiu enxergar o peso que ele carregava nas costas.

— Conseguimos sobreviver, cada um cuidando dos outros.

Ela fez alguns cálculos rápidos a partir da foto que vira, e percebeu que Zach estava bem no meio dos irmãos, o quinto de oito filhos. Não era o mais velho nem o mais jovem. Ela sabia que era muito fácil se perder em meio à família, mesmo quando se é filho único.

Será que isso tinha acontecido com Zach?

— Como ele morreu?

— Ele teve um aneurisma no escritório. Descobrimos que estava morto quando voltamos da escola. Tinha somente 48 anos. — Ele ergueu os olhos até a altura do rosto dela, e o que Heather viu neles lhe causou um aperto no coração. — Na semana que vem será o aniversário de 23 anos da morte dele.

Não conseguiu evitar tocar a mão de Zach. Embora o pai dele tivesse morrido há mais de duas décadas, ela percebia que isso ainda o magoava. Profundamente.

— Lamento — disse Heather outra vez.

Toda vez que estavam juntos ele tentava tocá-la. Mas agora que ela estendia a mão na sua direção, Zach se afastou e pegou sua cerveja, engolindo-a antes de colocar o copo vazio sobre a mesa.

— Fatalidades acontecem — disse ele. — É uma droga, mas o que se pode fazer?

Não foi difícil adivinhar que o estilo atrevido advinha do esforço que ele fazia para tentar encobrir a dor. E, realmente, quem era ela para questionar as maneiras que as pessoas utilizavam para lidar com suas dores? Afinal de contas, quando ela mesma descobrira que seu amado pai era um desgraçado de duas caras, tinha se transformado em uma adolescente que se cortava.

Ainda assim, Heather sentia que havia mais coisas que Zach não estava revelando, e tinha certeza absoluta de que a morte do pai o afetara de uma maneira ainda mais profunda do que estava disposto a dividir com ela durante o jantar no restaurante indiano. E, não importava o quanto ela tentasse lembrar a si mesma que era perigoso deixar que ele se aproximasse tanto, aquela vulnerabilidade inesperada foi um choque que comoveu seu coração.

Depois que o garçom lhes trouxe pratos fumegantes de pão *naan*, frango Tandoori e curry, ele olhou para ela e disse:

— Seus pais ainda estão juntos. O que mais eu deveria saber sobre você?

A maioria dos homens mal dava atenção a uma mulher quando ela falava sobre si mesma. Pelo jeito, Zach era o tipo de homem que se lembrava de cada palavra, até mesmo aquelas jogadas de maneira mais casual durante uma sessão de treinamento organizada às pressas no parque.

Ela tirou um pedaço do pão e levou-o à boca, mesmo que repentinamente o gosto se transformasse em algo parecido com serragem. Tomou um gole de cerveja para ajudá-la a engolir o pão e respondeu:

— Não há muito mais a dizer.

Mas ele não se deixaria vencer facilmente.

— Onde foi que você cresceu?

— Washington, DC. — Ela olhava para um prato cheio de comida que não tinha mais interesse em comer.

— Você está bem longe de casa — comentou ele.

Sim, estava mesmo. De propósito. Queria se afastar o máximo possível de seus pais.

— Eu gosto da Costa Oeste.

Zach ergueu uma sobrancelha com aquelas respostas lacônicas, e Heather percebeu que não estava conseguindo manter sua frieza quando ele perguntou:

— Tem irmãos?

— Não.

Atlas olhou para ela ao perceber seu tom de voz, e aproximou-se para colocar a cabeça sobre seu colo, como se quisesse confortá-la.

— O que foi que fizeram com você, Heather?

Ela suspirou, sabendo que, se Zach fora tão persistente para convidá-la para jantar, não haveria qualquer maneira de evitar lhe contar exatamente o que ele queria saber.

E talvez aquilo pudesse ajudá-lo a entender sua relutância à ideia de ter um relacionamento mais íntimo com aquele homem, se soubesse mais a respeito.

— Todos amam meu pai — disse ela. — É por isso que ele sempre foi um ótimo vendedor. As pessoas não conseguem evitar serem seduzidas pelo seu charme.

— E o que ele vendia?

— Durante algum tempo, produtos químicos. Hoje em dia, torres para telefonia celular, em todo o país.

— Quanto tempo ele passava viajando quando você morava com sua família?

— Mais ou menos metade do ano.

— Deve ter sido difícil para uma criança.

Ela gostava do jeito que ele conduzia a conversa, dando a impressão de que estavam falando sobre outra pessoa.

— Minha mãe trabalhava bastante para manter nós duas, eu e ela, ocupadas quando ele estava viajando, para que não tivéssemos tempo de pensar que estávamos sozinhas ou de sentirmos saudades. E, sempre que ele voltava, fazíamos uma enorme celebração. Meu pai me trazia presentes ótimos dos lugares por onde viajava para compensar sua ausência. — Presentes que ela desejara quebrar em um milhão de pedaços quando descobrira a verdade.

— E funcionava?

Seu olhar cruzou com o de Zach.

— Não. — Ela estendeu a mão para afagar a cabeça de Atlas, como se quisesse reunir forças para o que viria a seguir. — Mas foi pior quando descobri que ele vinha traindo a minha mãe há anos. Desde que se casaram, na verdade.

Zach soltou um palavrão.

— Que horror!

— Quer saber o que era ainda pior? — Ela não conseguiu esperar pela resposta de Zach, não quando as palavras estavam subitamente rolando por cima umas das outras, tentando escapar da sua boca. — Ela sabia de tudo. — Heather afastou o prato. — Durante todos aqueles anos, até mesmo agora, ela sabia que ele a traía. Mesmo assim, continua com meu pai.

Heather nunca contara aquilo a nenhum homem, e jamais permitira que algum deles se aproximasse o bastante para falar sobre segredos de família. Se alguém tivesse lhe dito há uma semana que ela estaria abrindo seu coração para o homem atrevido que era dono de uma oficina, ela nunca teria acreditado.

— Por que você acha que ela continua com ele?

Aquela era a pergunta que ela fizera a si mesma mais de mil vezes durante os anos.

— Ele sempre faz questão de dizer o quanto a ama. Mesmo quando todos sabemos que isso é uma enorme mentira.

Zach Sullivan estava irritado. Na verdade, furioso. Se o pai de Heather não estivesse a mais de 4 mil quilômetros de distância, ele o estaria caçando para socá-lo contra uma parede.

Não era de admirar que Heather se negava a ficar com ele, mesmo no curto prazo, se tudo que ela conhecia eram homens "encantadores" que mentiam descaradamente para ela e para sua mãe. Era insuportável visualizá-la como uma garota jovem envolvida em tudo aquilo.

Vendo que a comida continuava totalmente intocada em seus pratos, o garçom se aproximou com um olhar preocupado.

— Há algo errado com os pratos?

Zach observou Heather abrir um sorriso falso.

— Está tudo ótimo, obrigada. — Ela enfiou o garfo em um pedaço de frango, mas não o levou até a boca, simplesmente empurrou-o ao redor do prato, com alguma outra coisa lhe ocupando a mente.

Pensando no quanto seu pai é um idiota, imaginou Zach. *E no motivo pelo qual sua mãe não tem fibra.*

Ele abraçara suas irmãs centenas de vezes durante os últimos anos para consolá-las, escutara Summer abrir seu coração em relação a um garoto de quem gostava na segunda série, que, por sua vez, gostava de lhe puxar os cabelos. Mas nunca sentira vontade de reconfortar uma mulher que não fosse parte da sua família.

Zach sabia que era perigoso se sentir assim em relação a Heather. Ela estava quebrando todas as regras, aquelas que nunca alguém ameaçara quebrar antes.

Mas como ele poderia deixá-la assim, com sombras cobrindo-lhe os olhos?

Zach sabia que Heather não queria chorar no seu ombro, que isso iria apenas ferir seu orgulho. Felizmente, ele havia assistido a um dos "espetáculos" de Summer há poucas semanas, e todas as piadas ruins que as crianças de 7 anos contam estavam registradas fortemente em seu cérebro.

Embora não sentisse vontade de contar uma piada, Zach também sabia que aquele seria o melhor momento para fazê-lo.

— Sabe como se chama um cocô congelado de cão?

Heather encarou-o, levantando a sobrancelha.

— O quê?

— Um "pi-cocô-lé".

Os olhos de Heather se arregalaram quando percebeu que ele estava contando uma piada.

— Vou fingir que não ouvi você contar essa piada horrorosa.

— O que aconteceu quando o cão foi ao circo das pulgas?

— Por favor, não me obrigue a adivinhar.

— Ele roubou o show!

Ela gemeu e cobriu as orelhas com as mãos.

— Alguém, qualquer pessoa, por favor, faça isso parar!

— O que você diz para um cão antes que ele comece a jantar?

Uma sensação de alívio correu pelo corpo de Zach quando ela entrou na brincadeira, fechando os olhos com força e sussurrando:

— Bom "apetisco".

Durante o restante do jantar, os dois continuaram a se esforçar para ver quem era capaz de contar a pior piada enquanto devoravam até o último pedaço de comida indiana. Zach tinha certeza de ter ganhado por uma margem enorme, mas, mesmo se não fosse o caso, memorizaria cada piada infame no mundo se isso fosse necessário para colocar um sorriso no rosto de Heather.

Zach não quebrara regras naquela noite, ele as estilhaçara em um milhão de pedaços. Mas, por algumas horas, decidiu que não se importava com mais nada.

Além disso, havia uma diferença enorme entre rir com Heather e apaixonar-se por ela. Desde o início ele sentira vontade de dormir com ela. Não era complicado acrescentar risos — e gestos de conforto e carinho — ao conjunto.

O amor ainda não tinha que entrar na equação.

Mesmo depois do que acabara de descobrir sobre o pai de Heather, não era estranho o fato de que ela não estivesse procurando por um relacionamento sério. Mesmo assim, os dois combinavam bem um com o outro.

Quando os pratos foram levados e o garçom mencionou a sobremesa, ela pousou a mão sobre o estômago e disse:

— Gostaria de ter algum espaço sobrando. — Ela buscou a carteira na bolsa, mas Zach já entregara dinheiro em quantidade suficiente para o garçom.

— Obrigada pelo jantar — disse ela, com um leve sorriso em seu belo rosto. — Eu me diverti. — Heather pareceu até mesmo ficar um pouco surpresa quando acrescentou: — Eu me diverti muito.

Zach também se divertira. Mais do que conseguia se lembrar, mais do que já se divertira na companhia de qualquer outra mulher.

Mesmo que Heather não quisesse admitir, os dois haviam acabado de ter seu primeiro encontro.

E fora bom para ambos.

Como se acabasse de perceber aquilo, ela se enrijeceu.

— Preciso acordar muito cedo amanhã. David vai cuidar bem de você e de Ternurinha na quinta e na sexta-feira. Vou olhar minha agenda para ver se consigo avaliar o progresso de vocês na segunda-feira à noite.

Embora tivessem acabado de passar as últimas horas juntos, Zach ainda não estava pronto para deixá-la ir embora. Além disso, como a comida deixara os lábios dela um pouco mais vermelhos e levemente mais inchados, tudo em que ele conseguia pensar era em beijá-la. Ele se levantou e estendeu a mão para ajudá-la a fazer o mesmo. Ela olhou por um momento antes de lhe dar sua mão.

Heather agiu antes que ele pudesse colocar seu plano em ação, levando a boca macia até o seu rosto e sussurrando:

— Boa noite, Zach — com o hálito quente contra sua orelha, antes de acariciar a cabeça de Ternurinha e se afastar, com Atlas nos calcanhares.

Se estivesse com qualquer outra mulher, Zach presumiria que ela o estava provocando, incitando-o com aquela proximidade, mas não próxima o bastante, testando de propósito sua paciência com aquela espécie de dança sensual.

Mas, vindo de Heather, aquele beijo no rosto fora algo completamente diferente. Não era uma provocação, mas o começo de uma confiança que ela raramente concedia a um homem, se é que já o fizera alguma vez.

Quando pegou Ternurinha nos braços e andou pela rua até o seu carro, que ainda estava no estacionamento da empresa de Heather, ela já havia ido embora há um bom tempo. E era melhor assim, porque ele tinha uma ligação importante para fazer. Uma que não queria que Heather ouvisse.

Tirando o celular do bolso, ele ligou para seu irmão Ryan, que jogaria no time dos Hawks no sábado, durante o Bark in the Park.

— Oi, Ry. Preciso que você faça algo por mim.

Diferentemente do pai de Heather, Zach nunca traíra uma mulher. Mas aquilo não significava que ele não estivesse disposto a alguns jogos, caso fosse necessário. Porque ele certamente não queria esperar até a próxima segunda por uma oportunidade de entrar no calendário de Heather outra vez... ou pela chance de terem o seu primeiro e verdadeiro beijo.

CAPÍTULO ONZE

Noite de sexta-feira, Heather foi até a bilheteria do estádio de beisebol com Atlas preso à coleira. O dogue alemão andava bem perto dela devido à multidão de homens à sua volta.

— Oi. Recebi uma ligação do escritório dizendo que meu ingresso recebeu um *upgrade*.

Ela disse seu nome ao homem que estava atrás do vidro e ele assobiou quando pegou seu ingresso.

— É um dos melhores assentos no estádio.

Ela sorriu quando lhe agradeceu pelo ingresso e entrou no estádio. Foi uma ótima surpresa descobrir que recebera assentos melhores em agradecimento pela ajuda que prestara com o evento beneficente. Heather não tinha o hábito de ir ao estádio, mas nunca perdia o único dia do ano, durante o campeonato, em que cães e seus donos eram convidados para aproveitar a tarde juntos.

O dia estava perfeito. O melhor é que havia cães por toda parte. Seria impossível não se divertir.

Ela suspirou ao procurar a sinalização que indicava o seu assento. Durante os últimos dias, estava praticamente se arrastando. Fora difícil conseguir dormir, e mesmo suas trufas favoritas de chocolate pareciam não ter o mesmo sabor. Estava trabalhando demais entre o escritório e os toques finais nos eventos beneficentes, mas sua produtividade não era nem a metade do que tinha sido na semana anterior.

Talvez estivesse pegando uma gripe, apesar de estarem no início do verão. Ou talvez suas amigas tivessem razão e ela estivesse trabalhando demais.

Mentirosa, mentirosa. Quem você está querendo enganar?

Outro suspiro seguiu o primeiro quando aquelas frases se repetiram em sua cabeça, como se fossem ditas por uma voz infantil. Ela sabia exatamente por que estava se sentindo assim.

Estava com saudades dele.

De algum modo, Zach Sullivan conseguira se enraizar em sua cabeça. Ela não se arrependia de dedicar seu tempo para o bem do abrigo de animais, mas, na quinta-feira, às 17 horas, quando estava na sede da instituição resolvendo os últimos detalhes para o evento dessa noite e para a festa e o leilão da noite de sábado, havia um outro lugar onde ela gostaria de estar.

Trocando piadas com Zach. Rindo com Zach. Impressionando-se com a facilidade com que ele lidava com a cadelinha.

Finalmente encontrando a sessão correta, ela e Atlas prosseguiram por entre as escadas, passando por outros cães. Havia seis assentos vazios em sua fileira, e, ao tomar o seu, ela olhou ao redor e percebeu que realmente estava no melhor assento do estádio, logo atrás da primeira base.

Lembrando-se firmemente de que esta era sua chance de relaxar e se divertir por algumas horas, ela fechou os olhos e recostou-se na poltrona, deixando que o sol lhe aquecesse o corpo, quando Atlas começou a estremecer. Não da maneira que acontecia quando estava assustado, mas com um sentimento de pura alegria.

Era o jeito que ele se comportava quando Ternurinha estava...

— Bela noite para um jogo de beisebol, não é?

Conforme a voz baixa que ela não conseguia afastar dos seus sonhos soou ao seu lado, passando por ela, e finalmente se acomodando com o frio que sentia no estômago, Ternurinha e Atlas tinham uma reunião muito alegre antes de começarem a correr animadamente sobre o piso de cimento ao redor de restos de cachorros-quentes e pipocas.

Em um segundo, ela deixou de sentir que se arrastava e passou a sentir-se incrivelmente viva. Ao mesmo tempo, o prazer irresistível que percebia ao ver Zach a deixou brava.

Brava consigo mesma por não ter qualquer autocontrole, embora soubesse o que estava acontecendo. E brava com Zach por conseguir estar sempre à sua frente, todas as vezes. Porque todas as coisas que não faziam sentido sobre o *upgrade* do seu ingresso, subitamente, passaram a fazer.

— Não acredito que esqueci. Seu irmão joga nos Hawks, não é?

Zach acomodou-se no assento ao lado dela. Estava próximo demais. Próximo o bastante para que ela pudesse sentir o calor da perna dele contra a sua. Por que decidira vestir um short em vez de jeans?

— Vou apresentá-la ao Ryan depois do jogo.

Ela ignorou a oferta.

— Foi você que trocou meus ingressos, não foi?

Ele sorriu para ela. Teve a audácia de parecer orgulhoso de si mesmo enquanto se aproximava e baixava a voz, com o hálito quente e sedutor demais ao lado da sua orelha, enquanto dizia:

— Não precisa agradecer.

Ela revirou os olhos.

— A maioria das pessoas espera até ouvir a palavra "obrigada" antes.

Naquele instante, uma bela mulher grávida parou na fileira em que eles estavam e exclamou:

— Zach, o que você está fazendo aqui?

Que droga, pensou Zach. Sua irmã Sophie lhe dissera que eles não estavam planejando comparecer ao jogo de hoje porque tinham que verificar algo que acontecera em um dos bares de Jake, que ficava fora da cidade.

Jake, o marido de Sophie, concentrou-se em Heather antes de voltar a olhar para Zach com uma expressão de que estava se divertindo com a situação.

— Não é hoje uma das maiores corridas do ano da Nascar? Nunca imaginei que você deixaria isso passar.

Ele estava certo, a corrida era naquele dia, mas Zach mal havia pensado no assunto quando voltara para casa depois do jantar com Heather na quarta-feira. A Sullivan Autos patrocinava um dos pilotos, mas seus funcionários seriam capazes de cuidar do evento.

— Heather, esta é a minha irmã, Sophie. E Jake.

Seu velho amigo puxou Sophie para mais perto e esclareceu, com um tom possessivo na voz:

— Sou o marido de Sophie.

Heather se levantou para dizer "é um prazer conhecê-los", mas, quando estendeu a mão para cumprimentá-los, Atlas decidiu avançar sobre um vendedor de pipocas que passava por perto.

Sophie levou um susto quando os pés de Heather foram arrancados do chão por seu cão enorme. Todos os três estenderam os braços para ampará-la, mas Zach foi o primeiro a alcançá-la, puxando-a para o seu colo antes que Heather batesse contra o cimento.

Uma onda de prazer tomou conta dele quando Heather instintivamente colocou-lhe os braços ao redor do pescoço e olhou em seus olhos, sem fôlego.

— Você está sempre me salvando — disse ela, com a voz baixa o suficiente para que ele fosse o único capaz de ouvir.

Oitenta mil pessoas e seus cães deixaram de existir quando as curvas suaves do corpo de Heather pressionavam seu corpo. Novamente, a beleza dela o deixou atordoado, com os cabelos escapando da trança e o fato de estar vestida com uma camiseta de mangas compridas e um short que não ajudavam a valorizar sua beleza.

— Não precisa agradecer.

Desta vez, em vez de forçar-se a continuar irritada com ele, Heather permitiu-se abrir um sorriso.

Foi a coisa mais bonita que ele já vira.

— Obrigada. — Outro pequeno sorriso antes de franzir o cenho. — Não sei o que está acontecendo com Atlas ultimamente. Talvez a energia de Ternurinha o esteja estimulando demais.

Mas que diabos, pensou Zach. Esqueça o cão. O que estava acontecendo com *ele?* Uma coisa era desfrutar da sensação das curvas de Heather pressionadas contra seu corpo, porque ela era uma bela mulher.

Querer segurá-la contra si sem qualquer outro motivo era algo completamente diferente.

Infelizmente, Heather obviamente se lembrou de que havia pessoas observando-os quando se levantou rapidamente do colo de

Zach. Ele ficou impressionado com a naturalidade com que ela lidou com aquilo que poderia ser um momento constrangedor. Ela simplesmente fez um comentário divertido com Sophie e Jake sobre os perigos de ter um cão com o dobro do seu tamanho.

Zach quase gemeu com o fato de que ele e Heather estariam expostos durante as próximas duas horas e meia. Sim, seus irmãos estavam acostumados a vê-lo com mulheres. Muitas mulheres. O que não estavam acostumados, entretanto, era vê-lo com uma mulher como Heather.

Assim que percebessem que os dois ainda não estavam dormindo juntos, as perguntas começariam.

E se percebessem que ele realmente *gostava* dela, as perguntas poderiam nunca mais ter fim.

Zach nunca contara aos irmãos sobre o que sentia em relação à morte do pai, ou o impacto que isso tivera em sua vida e em suas crenças no futuro.

E não queria ter que começar a explicar agora.

Felizmente, sua irmã e seu novo marido estavam bastante envolvidos um pelo outro. Desde que apenas uma das gêmeas viesse hoje, ele conseguiria sobreviver...

— Ora, ora, quer dizer que estamos em festa! Chegue mais perto.

Caramba. Lori também estava ali.

O evento estava se transformando em uma reunião da família Sullivan no estádio de beisebol.

Ele fez uma careta com a chegada da irmã.

— Você não devia estar em turnê com Nicole?

Sua outra irmã mais nova abriu um sorriso malicioso, aquele que patenteara assim que conseguira dizer suas primeiras palavras. Claramente, ela não apenas vira Heather jogada sobre o colo de Zach quando entrara no estádio... mas também, provavelmente, tinha visto a maneira como seu irmão olhava para ela.

— Temos alguns dias de folga, e eu ainda não assisti a nenhum jogo de Ryan nesta temporada. — Ela se inclinou por cima de Zach e estendeu a mão para Heather. — Oi, sou a outra irmã de Zach. É *ótimo* conhecê-la.

— Prazer em conhecê-la, também — disse Heather ao apertar a mão da irmã de Zach. — Sou Heather. E este aqui é Atlas.

Os olhos de Lori se iluminaram ao admirar o enorme cão de Heather.

— Ah, meu Deus, ele é *lindo*!

Atlas forçou o caminho para passar por Zach e chegar até onde Lori estava, com Ternurinha acompanhando-o de perto.

— Acho que a sensação é mútua — disse Heather, rindo enquanto Lori estimulava os dois cães a pularem em seu colo ao mesmo tempo.

Zach tinha esperança de que os cães o poupassem da curiosidade da irmã, mas ela acariciou ambos ao mesmo tempo e perguntou:

— E então, como foi que vocês se conheceram?

— Estou trabalhando com o seu irmão para treinar Ternurinha.

— Nossa. Deve ser muito difícil, hein?

Heather franziu a testa.

— Não. Claro que não. Ternurinha é incrivelmente esperta e receptiva a reforços positivos.

Lori riu.

— Não estou falando sobre a cadelinha de Summer. Estou falando sobre Zach.

Os olhos de Heather se arregalaram por um momento antes que ela arqueasse a cabeça para trás, rindo.

— Você não faz ideia. Não faz a menor ideia.

CAPÍTULO DOZE

Heather não conseguia evitar passar mais tempo observando Zach interagir com suas irmãs em vez de prestar atenção no jogo. E estava adorando vê-lo em uma situação complicada, mesmo que fosse apenas pela surpresa momentânea de encontrá-las ali.

Ao mesmo tempo em que se mostrava encantado pela presença delas, tentava parecer aborrecido pela maneira como o cutucavam e o enchiam de perguntas, como todas as boas irmãs mais novas fazem. Heather percebia que, no entanto, o sentimento de proteção que Zach tinha em relação às irmãs era imenso.

Como Zach mesmo dissera, ele levaria um tiro por sua família sem pensar duas vezes. Naquele momento, ele insistia em perguntar a Sophie, grávida de gêmeos, como estava se sentindo. Finalmente, sua irmã esbravejou:

— Da próxima vez que eu for ao médico, vou lhe enviar uma cópia do prontuário para que você acredite que estou bem.

Zach a encarou com uma expressão séria:

— Seria ótimo, Soph.

O marido de Sophie resmungou:

— Isso nunca vai acontecer.

Não era de se estranhar que Zach fosse tão autoconfiante. Não era somente por sua aparência, mas também pelo amor incondicional que sentia por sua família. *Uma família que realmente entendia o significado do amor.*

Um sentimento de inveja tomou conta de Heather enquanto ela imaginava a experiência de crescer em uma família como a dele. Esperava que ele soubesse a sorte que tinha.

Depois do quarto *inning*, Lori pediu pipocas para todos. Zach resmungou e levou a mão ao bolso para pegar a carteira, mas Lori o impediu:

— Esta é por minha conta.

Ele ergueu uma sobrancelha, surpreso.

— Está se sentindo generosa hoje, Mazinha?

Heather não conseguiu evitar um sorriso ao ouvir o apelido. Parecia definitivamente combinar muito bem com a mulher sentada ao seu lado.

— Achei que seria bom fazer uma comemoração antecipada — disse Lori.

— O que estamos celebrando? A surra que Ryan está dando no outro time? — perguntou Sophie quando pegou um saco de pipocas quentes.

Lori fuzilou Zach com um olhar de cumplicidade e um sorriso malicioso.

— Zach sabe o que estamos celebrando, não é mesmo, irmão? Veja só: quando vocês dois se casaram, fizemos uma aposta sobre quem seria o próximo.

Zach se levantou subitamente e pegou as coleiras dos cães.

— Os cães precisam ir ao banheiro. Você vem comigo? — ele perguntou a Heather.

— Acho que você pode cuidar disso sozinho — ela lhe respondeu. — Ah, e não se esqueça disto — completou ela, entregando-lhe dois sacos plásticos azuis.

Zach olhou para os sacos com um olhar de nojo antes de pegá-los com uma careta, tomar Ternurinha nos braços e puxar Atlas para subir as escadas. Depois que Jake se levantou para acompanhar Zach e os cães, Lori se aproximou e sentou-se na poltrona que o irmão deixara vaga ao lado de Heather.

— Há quanto tempo você e Zach estão namorando?

Heather engasgou com uma pipoca que acabara de colocar na boca, e teve que tomar rapidamente um gole de limonada morna para conseguir engolir.

— Não estamos namorando. Eu só o estou ajudando a treinar Ternurinha.

Lori pareceu ficar incrivelmente decepcionada. Sua irmã gêmea também, pelo que Heather percebeu.

— É sério? Vocês não estão juntos?

Por que ela não tinha acompanhado Zach enquanto ele levava os cães para fora?

E o que havia com esses Sullivan que sempre diziam a primeira coisa que lhes passava pela cabeça?

— Não, não estamos — disse ela à irmã de Zach, mas sentiu-se corar ao pensar sobre todas as frases de duplo sentido que ele utilizava e a maneira como a beijara no rosto e na mão. E o quanto se divertia com ele, o fato de que ele sempre conseguia fazê-la rir quando deveria estar com uma expressão de raiva ou desprezo no rosto.

— Que droga! Você é mais do que perfeita para ele. Não acha, Soph?

— Lori, pare de constrangê-la. — Sophie olhou para Heather com uma expressão que demonstrava simpatia. — Desculpe-me pelas coisas que minha irmã diz. Eu gostaria de poder dizer que isso é uma aberração, mas, na verdade, ela sempre age assim.

Heather esperava que a conversa passasse para outro assunto, como a gravidez de Sophie, mas essa esperança foi rapidamente estilhaçada quando Sophie acrescentou:

— Mesmo assim, seria ótimo se vocês realmente começassem a namorar.

Heather sentia-se como se tivesse voltado ao Ensino Médio, sendo interrogada por suas amigas sobre a atração secreta que sentia por algum garoto, conforme Lori comentava:

— Nunca vi Zach olhar para ninguém do jeito que olha para você.

Heather mal conseguiu conter o impulso de perguntar: *Como é que ele olha para mim?*

— Ele está apenas feliz por eu concordar em trabalhar com ele e com Ternurinha — disse ela, balançando a cabeça, lembrando-se de como os encontrara naquele primeiro dia, na oficina. — Eu achava que a cadelinha seria demais para ele no início. Mas seu irmão está se saindo muito bem com ela.

Sophie sorriu.

— Ele sempre teve muito talento para lidar com animais e crianças. Mesmo quando tenta agir como se não se importasse com eles, todos o adoram no instante em que o conhecem.

— É engraçado você dizer isso. Atlas não costuma confiar em homens com frequência, especialmente se forem grandes. Mas nunca sentiu medo de Zach. Nem por um instante.

Lori juntou as mãos com alegria.

— Você realmente acha que ele é ótimo! Mal posso esperar até que você conheça o resto de nós — disse ela, como se tudo já estivesse decidido.

— Não posso namorar Zach! — As palavras de Heather surgiram altas demais, rápidas demais, passionais demais.

Meu Deus, ela estava agindo como uma idiota. Assim que Zach surgira com Ternurinha, ela e Atlas deveriam ter ido embora do estádio. Mas sentira-se muito feliz em vê-lo. Sentira-se incrivelmente, maravilhosamente viva ao ouvir o som da voz dele.

Heather pensava que era forte o suficiente para não deixar que a tentação a vencesse. Mas Zach não havia somente conseguido tentá-la... ele o fizera tão rapidamente que a cabeça de Heather chegava a girar. Estava atravessando as barreiras que erguera, e a armadura que havia ao redor do seu coração, rápido demais. Com muita frequência. Parecia que, independentemente de quanta energia usasse para afastá-lo — quando se lembrava de tentar afastá-lo e quando não estava rindo com ele ou sentindo o desejo de tê-lo ao seu lado —, não tinha o menor sucesso em seu intento.

O problema era que, embora Zach fosse divertido e muito sensual, ele também tinha algo mais real por baixo daquele sarcasmo e da atitude despreocupada que exibia na superfície. E isso era precisamente o que a assustava: o verdadeiro homem por baixo das piadas e das insinuações sexuais.

Ela poderia continuar a lutar contra a sua reação ao Zach encantador, mas a história era totalmente diferente em relação ao Zach real, amável e doce.

Mesmo assim, sabia que precisava continuar lutando. Porque, se cometesse o erro de deixá-lo se aproximar, e ele viesse a magoá-la posteriormente, Heather nunca perdoaria a si mesma.

Claro, ela não tinha a intenção de insultar o irmão mais velho que Sophie e Lori claramente idolatravam. Assim, simplesmente disse:

— Zach é uma ótima pessoa. Tenho certeza de que encontrará alguém, algum dia.

— Espero que sim — disse Lori, com um suspiro. — Sei que ele age como se não precisasse de ninguém, mas nunca me convenci de que isso era verdade. Mesmo assim, talvez seja porque ele é meu irmão e eu o amo, e não quero que fique sozinho para sempre.

— Ele também a ama. Ama todos vocês. — Heather sabia disso desde a primeira vez que ele falara sobre sua família, antes que ela os conhecesse. — Ele tem fotos de vocês espalhadas por toda a casa.

Lori trocou um olhar com Sophie antes de indagar:

— Você esteve na casa dele?

Heather esclareceu:

— Zach teve uma emergência com Ternurinha na primeira noite em que a levou para casa. Tivemos uma sessão de treinamento emergencial.

Uma sessão que terminara com os dois de mãos dadas, e os lábios dele contra o rosto de Heather.

Estranhamente, Lori escolheu aquele momento para parar de torturar Heather. Em vez disso, ela se recostou em seu assento, levou um punhado de pipocas à boca e disse, enquanto mastigava:

— Sophie tem razão. Eu não devia ter lhe dito todas aquelas coisas. Fiquei simplesmente tão entretida com a fantasia de tê-la como minha cunhada em vez de uma daquelas garotas horríveis com quem ele sempre se envolve. — Ela suspirou. — Acho que você é inteligente demais para querer qualquer coisa com ele.

O ciúme atingiu Heather juntamente com o desejo de defender Zach. Óbvio que ele poderia ter — e geralmente tinha — qualquer mulher que quisesse. Mesmo enquanto assistiam ao jogo, todas as mulheres daquela parte do estádio lançavam olhares intensos na direção daquele homem, e o belo marido de Sophie não ficava muito atrás, não é mesmo?

— Pode acreditar em mim — continuou Lori. — Eu entendo perfeitamente por que você não quer namorar com Zach, mas tenho dois outros irmãos que estão solteiros. Smith e Ryan são ótimos partidos, se quiser a minha opinião.

Heather sentia-se lisonjeada, mas não conseguia se imaginar em um relacionamento com um astro do cinema ou um atleta profissional.

— Obrigada, mas não estou procurando por um relacionamento agora. — Nem agora, nem nunca.

Antes que Lori pudesse dizer mais uma palavra sobre os irmãos e sobre o quanto todos eram excelentes partidos, Heather virou-se para Sophie e perguntou-lhe sobre a gravidez. Gostava de crianças tanto quanto gostava de cães, e, conforme se aproximava dos 30 anos de idade, pensava cada vez mais frequentemente em quando iria tentar ter seu próprio filho. Estava muito satisfeita por haver tantas opções para uma mulher solteira, desde a fertilização *in-vitro* até a possibilidade de adoção.

— Está animada por ter gêmeos?

O rosto de Sophie se iluminou.

— Sim. Quando não sinto calafrios em relação a tê-los. — Seu rosto assumiu uma expressão sonhadora. — Jake será um ótimo pai.

Lori simulou que estava vomitando.

— Já é ruim ver vocês dois mais grudados do que papel filme. Poupe-nos da ladainha do *amor puro e perfeito*.

Embora ela concordasse silenciosamente com a opinião de Lori a respeito do amor, Heather ficou maravilhada com o fato de Sophie não demonstrar que estava ofendida. Em vez disso, começou a cantar: "Love is perfect, oh so perfect", trecho da música "I Feel Pretty"[1].

1 "O amor é perfeito, ah, tão perfeito", da canção "Eu me sinto linda". (N. E.)

Lori tapou os ouvidos e começou a cantar "Love Bites"[2], numa imitação perfeita do vocalista da banda Def Leppard até que as três se desmancharam em risos.

De repente, Heather chegou a desejar poder namorar Zach. Não apenas porque seus hormônios insistiam em atormentá-la, mas porque não havia qualquer dúvida em sua mente sobre o quanto seria divertido fazer parte da família Sullivan.

Mas, mesmo se permitindo visualizar aquela possibilidade por um breve momento, ela sabia que a realidade não era como a fantasia. Embora as coisas pudessem começar bem para ela e Zach, não importa o quanto ele demonstrasse que a queria no presente, Heather tinha certeza de que aquele não era o tipo de homem que se comprometeria com uma mulher para sempre.

Assim, se uma parte dela sentia inveja do modo que Jake beijava

continuamente sua bela esposa, se desejava secretamente um homem que olhasse para ela com uma adoração tão completa, tudo que tinha que fazer era se lembrar da promessa que fizera para si mesma quando tinha 17 anos e descobrira a verdade sobre as mentiras do seu pai.

Nunca. Ela nunca se colocaria numa posição em que viesse a ser tratada daquela maneira. Porque nunca cometeria o erro de se apaixonar por alguém.

— Heather é uma garota bonita.

Zach puxou a correia de Atlas, afastando-o de um poste de luz que o cão estava admirando e levando-o para perto de um arbusto.

— Bonita? Você está cego? Ela é maravilhosa.

---

2 "O amor machuca". (N. E.)

Jake concordou com um movimento de cabeça no mesmo momento em que Ternurinha colocou-se em uma posição que arrancou um suspiro desolado de Zach. Os sacos plásticos azuis estavam praticamente fazendo um buraco em seu bolso e ele realmente queria deixar as coisas desse jeito. Uma coisa era limpar o que a filhote fazia em seu quintal...

Ele resmungou um palavrão que descrevia perfeitamente não somente o que a cadelinha estava fazendo, mas também o enorme cão de Heather. Jake não parava de rir desde que os dois deixaram seus assentos, e estava rindo ainda mais alto agora.

— Quer dizer então que Heather está somente treinando a cadelinha?

Zach não iria admitir ao seu melhor amigo que já havia se encontrado com Heather meia dúzia de vezes, e que a única forma de conseguir que ela estivesse ao seu lado hoje fora por meio de uma artimanha.

— Ela é uma treinadora de cães impressionante. — E uma mulher impressionante, também, acrescentou mentalmente.

Heather o encantava de maneira tão completa que Zach mal conseguia pensar em qualquer outra coisa ultimamente. Ele só sabia que a queria cada vez mais, a cada segundo que passava... mesmo que ela insistisse em tentar afastá-lo.

Jake indicou os cães com um movimento de cabeça, que pareciam estar agitados agora que tinham se aliviado.

— Parece que você vai ficar ocupado com a limpeza.

Zach ainda não tinha aceitado completamente o fato de que Jake engravidara sua irmã mais nova secretamente. E foi por isso que ele empurrou um saco plástico azul nas mãos do amigo e dirigiu-se para a pilha que Ternurinha deixara. Fazer com que Jake cuidasse da sujeira de Atlas serviria como uma vingancinha.

CAPÍTULO TREZE

No momento em que Zach se sentou entre Lori, Sophie e Heather, ele percebeu que alguma coisa estava diferente. Era como se elas tivessem deixado de ser estranhas entre si e se tornado amigas.

Quem saberia o que suas irmãs mais novas contaram a Heather? Tudo de que ele precisava era que algumas de suas aventuras mais loucas chegassem aos ouvidos dela para que Heather pegasse seu cão e saísse em disparada.

— Está tudo bem com o Grandão e a Pequenina? — perguntou ela, inclinando-se na direção de Zach quando Atlas se deitou aos seus pés e fechou os olhos. Ternurinha já estava enrodilhada contra o peito de Zach, claramente o local favorito da cadelinha em todo o planeta, considerando todo o seu tempo de vida.

— Aqueles sacos plásticos azuis foram uma mão na roda.

Ele adorava o riso tranquilo de Heather.

— Ótimo — disse ela, ainda rindo. — Obrigada por levar Atlas com você. — Ela o olhava de maneira quase tímida. — E obrigada por trocar meu assento, também. Adorei conhecer suas irmãs.

Aquelas palavras doces lhe acertaram bem no meio do peito. Ele se aproximou, chegando tão perto que poderia tocar a boca de Heather com a sua.

— Seja lá o que elas lhe disseram, é tudo mentira.

Ele esperava mais risos, mas os olhos de Heather estavam escurecidos em vez de cheios de humor, e sua respiração estava se acelerando. O olhar dela estava fixo em seus lábios.

— Espero que não — escapou daquela boca, e a teria beijado naquele momento e naquele lugar, e que sua família fosse para o inferno, se Heather não tivesse se esquivado rapidamente.

Ela concentrou toda a sua atenção no jogo depois daquele episódio e, no momento em que a partida terminou, levantou-se.

— Foi bem divertido. Foi muito bom conhecer vocês, mas eu realmente preciso ir embora.

Lori a interrompeu.

— Espere, você precisa conhecer Ryan!

Antes que ela pudesse protestar, Lori passou por Zach, agarrou a coleira de Atlas e enlaçou seu braço com o de Heather.

— Você vai adorar conhecê-lo — disse ela, piscando um olho para o irmão por cima do ombro. — Ele é bem diferente de Zach.

Certo, Zach já estava irritado com sua irmã, mas agora reconhecia que Lori era uma joia rara. Ela não ia deixar que Heather escapasse tão facilmente.

Heather estava com uma expressão irritada no rosto e ele a ouviu dizer:

— Na verdade, não acho que seja uma boa ideia ir com vocês até onde o resto do time está.

Lori não deu tanta atenção àquela preocupação e não perguntou os motivos de Heather.

— Está brincando? Todos aqueles rapazes lindos e suados farão com que essa seja uma ideia *fabulosa*.

Como se Ryan estivesse disposto a permitir que Lori namorasse um dos jogadores do seu time. Felizmente, os jogadores do Hawks sempre compreenderam que não deviam ousar se aproximar das gêmeas da família Sullivan. Ao contrário do seu melhor amigo, pensou Zach, fazendo uma careta ao olhar para Jake. Claro, como Sophie e Jake estavam sempre trocando olhares apaixonados, como faziam naquele exato momento, ele supunha que tudo acabara dando certo no final.

Caminhando logo atrás de Heather, ele não conseguia tirar os olhos daquelas pernas maravilhosas que ela exibia, as curvas suaves dos seus quadris, o jeito que seus cabelos sedosos lhe caíam sobre as costas naquela trança habitual. Francamente, a última coisa com a qual ele estava preocupado naquele momento era com sua irmã mais nova. Porque, se Ryan — ou qualquer outro jogador — olhasse para Heather da maneira errada, ele teria que matá-lo.

Heather nunca estivera no vestiário antes, embora já tivesse sido convidada mais de uma vez. Se aceitasse o convite do rapaz com quem saía ocasionalmente, isso faria seu relacionamento casual parecer mais sério do que realmente era.

E era por isso que ela não deveria estar em pânico agora. Apenas por que...

— Heather?

Brant Johnston, o jogador da primeira base do Hawks, sorriu quando ela entrou no vestiário com Lori.

Ela sentiu o rosto corar, mas não foi por causa de Brant. E sim por saber que Zach tinha se aproximado dela em um instante, cada músculo de seu corpo tenso, como se estivesse pronto para explodir.

Heather estava constrangida o suficiente para que, antes que pudesse impedi-lo, Brant a puxasse para lhe dar um abraço.

— Você está linda, como sempre.

Para um atleta profissional, Brant era um homem bastante doce e carinhoso. E não havia dúvidas de que era bonito, com seus cabelos dourados, olhos azuis e porte atlético. Mas ela nunca tivera vontade de levar o relacionamento para além dos jantares e do sexo. Fazia alguns meses desde que se encontrara com ele pela última vez, embora ele tivesse telefonado uma ou duas vezes nesse meio-tempo para perguntar se gostaria de sair outra vez. Ela simplesmente não estava tão interessada.

Afastando-se rapidamente dos braços dele, Heather colocou um sorriso no rosto que esperava parecer sincero.

— Foi um ótimo jogo.

Pelo canto do olho, percebeu que Zach estava com uma expressão tempestuosa no rosto. Lori, Sophie e Jake observavam a cena se desenrolar com uma espécie de satisfação no olhar.

— Se eu soubesse que você viria ao estádio hoje, faria de tudo para que tivesse um dos melhores assentos. — Ele finalmente percebeu o cão. — Ei, como estão as coisas, *Antler*?

Ela pensou ter ouvido Zach grunhir quando seu irmão finalmente se aproximou. Atlas não se sentia muito confortável com tantos homens grandes ao redor, mas Heather percebeu que a presença de Zach o deixava muito mais seguro do que de costume.

— Ryan — disse Zach, colocando a mão de forma possessiva nas costas de Heather. — Conheça Heather e seu cão *Atlas*.

Ela sabia que a ênfase especial no nome do cão e a mão em seu corpo eram uma mensagem clara para Brant, mas, embora sentisse um calor dentro de si ao considerar a ideia louca de realmente pertencer a Zach, não conseguia suportar a ideia de ser o osso que os dois homens estavam puxando pelas pontas para saber qual deles iria vencer.

Afastando-se do alcance de Zach, ela cumprimentou Ryan com um aperto de mão.

— É um prazer conhecê-lo.

Heather sentiu Ryan tentando compreender a situação que havia entre ela, Brant e Zach. Atlas nunca se importara muito com Brant nas duas vezes em que estivera com ele, mas, assim como aconteceu com Zach, ele praticamente se transformou em um filhote que se contorcia ao menor sinal de carinhos quando Ryan lhe coçou a cabeça. Sim, realmente, não havia dúvida de que os homens da família Sullivan tinham um efeito poderoso sobre os outros seres vivos.

Em um dado momento, Brant acabou se aproximando dela.

— Já faz um bom tempo, Heather. Que tal sairmos para celebrar o jogo hoje à noite?

Há um mês, talvez ela aceitasse. Afinal, ela era uma mulher sensual e o sexo com um rapaz bonito não era uma forma ruim de terminar uma noite de sexta-feira.

Mesmo assim, embora não tivesse outros planos, e certamente não estivesse envolvida em um relacionamento com mais ninguém, a ideia de sair casualmente com Brant não lhe parecia tão boa quanto antes. Na verdade, parecia ser uma ideia *terrível.*

Ela abriu a boca para recusar o convite quando Zach estendeu a mão e levou uma mecha que havia se desprendido da sua trança para trás da orelha.

— Você não contou que conhecia Brant hoje pela manhã, quando estava preparando o nosso café.

Ao sentir aquele toque gentil, ela simultaneamente o quis mais do que a qualquer outro homem que já desejara... e poderia também dar-lhe um soco por se comportar como um troglodita, com as insinuações falsas do motivo pelo qual ela estava em sua casa preparando o café da manhã.

Dando as costas propositalmente a Zach, ela disse a Brant:

— O dia já foi bem puxado, e amanhã promete ser ainda mais. — Ela olhou para o seu cão, que parecia estar pronto para correr uma maratona em vez de engolir grãos de pipoca que caíam no chão e brincar com sua melhor amiga canina durante a tarde inteira. — Preciso ir para casa.

Ela estava se virando para a família de Zach para se despedir quando Brant a surpreendeu, puxando-a contra si para lhe dar outro abraço. Um abraço ainda mais demorado desta vez.

— Ligo para você em breve.

Ela mal conseguiu deixar de revirar os olhos enquanto se afastava daqueles braços para dizer a Lori, Sophie, Ryan e Jake:

— Foi um prazer conhecê-los.

— O prazer foi *totalmente* nosso. — Lori abraçou Heather. — Espero que nos vejamos de novo em breve.

Heather não sabia o que responder. Ela era a treinadora da cadelinha de Zach, não sua namorada. Que motivo teria para se encontrar com a família dele outra vez, exceto se todos tivessem cães? Ela puxou a coleira de Atlas e se dirigiu para a porta. Quando percebeu que Zach estava ao seu lado, acompanhando cada passo, ela disse:

— Eu sei onde fica a saída. — Claro, ele não recuou, e simplesmente ficou ao lado dela enquanto Heather saía do estádio.

— Quantas vezes você já saiu com ele?

Ela acelerou o passo.

— Isso não é da sua conta.

— Por que você não saiu com ele hoje?

Aquilo também não era da conta de Zach, mas ela disse:

— Estou cansada. Meu cão está cansado. Estou querendo ir para casa.

Ela abriu uma porta lateral que se abria em um beco, que, por sua vez, levava ao estacionamento. A verdade era que até mesmo a ideia de beijar Brant novamente fazia com que seu corpo se retorcesse. Não porque ele era um amante ruim, mas porque, subitamente, só havia um homem que ela conseguia se imaginar beijando.

— E se ele telefonar quando você não estiver tão cansada?

Furiosa consigo mesma pela falta constante de autocontrole em relação a Zach, ela quase cuspiu as palavras.

— Neste momento eu não estou com vontade de sair com ele, mas, talvez em outro dia, se eu estiver a fim, por que não?

Zach agarrou-lhe o braço e puxou-a para si.

— Aqui está a razão pela qual você não vai sair com ele. — Sua boca tocou a dela em um beijo que finalmente fez explodir tudo o que efervescia entre os dois.

CAPÍTULO CATORZE

Heather passara quase uma semana inteira lutando contra aquele beijo. Mentira para si mesma e para Zach, dizendo que não o queria, mesmo que suas fantasias sobre o momento a mantivessem distraída durante o dia e a impedissem de dormir à noite.

Mas nenhuma das suas fantasias fizera justiça àquele primeiro beijo. Não havia qualquer possibilidade de que ela o imaginasse ocorrendo em um beco deserto, com os músculos fortes de Zach pressionando-a contra uma parede de concreto, seus quadris contra os dela, suas mãos enormes deslizando pelos cabelos dela.

Ah, e a sensação daqueles lábios contra os seus, o jeito que sua língua tocava e deslizava contra a dela... Heather deixou-se perder em meio às sensações, à mercê da ambição insaciável de ter mais para si daquele fruto proibido, tão desejado, de corpo e alma.

— *Heather* — ele sussurrou com os lábios contra os dela, para em seguida começar a mordiscar-lhe o lábio inferior, para depois lamber-lhe como se um simples beijo não fosse suficiente. Como se o que realmente quisesse fazer fosse devorá-la.

Ela sabia que deveria se desvencilhar, que deveria continuar a lutar contra aquela ligação para se autopreservar, mas seu corpo simplesmente se recusava a seguir aquela instrução racional.

Em vez disso, viu-se colocando os braços ao redor daqueles ombros largos. Queria que ele chegasse mais perto, precisava de *mais*. Nunca se sentira assim com qualquer outra pessoa — completamente fora de controle, ultrapassando todos os limites apenas com a potência incrível daquele beijo.

Sim, ela sabia que deveria parar, que deveria afastá-lo e dizer que aquilo nunca deveria acontecer. Mesmo assim, em um momento em que a ligação que tinha com Zach era mais perfeita do que jamais pensara ser possível ter com um homem, ela percebeu que o estava beijando ainda mais profundamente.

Com uma das mãos entrelaçada nos cabelos de Heather, Zach começou a deslizar a outra lentamente pela lateral do seu corpo. Ela quase gritou com a boca sobre a dele quando aquela mão deslizou por cima — e ao redor — da curvatura do seu seio para descer e se firmar na altura do quadril. Ele não parou até que sua palma estivesse tocando a curvatura da sua coxa, a pele nua por baixo da barra do seu short.

A sensação daquela mão em sua pele era incrivelmente boa! E Heather ficou ainda mais chocada quando Zach ergueu-lhe a perna e colocou-a ao redor do seu quadril, mas não o bastante para fazê-la pensar em impedi-lo de se aproveitar daquela posição para se aproximar ainda mais do calor que emanava do meio de suas pernas.

Heather sempre apreciara o desprendimento puramente físico do sexo, mas essa sensação nunca fora tão intensa para que chegasse a esquecer de si mesma, a perder de vista aquilo em que acreditava. Qualquer pessoa poderia sair pela porta lateral do estádio e vê-los assim, praticamente fazendo sexo contra a parede. Os dois ainda estavam vestidos, mas, mesmo assim, Heather sentia que Zach já havia lhe arrancado as roupas.

Ela tentou se afastar do abismo, ah, tentou com todas as forças, mas quando ele começou a depositar beijos e mais beijos ao longo da linha que conduzia do queixo à sua orelha, encontrando o ponto supersensível que ela tinha logo abaixo da ponta do queixo, como poderia fazer qualquer coisa além de arquear o pescoço para trás e saborear cada sensação maravilhosa daquela boca contra a pele? A barba por fazer a arranhava de uma maneira deliciosa, e ela usou a perna que estava por cima do quadril de Zach para puxá-lo para si com ainda mais força.

Todo e qualquer protesto que ela poderia oferecer a ele — e a si mesma — foi jogado pela janela, e Heather estava embrenhando seus dedos por entre os cabelos escuros de Zach quando alguma coisa puxou seu pulso uma vez, duas vezes, e, na terceira vez, com força suficiente para finalmente balançá-la.

— Os cães — ela conseguiu dizer em meio à voz sussurrada e sem fôlego, enquanto tentava controlar o coração acelerado. Enquanto ela e Zach estavam perdidos no beijo, as coleiras dos cães tinham se emaranhado, uma ao redor da outra, e ao redor dos seus donos também. — Precisamos desembaraçá-los.

Com bastante relutância, Zach soltou a perna de Heather antes de esbravejar:

— Ternurinha, pare de se mexer! — com uma voz frustrada, enquanto se agachava para soltar a presilha da coleira para pegar a cadelinha nos braços.

— Não é culpa dela — disse Heather enquanto tentava desembaraçar as correias com mãos trêmulas. — Não deveríamos estar fazendo isso aqui. — Como se o lugar fosse o único problema com aquele beijo. — Não deveríamos estar fazendo isso em lugar nenhum — esclareceu ela rapidamente.

Mesmo assim, a verdade era que, se os cães não estivessem ali com eles, Zach provavelmente teria arrancado suas roupas enquanto a beijava, pressionando seu corpo contra a parede. E, em vez de tentar pará-lo, ela iria implorar para que ele se apressasse, para que pudesse chegar ainda mais perto.

Para que pudesse ter *mais* daquilo.

— É exatamente o que deveríamos estar fazendo — disse ele, num tom ríspido.

A frustração de Zach fez com que Heather recuperasse o fôlego quase imediatamente. Afinal de contas, como fez questão de lembrar a si mesma, ela não era uma adolescente incapaz de controlar seus hormônios fervilhantes.

— Você nem se importa comigo — retrucou ela. — Você só me quer porque eu sou um desafio.

— Não, você está errada — devolveu ele. — Eu a quero simplesmente porque a quero. Desde o primeiro momento em que a vi, eu a quis, Heather.

Como ele conseguia fazê-la sentir que estava derretendo por dentro? Primeiro com aquele beijo e, em seguida, com suas palavras.

Mesmo assim, ela tinha que mostrar alguma dignidade.

— Você e Brant estavam brigando por minha causa como se eu fosse aquele osso que você mandou para Atlas.

— Eu estava brigando por sua causa porque você é *minha*.

Os olhos de Heather se arregalaram quando ela ouviu aquela declaração possessiva.

— Eu nunca vou pertencer a um homem.

Pela primeira vez, ele não retrucou rapidamente. Em vez disso, ela sentiu que ele se deteve. Que a observava. Examinava.

— Do que você tem medo? — disse ele, repentinamente. — De mim? Ou de você mesma?

Era a última coisa que ela esperava que Zach dissesse. E mesmo que seu cérebro estivesse cheio de respostas que iam desde "Apaixonar-me por você" a "Tudo", ela disse:

— Não tenho medo.

Ele ergueu uma sobrancelha, mas não a desafiou a provar o blefe. Em vez disso, falou:

— Então prove.

Ela ergueu o queixo.

— Eu sei o que você está fazendo. Eu sei que, seja qual for a maneira que você tente me fazer provar isso, vai ser bom para você, e somente para você.

Ele teve a audácia de estender a mão para tocá-la outra vez, deslizando-lhe a ponta do polegar sobre o lábio. E, cedendo à própria tolice, ela desejava tanto aquela sensação que permitiu que ele a tocasse.

— Vai ser bom para nós dois, eu lhe garanto. — Zach acariciou o rosto dela com o dorso da mão, quase como se fosse o afago de um amante. — Não estou procurando por amor, assim como você não está. Somos uma combinação perfeita, Heather. Não se preocupe. Isso vai nos deixar felizes, eu e você. Muito, muito felizes.

Ah.

Ela deveria estar dando pulos de alegria, deveria estar feliz por ele ter dito aquilo com todas as letras. Mas, mesmo que estivesse dando precisamente o que ela sempre afirmara querer, as palavras de Zach lhe davam a sensação de serem uma faca enfiada com toda a força no peito... como se alguma parte estúpida e imprudente do seu coração secretamente desejasse que ele pudesse se apaixonar por ela.

Mesmo que ela não confiasse nas declarações de Zach, se é que elas viriam.

Aquela era outra razão pela qual ela devia se afastar dele, puxando a correia de Atlas para sair do estádio, tirando ambos da presença do homem que era mais potente do que qualquer outro que ela conhecera.

Infelizmente, ela tinha perdido as rédeas do seu autocontrole assim que a boca de Zach tocara a sua. Conhecer a sensação incrível de ter o corpo dele pressionado contra o seu, quente e sólido, deixara Heather desesperada para prová-lo outra vez. E, desta vez, por mais tempo, sem quaisquer barreiras entre eles, sem que nada nem ninguém interrompesse o fluxo natural daquela paixão.

Mas, ao mesmo tempo que sentia que estava afundando cada vez mais em meio aos encantos sensuais daquele homem, Heather tinha administrado sua vida por tempo demais para deixar que um homem — especialmente alguém tão atrevido e encantador quanto Zach Sullivan — a atraísse para um caminho sombrio.

Se decidisse se embrenhar nas trevas, ela o faria por livre e espontânea vontade.

— Somente sexo — disse ela, com a voz firme. Querendo ter certeza de que aquilo ficaria perfeitamente claro. — É só isso que vai acontecer.

Uma expressão de vitória puramente masculina passou pelos olhos dele, que, imediatamente, entrelaçou os dedos por entre seus cabelos e a trouxe para mais perto de si.

— Me beije para selar o acordo então.

A respiração de Heather se acelerou ao ouvir aquele comando enunciado suavemente. Não percebera, até então, o quanto desejava sentir aquela dominação sensual que Zach era capaz de exercer. Deliciara-se com o modo como ele lhe roubara o beijo, ficara extremamente animada com a sensação lasciva da devassidão enquanto ele se aproveitava dela como queria, pressionando-a contra a parede.

E agora, embora devesse estar aborrecida pela exigência de que ela o beijasse para confirmar o acordo, Heather sentia-se mais excitada do que jamais estivera.

Ela sabia o que Zach esperava que fizesse — dar-lhe um selinho nos lábios para mostrar que estava aborrecida, ou deixá-lo controlar o beijo novamente.

Mas agora que tinha tomado a decisão de aproveitar o contato físico com Zach, além de não se negar a quaisquer prazeres que estivessem prestes a acontecer... também iria ter certeza de que Zach saberia que estava tão afetado por ela quanto Heather por ele.

Desta vez foi ela que estendeu a mão para tocar o rosto de Zach, deslizando os dedos com candura sobre a textura supersexy daquela barba por fazer que lhe escurecia a pele bronzeada do rosto. Ela moveu a mão até os cabelos de Zach e puxou seu rosto para si.

Os lábios se tocaram por uma fração de segundo antes que ele grunhisse e forçasse a boca contra a dela. Foi o beijo perfeito para selar o acordo daquele caso recém-negociado, uma preliminar maravilhosa para o sexo incrível, passional e sem limites que iriam fazer em breve.

Nada além disso.

Zach nunca perdera o controle com uma mulher antes. Nunca chegara nem perto disso.

Não até conhecer Heather.

Quando os dois finalmente se separaram para tomar ar, com a cadelinha se contorcendo entre eles, Zach não suportava a ideia de deixá-la partir. Deixando um pouco de espaço para Ternurinha respirar enquanto ainda a mantinha perto de si, ele perguntou:

— Precisa pegar alguma coisa em sua casa para Atlas?

Os belos olhos de Heather estavam enevoados pelo prazer do beijo quando ela olhou em sua direção e fez que sim com a cabeça.

Ele a queria em sua cama. Era naquele lugar que ela devia estar, onde ele precisava que Heather estivesse desde o primeiro instante em que colocara os olhos em suas curvas, quando ela tentava atrair a cadelinha do meio dos arbustos em frente à oficina.

Zach mal podia esperar para ouvir mais daqueles curtos gemidos de prazer que Heather soltava quando ele a beijava... e observar a expressão em seu rosto quando ela desabasse por baixo dele.

O desespero para arrancar-lhe as roupas o mais cedo possível fez com que ele pegasse na mão de Heather, enquanto segurava a coleira de Atlas com a outra mão e puxava todos consigo na direção do estacionamento.

— Vou segui-la até sua casa e ajudá-la a pegar o que você precisa.

Ele sentiu a mão de Heather se enrijecer.

— Será somente uma noite, Zach. Não é como se estivéssemos prontos para nos mudar para a sua casa. Vai ser somente sexo — ela o lembrou com a voz firme.

Heather era firme demais. Controlada demais, mesmo depois do segundo beijo que trocaram.

Ah, sim, ele iria adorar fazê-la perder o controle. Faria com que isso fosse o seu principal propósito nas horas a seguir, de fato.

As orelhas de Atlas tinham se erguido, como se percebesse que iria passar a noite com sua melhor amiga. O dogue alemão afagou a filhotinha com o focinho e Zach riu. Heather era capaz de lutar o quanto quisesse contra a atração que sentia por ele, mas Zach imaginava que ela teria uma dificuldade enorme para separar seus cães.

Usar os cães para mantê-la perto de si não era exatamente jogar limpo.

Mesmo assim, desde quando um Sullivan jogava de acordo com as regras para conseguir o que queria?

CAPÍTULO QUINZE

Heather se esforçou para refrear seu coração, que batia aceleradamente. Agora, mais do que nunca, não havia razão para nervosismo. Não depois que ela e Zach tinham discutido abertamente os termos da relação baseada apenas em sexo.

Mesmo assim, agora que o acordo fora selado, ainda estava um pouco espantada por se encontrar no quarto dele. Antes, no estádio de beisebol, ela achava que sabia exatamente no que estava se metendo.

E percebeu, subitamente, o quanto aquilo estava longe da realidade.

Zach Sullivan era uma força da natureza. Não somente devido à sua inacreditável aparência máscula, mas também pela personalidade, que era forte e doce ao mesmo tempo. Na primeira vez em que olhara para ele, é claro, ela pensara em sexo. Não havia nenhuma mulher viva que não o fizesse, não com um rosto e um corpo como aqueles.

Ah, mas nem queria imaginar o que ele faria se soubesse o quanto estava nervosa. Riria dela, provavelmente. Ou a provocaria incansavelmente até o fim. E se consideraria o vencedor.

Saber de antemão como as pessoas reagiriam ante suas fraquezas fora o que a levara àquele subterfúgio que usava desde os 17 anos, uma máscara de indiferença, como se dissesse que não se importava com o que pensassem a seu respeito... mesmo que, desesperadamente, precisasse saber disso.

— Quer dizer, então, que este é o lendário quarto.

Ela mantinha sua linguagem corporal deliberadamente calma e relaxada, com um polegar enfiado no bolso do short enquanto erguia uma sobrancelha para examinar o cômodo.

Zach, que estava sob o batente da porta, repetiu:

— Lendário, hein?

Aquela era uma palavra totalmente errada para usar com um homem com um ego tão inflado como o de Zach Sullivan. Mas sabia que não podia voltar atrás. Em vez disso, ela retirou o moletom,

colocando-o por cima do encosto da poltrona de couro no canto.

— E então — disse ela, virando-se lentamente na direção dele. — Está pronto ou não?

Aqueles olhos se incendiaram, fazendo com que ondas de eletricidade se movessem sobre a pele de Heather apenas ao vislumbrá-la.

— Está com pressa? Precisa ir a algum lugar?

De jeito nenhum. Ela não tinha planos de ir embora tão cedo. Droga, ela nem se lembrava de que o resto do mundo existia, quando estava com ele. Mesmo assim, haveria muitos problemas se ele se desse conta disso.

A bela boca de Zach se moveu para formar um pequeno sorriso logo antes que ele acrescentasse:

— Ou você está com toda essa pressa apenas porque eu finalmente estou aqui com você?

— Estou pronta para me deixar impressionar.

Qualquer outro homem agiria como se Heather tivesse acabado de questionar toda a sua masculinidade. Mas não Zach. Em vez disso, ele simplesmente continuou com aquele sorriso charmoso nos lábios.

— Ficamos com a alternativa número dois — disse ele, fazendo um X no ar. — Você mal consegue esperar outro segundo para nos deitarmos.

Heather não perderia a oportunidade de contradizer aquele argumento ridiculamente arrogante — e pateticamente verdadeiro — se não fosse pelo *clique* suave da porta que Zach fechava para manter os cães fora do quarto. As luzes do aposento se apagaram um instante depois.

Ela se ouviu inalando rapidamente o ar quando o quarto ficou escuro. Apesar das janelas enormes, o céu estava oculto por trás de uma grossa camada de nuvens nessa noite, e seu coração começou a bater cada vez mais rápido.

Heather nunca se importara muito com o escuro, nunca tinha percebido qualquer clima de romance ou sensualidade quando o controle da sua visão lhe era tirado. Nem mesmo quando lhe dava a impressão de que isso tirava sua liberdade de escolha, também. Um de seus amantes, há alguns anos, quis vendá-la, mas ela não demonstrou qualquer interesse.

Mas agora... parecia diferente. Ela se esforçava para conter o pânico.

— O que você está fazendo?

Heather não era capaz de ver Zach em seu quarto, mas podia ouvi-lo movendo-se lentamente em sua direção.

— Estou me preparando para impressioná-la.

Por que a voz de Zach parecia ser ainda mais profunda no escuro? E por que ela não conseguia se impedir de prender a respiração conforme ele se aproximava cada vez mais?

Heather passara tanto tempo no controle que até mesmo os poucos momentos em que estava em um quarto que não lhe era familiar, esperando que Zach a beijasse, que a tocasse, pareciam demorar demais.

Ela não conseguiu afastar o leve tremor da sua voz quando disse:

— Zach, eu não...

Antes que fosse capaz de admitir sua fraqueza, ele estava ali, com as mãos ao redor do seu rosto, tocando-a com tanto carinho que ela mal conseguia acreditar que aquele era o mesmo homem que praticamente nascera com uma chave de roda nas mãos.

As pontas dos polegares dele deslizaram por cima dos lábios de Heather, suaves como um sussurro, e ela instintivamente os entreabriu para ele, lambendo a ponta de um dos dedos. O gemido grave de Zach soou pelo quarto, o único som audível além da respiração ofegante de Heather.

Ela respirava com dificuldade, embora estivesse perfeitamente imóvel. Mesmo assim, parecia não haver qualquer maneira de recuperar o fôlego quando as mãos de Zach lhe desceram pelas maçãs do rosto até o pescoço. Ela queria se deixar tomar por aquelas mãos, mas, mesmo que o toque dele mal estivesse lhe atingindo a superfície da pele, era como se a tivesse capturado completamente.

— Que pele macia — ele murmurou, e Heather quis sentir aquelas palavras quase reverenciosas contra os lábios. Queria desesperadamente que ele a beijasse.

Ela sempre fora a favor da igualdade de oportunidades entre os amantes, nunca acreditando em esperar que um homem tomasse a iniciativa, nunca esperando pela oportunidade de sentir prazer quando podia agir por conta própria. Mas isso sempre fora o que sentira em relação ao sexo.

O que estava sentindo naquele momento era o prazer de ser seduzida.

Um prazer que nem imaginara que pudesse ocorrer.

Afinal, como ela poderia prever a sensação daquelas mãos calejadas incendiando cada milímetro da sua pele tão lentamente, tão docemente, a ponto de sequer ter noção de que elas estavam tocando seus pulsos, abrindo os botões de cima de sua camiseta de mangas compridas para que Zach pudesse puxá-la mais facilmente por cima da sua cabeça?

E como ela poderia saber que ele teria um cheiro muito mais atraente no escuro, um aroma masculino e limpo que atiçava todos os sentidos, querendo trazê-lo cada vez mais para si?

— Pela maneira que você fala sobre as linhas e curvas dos seus carros...

Ele passou de um botão para o próximo praticamente sem lhe roçar os seios. Ela sabia que Zach adorava provocar, mas não poderia supor que fosse tão hábil.

— ... eu pensei que você iria querer ver tudo.

Estava escuro demais para que ela conseguisse ver mais do que o contorno do corpo de Zach, mas Heather podia jurar que sentia o seu sorriso.

— Você tem razão. Eu gosto muito de olhar para coisas bonitas — confirmou ele quando segurou na barra da camiseta de Heather e puxou-a por cima da sua cabeça, deixando-a cair ao chão por trás dela. — Mas tenho uma ótima visão noturna.

— Eu mal consigo dirigir no escuro — disse ela, sabendo que estava tagarelando coisas sem sentido agora. Estar naquele lugar, no escuro, vestindo apenas sutiã e short, deixava Heather ainda mais nervosa.

Desta vez ela não precisou imaginar se Zach estava sorrindo, pois pôde ouvir seu riso contido. O calor daquele riso a tomou como uma onda, como sempre ocorria, e ajudou-a a relaxar um pouco.

Mesmo com todas as vezes em que ele a deixara irritada ou frustrada, a verdade era que Heather desde o início tinha gostado de estar perto de Zach. Mais do que conseguia se lembrar de apreciar a companhia de um homem, precisamente a razão pela qual ela fizera de tudo para que não terminassem naquele quarto. Não sem uma lista de regras de conduta sobre o que seria permissível.

Uma transa excelente, com certeza, fazia parte dos planos. Envolvimento emocional, não.

Mas onde, ela se perguntava, a sedução se encaixava?

Mesmo assim, conforme as mãos de Zach cercaram sua cintura antes de se mover para tocar-lhe os músculos rígidos das costas, Heather não conseguiu manter aquela pergunta na cabeça.

Só era capaz de sentir.

Ah, como era maravilhoso ter aquelas mãos fortes em seu corpo, esforçando-se para relaxar as partes rígidas há tanto tempo que Heather nem percebia que estavam tensas.

— É muito bom poder tocá-la, Heather. Exatamente como eu sabia que seria.

Ela conseguiu perceber o apreço sincero na voz de Zach; e não importava se ele já tinha dito aquilo para centenas de mulheres antes dela. Tudo que importava era que ele estava dizendo isso a *ela* agora.

Zach levou as mãos até os ombros de Heather e encontrou um nó que quase a fez choramingar quando ele o pressionou sem qualquer piedade.

— Você não cuida muito bem de si mesma — ele a repreendeu naquela voz baixa que fazia as entranhas de Heather se derreterem.

— Você trabalha demais. E aquele seu vira-lata enorme sempre a puxa de um lado para outro. — Zach a virou de costas para que pudesse pressionar-lhe os ombros com mais força. — Ele precisa cuidar mais de você.

Apesar de sentir que aquela massagem fazia com que seu interior se desagregasse por inteiro, ela teve que lembrá-lo outra vez.

— Ele não é um vira-lata, é um puro-sangue.

— É engraçado — disse Zach, quando afastou os cabelos de Heather por sobre os ombros, aproximando-se tanto que ela podia sentir seu hálito quente contra a nuca exposta. — Ele sempre responde quando eu o chamo de *vira-lata*. Tem certeza de que o pedigree dele não é falso?

Ela ainda não conseguia acreditar que seu cão se afeiçoara tanto a Zach, considerando que ele naturalmente desconfiava de todos os homens. Mesmo assim, os animais têm um dom de enxergar além das aparências e identificar a verdadeira natureza das pessoas. Eles sabem como identificar um sorriso falso que pode indicar o mal, ou perceber que um toque aparente inócuo é uma ameaça perigosa... ou, da mesma forma, que um homem que agia como uma ilha era capaz de tanto carinho e doçura a ponto de arrancar o fôlego de Heather, várias e várias vezes.

Antes que ela percebesse, ele abrira o fecho do seu sutiã e o estava removendo dos seus ombros, de modo que caísse no chão por cima da camiseta. Mesmo no escuro ela sentiu vontade de cobrir o corpo, quis levar as mãos até a altura dos seios, embora já tivesse consentido em dormir com Zach.

— Estou deixando você nervosa? — perguntou ele, com os lábios quase lhe tocando o lobo da orelha, conforme se aproximava ainda mais do seu corpo seminu.

— Não.

E era verdade. Ela não estava com medo.

Estava empolgada.

Muito além de simplesmente empolgada.

Finalmente, ele pressionou a boca contra a pele de Heather, roçando os lábios contra a sua orelha, com a língua quase tocando a pele, antes de perguntar:

— Então por que está tremendo?

— Tenho orelhas sensíveis — ela lhe disse.

— Bom saber. — Ele deu outro beijo suave logo abaixo do lobo da orelha de Heather, desta vez, antes de perguntar: — Há mais algum lugar sensível que eu deva saber a respeito?

Até agora, ela sentia que poderia ficar frente a frente com Zach Sullivan como se os dois fossem iguais. Mas isso fora antes de entrarem no quarto dele... onde ela claramente não tinha a menor chance de ser qualquer coisa a não ser uma massa de modelar naquelas mãos fortes que conheciam todos os segredos da arte de amar.

Ainda assim, ela tinha que continuar tentando acompanhá-lo, não é? Caso contrário, como seria capaz de respeitar a si mesma na manhã seguinte?

— Talvez devêssemos acender as luzes outra vez, e eu poderia desenhar um mapa para você.

— Que boca mais atrevida — murmurou ele. — Isso me faz pensar que seria melhor darmos um uso melhor a ela.

Deveria ser o suficiente para que ela se preparasse para receber outro beijo, mas, quando ele lhe enfiou uma mão por entre os cabelos e virou-lhe o rosto para tocar sua boca com a dele, Heather não conseguiu fazer nada além de soltar um suspiro profundo com o prazer extremo de ter aquela boca sobre a sua outra vez.

Por mais que as mãos de Zach tivessem sido gentis — e ainda o eram — a força daquele beijo lhe contava uma história diferente.

Ele a queria. Muito. E, conforme sua língua pressionava a de Heather, ela ficou feliz por finalmente poder liberar toda a paixão e o desejo que vinha represando dentro de si desde o primeiro momento em que o vira.

Ela tentou se virar em meio àquele abraço, queria pressionar seu peito nu contra o dele, queria saber se ele era tão duro e tão quente quanto sonhara. Mas, em vez de deixá-la se mover, ele deslizou uma das mãos ao redor da sua cintura e segurou-a contra seu corpo daquela forma, por trás. E, estranhamente, em vez de querer se desvencilhar daquele abraço, em vez de sentir que ele a estava controlando, ela sentia exatamente o contrário.

Sentia o conforto, a segurança de saber que ele não iria deixá-la cair. E aceitava, pelo menos nesse momento, que Zach sabia precisamente como levar ambos a um estado de puro prazer.

Seu short estava caindo em direção aos pés antes que ela percebesse que Zach abrira o botão e o zíper. Chocada pela facilidade que tinha de se perder naqueles beijos, ela afastou a boca do rosto dele.

Como se Zach pudesse perceber o que Heather sentia em meio àquele nervosismo, em vez de tomar-lhe os lábios outra vez, ele deu beijos suaves sobre seu rosto, seguindo pelo pescoço e os ombros. A pele de Heather parecia ganhar vida, milímetro após milímetro — uma trilha de sensações, de prazer.

E, mesmo assim, ela não conseguia afastar aquela sensação de medo, a preocupação de que estava permitindo a si mesma se perder em outra pessoa, até que a voz de Zach surgiu por entre o turbilhão.

— Você é sensível aqui? — Ele encostou o polegar no alto da sua coluna vertebral e o esfregou para cima, passando pela nuca até chegar às raízes dos primeiros fios de cabelo, e ela estremeceu em resposta. — Vou acreditar que isso é um "sim" — disse ele suavemente enquanto percorria o mesmo caminho com a língua.

— E que tal aqui? — Os dedos de Zach encontraram a base das costas de Heather, na altura da cintura. Quando ela percebeu, ele estava ajoelhado por trás do seu corpo, com a boca seguindo o caminho que sua língua traçava, lambendo a pele incrivelmente sensível.

Quando Heather não conseguiu impedir que o ar escapasse dos seus pulmões, ele disse:

— Definitivamente, é sim.

E então, enquanto tentava racionalizar o fato surpreendente de que ele estava realmente fazendo um mapa dos locais sensíveis em seu corpo, Heather sentiu aquelas mãos grandes subirem por ambos os lados da sua caixa torácica, detendo-se logo abaixo da curvatura dos seus seios.

— Vou imaginar que isto também será um sim — disse ele contra o lado esquerdo do corpo de Heather enquanto sua língua contornava o espaço entre duas costelas e ela estremeceu contra ele, os joelhos quase cedendo ao doce prazer de ser tocada daquela maneira.

Como se ela fosse tudo que importava.

Como se Zach realmente pensasse que ela fosse preciosa e que valesse o tempo que ele levaria para explorar seu prazer, para aprender onde ele se escondia e o que seria necessário para trazê-lo à tona.

Zach espelhou seus movimentos do outro lado do corpo de Heather e ela tentou se manter firme, sem pedir por mais. Mesmo assim, o som baixo e desesperado que surgiu da sua garganta denunciou o desejo.

Zach pressionou os lábios contra a base da coluna de Heather.

— Cada coisa a seu tempo.

Um momento depois, ainda ajoelhado por trás dela no escuro, ele enfiou-lhe os polegares por entre o elástico da calcinha e deixou as mãos imóveis ali. Ela engoliu em seco, um som alto em meio à escuridão silenciosa.

— Sabe há quanto tempo eu estou esperando por este momento?

Cada palavra que surgia parecia estar mais estrangulada do que a anterior. Com a mesma selvageria que seu beijo tinha, aquela declaração direta era a prova do quanto ele a queria, apesar daquela sedução lenta e provocante.

De algum modo, ela conseguiu perguntar:

— Há quanto tempo?

Ele baixou a calcinha apenas o bastante para beijar a parte superior de cada nádega, gemendo enquanto fazia o mesmo carinho na carne macia do outro lado.

— Desde sempre, Heather. Parece que sempre estive à sua espera.

E, em seguida, logo depois que as palavras mais chocantes do mundo foram ditas, aquela calcinha estava no chão, aos seus pés, apenas uma peça de algodão amarrotada.

Ela esperou, prendendo a respiração, que Zach a tocasse outra vez, que a beijasse — *por favor, por favor, por favor, não me abandone assim* — mas ele estava tão imóvel quanto ela. A respiração dele sobre sua pele era a única parte de Zach que ainda a tocava.

— Adoro o seu cheiro. — As palavras dele eram guturais conforme ele inalava. — Adoro a sensação de poder tocar a sua pele. — As mãos de Zach subiram até seus quadris, e ela sentiu-se pequena e intensamente feminina quando ele a acariciou gentilmente. — E adoro o seu gosto. — Ele deu vários beijos e mordidas em seu bumbum, depois pelas suas coxas, até finalmente alcançar a parte de trás dos joelhos.

Não deveria ser uma zona erógena. Ela deveria estar rindo, não gemendo suavemente conforme a língua de Zach deslizava sobre a pele da parte de trás dos seus joelhos.

— Acho que encontramos vários outros pontos sensíveis — ele confirmou enquanto ela tremia com tanta força que as mãos de Zach sobre os seus quadris, na realidade, a impediam de cair no chão. — Mas aposto que há mais. — Ele parou por um momento e Heather respirou fundo, antes que ele completasse: — Muito mais.

Quando Heather deu por si, Zach já havia se levantado e a estava erguendo em seus braços.

— Zach, o que você está fazendo?

Nenhum homem a tomara nos braços daquele modo para levá-la para a cama. Parecia algo romântico demais para a relação que tinham um com o outro, para o acordo que haviam firmado.

— Heather, estou carregando você até a cama! — brincou ele, imitando o tom de voz chocado da pergunta que ela lhe fez.

Como ela poderia fazer qualquer coisa além de rir, embora estivesse mais excitada do que jamais se sentira em toda a sua vida? Risos e sexo nunca estiveram diretamente ligados para ela antes.

Mesmo assim, ela nunca tivera um amante como Zach antes, não é?

CAPÍTULO DEZESSEIS

Zach Sullivan deveria estar satisfeito. Dar prazer às mulheres era o que ele sabia fazer de melhor.

Não fazia sentido, portanto, sentir-se tão distante do seu jogo preferido, tão perdido em Heather que todas as outras experiências sexuais pareciam se desfazer — forçando-o a descobrir tudo outra vez, a cada beijo, a cada toque.

Ele apagara as luzes para ter certeza de que permaneceria no controle da noite. Mesmo assim, a escuridão o estava afetando também.

O cheiro de Heather estava por toda parte, doce e excitado. Sua pele era incrivelmente macia. E quando ela tremia ao receber seus beijos, quando ela gemia de prazer conforme deixava-se afetar pelas sensações, Zach sentiu um forte aperto no peito.

— Seus braços vão se cansar logo se você não me puser no chão.

Ele levou os lábios até os dela outra vez, mas parou logo antes que a tocassem.

— Está questionando a minha resistência? — Sem esperar por uma resposta que certamente seria petulante, ele cobriu os lábios de Heather com os seus e beijou-a para arrancar-lhe o fôlego dos pulmões.

Os dois estavam arfando quando Zach finalmente a deitou no centro da cama, tirando rapidamente as próprias roupas em seguida. Ele não estava exagerando quando dissera ter uma ótima visão noturna. Ela era linda. Zach queria apenas olhar para ela, queria memorizar cada curva suave, cada forma que havia à sua frente.

— Zach?

Ela tateou em meio à escuridão e Zach segurou sua mão.

— Estou aqui. Apenas apreciando a paisagem.

Ela fez um som de surpresa ao perceber que ele realmente conseguia vê-la no escuro, enquanto seus dedos se entrelaçavam. Sentir sua palma tocar a dele foi outro momento de ligação que ela não esperava. Mais um para acrescentar a todo o resto.

Zach não segurava as mãos das mulheres. Mas não queria deixar que Heather se afastasse. Assim, aproximou-se dela na cama, montando sobre ela e colocando suas coxas ao redor das dela para mantê-la exatamente onde queria.

— Você realmente é capaz de me ver?

Sim, ele a via muito bem, a ponto de detectar o pânico em seu rosto por estar nua diante dos olhos dele. Claro, ele adorava fazer coisas inesperadas, especialmente quando percebia que ela tentava com todas as forças ser a mulher mais forte do planeta.

— É claro que sim.

Ela emitiu um som baixo de surpresa que ele teve que sufocar com outro beijo, mais suave desta vez. Sem soltar as mãos de Heather, ele as pousou de ambos os lados do travesseiro e aproveitou para explorar aquela doce boca.

Fazia tanto tempo que queria beijá-la assim! O desejo o consumia a cada segundo que passava junto a ela. Adorava como Heather se entregava, totalmente; não como se quisesse simplesmente provocá-lo ou excitá-lo. Ela beijava da mesma maneira como fazia todas as outras coisas, com uma doce concentração.

Zach planejara seduzi-la, mas, conforme a língua de Heather se esfregava contra a sua, conforme seus dedos se retesavam contra os dele e ela erguia seus quadris para tentar encontrar a catarse que ele lutava para conter, Zach não conseguiu deixar de imaginar se a situação estava invertida... e se não era Heather quem de fato o estava seduzindo.

Ele se afastou daquela boca quando esse pensamento surgiu em sua mente, determinado a retomar o controle. Precisava ter as cartas na mão, em vez de deixá-las com a mulher a quem ele não fora capaz de resistir desde o primeiro momento em que lhe pousara os olhos.

Olhando para Heather no quarto escuro, Zach se admirou outra vez com o quanto ela era bonita. Outras mulheres, com corpo igual ao dela, fariam tudo que pudessem para exibi-lo ao mundo em vez de cobri-lo com camisetas desbotadas e shorts.

Ainda assim, não era ele que estava enlouquecendo dia após dia, imaginando exatamente o que se escondia por baixo daquelas roupas folgadas? Quase que, simplesmente por não mostrar seus atributos, Heather acabara por amplificar a ansiedade de Zach pelo momento em que finalmente conseguiria vê-la por inteiro.

— E então? Gosta do que vê?

Ele percebeu naquela pergunta desafiadora o quanto ela tentava disfarçar a insegurança, e o fato de que ela se preocupava com o próprio valor fez aquela sensação de aperto no peito retornar.

Em vez de responder, pois não era o tipo de homem que usaria palavras em um momento como aquele, Zach decidiu mostrar-lhe o quanto era bonita de um outro modo, inconfundível.

Ele levou a boca até o bico de um dos seios e o puxou entre seus lábios. Heather arqueou as costas contra seu rosto e gemeu seu nome, mas Zach estava tão concentrado no sabor e no toque doces daquela pele excitada contra sua língua que mal a ouviu. Ele girou a língua ao redor do mamilo excitado antes de soltá-lo para provar o outro.

Usando suas mãos nas coxas dela e em cada lado de seu quadril, Zach segurou Heather enquanto ela se retorcia contra ele no momento em que ele amava seus seios perfeitos, ia de um para o outro, de novo e de novo até que ela implorasse.

— Por favor, Zach, eu preciso...

Ele esfregou suavemente os dentes sobre a pele do mamilo, e o gemido de prazer engoliu o resto daquela súplica. Zach não precisava que ela lhe dissesse o que queria, porque ele queria o mesmo. Precisava provar cada milímetro da sua pele, precisava conhecer a sensação, todo o cheiro dela.

Ele subiu pelos seios de Heather até os ombros, e depois para a pele que ficava sob um dos braços. Mas, em vez de se deixar derreter ainda mais, ela se enrijeceu conforme a língua de Zach deslizou em direção ao seu cotovelo.

Claro, aquilo só o deixou com mais vontade de fazer com que Heather se sentisse bem. Fazer com que ela se esquecesse de tudo, exceto do quanto era bom poderem finalmente estar juntos assim.

A boca de Zach encontrou a maciez de Heather outra vez, mas, desta vez, ele percebeu que a pele estava levemente marcada. Quando tocou a curva do seu cotovelo e a parte inferior do antebraço com a boca, a cada vez ele encontrou as mesmas marcas. Pequenas erupções na pele que lhe sobrevieram como uma surpresa total em contraste com toda a suavidade do restante do seu corpo.

— Heather — ele perguntou, sentindo seu estômago se retorcerem com a dor que ela sentira para ter aquelas cicatrizes agora. — Como foi que você se machucou?

Enquanto perguntava, ele deslizava os dedos sobre o outro braço, encontrando as mesmas cicatrizes. Eram discretas, já completamente curadas, mas Zach não conseguiria ignorá-las. Não no escuro, quando não havia nada para distrair seus sentidos.

E, especialmente, quando nada parecia importar mais do que Heather.

— São cicatrizes antigas — disse ela, suavemente. — Um acidente que aconteceu quando eu era adolescente.

A voz de Heather vacilou naquelas últimas palavras, e ele detestou a mudança que ocorreu com ela. Era uma mulher tão sensual, tão aberta para ele e, subitamente, estava imóvel. Como se estivesse amedrontada... e se arrependesse do que estavam fazendo.

— Fico feliz por estarem curadas — disse ele, antes de beijar um braço e depois o outro.

A respiração de Heather se acelerou, como se ela estivesse prestes a chorar. Mas, em seguida, ela disse:

— Eu também.

Ele tinha que beijá-la de novo, precisava fazer com que aquele momento voltasse a ser o que era antes que ele descobrisse as cicatrizes, antes que ela ficasse entristecida. Não sabia dizer por quanto tempo se beijaram, mas adorou a maneira como ela deslizava os dedos por entre seus cabelos, como se precisasse dele tanto quanto ele precisava dela.

E Zach precisava demais dela. Precisava sentir seu gosto, precisava saber se o cheiro de sua excitação seria igualmente doce quando o sentisse em sua língua.

Puxando as mãos de Heather enquanto se movia, sem querer renunciar àquela conexão com ela, mesmo que por um segundo, ele afastou a boca daqueles lábios, indo mais para baixo, em direção ao abdômen, e prosseguindo em direção aos pelos úmidos que o atraíam como um ímã.

Ele praticamente perdera o controle no início, quando estava ajoelhado por trás dela. Agora a sensação era ainda mais forte, esse desejo de tomá-la para si, de fazer com que Heather fosse sua.

E de mantê-la com ele.

Zach mal conseguia se lembrar de que não mantinha mulheres ao seu lado. Nem chegava a considerar a possibilidade. O sexo era algo feito por prazer. Apenas por prazer.

E era um prazer poder estar com Heather!

Adorando o jeito que ela instintivamente afastava as pernas conforme ele se aproximava do seu cerne, ele a atacou com um movimento longo da sua língua. Ele planejara provocá-la, sentir seu gosto lentamente, mas ela arqueou as costas, erguendo-se contra a boca de Zach, com aqueles sons doces e meigos que fazia conforme ele a levava a um estado cada vez mais elevado. E ele acabou perdendo o controle também.

Da próxima vez ele a faria esperar, iria provocá-la impiedosamente até que ela estivesse implorando para que ele a tomasse.

Mas agora, precisava tomar posse dela. Nesse exato segundo. Precisava saber que ela estava tão descontrolada quanto ele, que ele não era o único que tinha ultrapassado os limites da paixão.

Como um homem fora de si, lambeu e sugou aquelas carnes excitadas. Já sabia que nunca conseguiria se saciar. Já estava viciado no gosto que ela tinha.

E, um momento depois, as mãos de Heather apertaram as de Zach com tanta força que suas unhas se cravaram na carne dele quando ela se desfez em sua boca.

CAPÍTULO DEZESSETE

Nenhum dos seus outros amantes chegara a perceber as cicatrizes em seus braços, mesmo com as luzes acesas.

Heather sabia o porquê. Sabia que nenhum dos homens com quem estivera antes de Zach se importava com ela a ponto de querer conhecer seus segredos.

O sexo era tudo o que eles queriam.

Mas Zach era diferente, percebeu com surpresa, mais uma vez. Ele percebia tudo, coisas nas quais os outros homens nunca prestariam atenção. Dera atenção especial, demoradamente, à pele marcada, com beijos tão suaves que ela não ficaria surpresa se as cicatrizes desaparecessem completamente na manhã seguinte.

Heather nunca sentira nada como aquilo, um prazer tão completo. Sempre fora ela a pessoa que melhor conhecia o próprio corpo, geralmente tendo mais sucesso com aparelhos movidos a pilha do que com qualquer dos homens com quem estivera.

Mas nenhum deles era Zach Sullivan.

As coisas que ele conseguia fazer com os lábios, com a língua... ela nunca tivera um orgasmo tão forte, tão demorado, tão bom, antes. Mesmo agora que estava começando a descer das alturas a que Zach a erguera, ele parecia não estar satisfeito. Não estava subindo por cima do seu corpo para terminar o que tinha começado, para pegar o que ela tinha para ele.

Em vez disso, ele a lambia demoradamente, afagando a área sensível após a explosão de prazer que provocava nela, enquanto parecia saboreá-la ao mesmo tempo.

Finalmente, ele ergueu a cabeça e disse:

— Adoro o seu gosto quando você goza — antes de baixar a cabeça por entre suas coxas e pressionar os grandes lábios em um beijo. — Você sabe o quanto eu sou ambicioso — murmurou contra aquela pele incrivelmente sensível. — Quero sentir mais dessa sua doçura, Heather. E quero agora.

Ela não deveria voltar a se sentir excitada tão facilmente, não após duas frases ditas como se ele fosse o responsável por tomar todas as decisões. Entretanto, mesmo antes de lhe dar mais uma dose daquela língua incrível, o simples fato de saber o quanto ele gostava de estar com ela fez com que Heather fosse de zero a cem outra vez em uma questão de segundos.

Gentilmente, ele soltou uma das mãos dela e acariciou-lhe os quadris. Ela estremeceu ao sentir o toque e, em seguida, estava perdendo o controle do seu corpo outra vez, precisando daquela sensação incrível de libertação que somente Zach poderia lhe proporcionar. Várias vezes, sem parar, ela deixou seu corpo se contorcer e arquear com os carinhos que recebia daquela mão, daquela boca, querendo, implorando, precisando, gemendo.

Então aconteceu novamente e ela explodiu outra vez. Desta vez, chamando-o pelo nome, precisando senti-lo em sua língua enquanto subia até alturas impossíveis, para em seguida cair, cair, cair em meio à escuridão.

Heather nunca imaginara que pudesse ser pura sensação. Cada milímetro da sua pele parecia aceso. Cada célula dentro de si estava pronta, esperando, por *mais*.

Ela deveria estar exausta, não deveria ser capaz de desejar mais coisa alguma, mas quando Zach começou a longa e lenta subida pelo seu corpo, plantando beijos na parte interna das suas coxas, nos ossos do quadril, nas costelas, ela não conseguiu esperar mais um segundo.

Ele não soltou da mão direita de Heather nem por um segundo e, quando lhe tomou a mão esquerda, conectando-as novamente, ela usou toda sua força para puxá-lo contra si, trazendo-o por cima do seu corpo. Não podia ver o rosto dele no escuro, mas isso não tinha importância. Ela não precisava mais vê-lo.

Simplesmente saber que ele estava ali, junto com ela, era o suficiente.

— Zach.

— Você é tão linda! — disse ele ao tocar-lhe os lábios com os seus, segurando-lhe as mãos na altura da cabeça, sobre o travesseiro.

Ele poderia agir como se a vida fosse apenas diversão, mas aqui, na cama, ela pressentia quem era o verdadeiro Zach Sullivan. Um homem para quem tudo tinha uma importância profunda.

Heather não queria ter nada com ele além de aborrecimentos, risos e excitação. Mas sabia por que tinha começado a se apaixonar por ele. Não apenas por sua aparência maravilhosa... mas porque pressentia o que ele tentava esconder do resto do mundo.

Um coração surpreendentemente grande e belo.

Ainda atordoada após seus orgasmos e pelas emoções que não conseguia conter nesse momento perfeito, ela ergueu as mãos para tocar o peito de Zach, bem no meio do tórax, para sentir o coração que batia com força. Com firmeza.

Heather se inclinou para frente, beijando os pelos que lhe salpicavam a pele.

Zach ficou imóvel depois que o beijo de Heather lhe tocou o peito. Ela queria fazer uma piada, queria dizer algo para aliviar a tensão, deixar claro que o que estavam fazendo era somente sexo.

Em vez disso, pegou-se sussurrando.

— Você também é. — *Incrivelmente bonito.*

De repente, ele puxou as mãos para longe das dela, e Heather sentiu a cama se mover. Por uma fração de segundo, ficou preocupada com a possibilidade de que Zach tivesse percebido a verdade por trás daquele beijo sobre o seu coração — uma verdade que ela não era capaz de admitir nem para si mesma — e estivesse planejando se levantar antes que ela pudesse cometer o erro de atribuir mais emoções ao sexo fenomenal que estavam fazendo.

Mas, antes que conseguisse encontrar uma maneira de juntar palavras em uma frase que fizesse sentido, para deixar claro que não iria cometer aquele erro, Heather ouviu algo sendo rasgado.

Graças a Deus, pensou ela, que ele estava colocando um preservativo. E, em seguida, foi pressionada novamente contra o colchão e Zach estava por cima do seu corpo, com as mãos por entre seus cabelos e as coxas em meio às suas, forçando-as para que se afastassem cada vez mais, cada vez mais, até que ela o estava enlaçando com as pernas ao redor da cintura para recebê-lo.

— *Minha.*

A palavra que penetrou as trevas e seu coração estava quase arrebentando o peito de Heather, de dentro para fora, conforme ela esperava, à beira daquela ansiedade perigosa.

— Estou esperando por você há muito tempo, Heather. Finalmente vou fazer com que você seja minha.

— Sim — disse ela, uma palavra rasgada, e mais desesperada do que jamais ouvira seus próprios lábios enunciarem. E, mesmo que estivesse tentando se impedir de dizer algo de que se arrependeria na manhã seguinte, as palavras "Faça-me sua, Zach" não puderam ser contidas.

Quando ele explodiu dentro dela, tão poderosamente, a cabeça de Heather teria batido na cabeceira da cama se Zach não a tivesse segurado tão firmemente no lugar, com a respiração dela entrecortada.

Ela nunca estivera com um homem tão grande, ou tão forte. E certamente nunca conhecera um homem tão versado no prazer de uma mulher. Porque, conforme ele continuava a possuí-la com força, de maneira rápida e profunda, Heather sabia que era isso que ela mesma queria, era exatamente o que estava desejando.

Não somente encontrar alguém que pudesse ajudá-la a se perder, mas encontrar um homem que possuiria seu corpo no escuro, e depois a faria rir quando as luzes estivessem acesas.

O poder de Zach sobre Heather era extraordinário, dentro dela, com o suor do peito se mesclando ao seu. Ela queria tocá-lo, deslizar as mãos sobre todos aqueles músculos, sentir aquela força inabalável. Mas, ao mesmo tempo, ela adorava poder segurar as mãos de Zach... e deixar que ele a segurasse.

Os quadris de Heather se moviam junto com os dele, erguendo-se para receber cada estocada poderosa, baixando quando ele se retraía para penetrá-la novamente, parecendo ir cada vez mais fundo com cada movimento. Ela podia sentir o corpo se retesando, músculos que não estavam acostumados com um prazer tão intenso, quase doendo com a sensibilidade excitada de sua carne.

— De novo — ela ouviu a voz embargada de Zach outra vez, por entre os dentes, conforme ele se esforçava para manter o controle.

— Goze para mim, Heather. Preciso senti-la em mim. — Ele a penetrou com mais força, mais profundamente. — Agora.

Heather era a pessoa que dava ordens, aquela que estava sempre no controle. Mesmo que estivesse profundamente imersa em meio ao encanto sensual que ele tecia ao seu redor com beijos, carícias e a escuridão misteriosa, o cérebro de Heather tentava lhe enviar um aviso. Um aviso de que não deveria se entregar por completo. Um aviso para que fosse a pessoa responsável por ditar o prazer para si mesma, em vez de recebê-lo como um presente.

Mas, mesmo enquanto vislumbrava lampejos de sensatez em meio à névoa espessa do desejo, como poderia ser capaz de fazer qualquer coisa além de obedecer à ordem de Zach? Especialmente quando ele estava lhe dizendo apenas para fazer o que seu corpo queria tão desesperadamente?

Sim, pensou ela enquanto cedia o que restava do controle sobre si mesma e deixava o balanço e o impulso do corpo de Zach levá-la ao êxtase mais uma vez. Isso era exatamente o que *ela* queria. Permitir-se um prazer que nunca fora capaz de encontrar com qualquer outra pessoa.

Ela daria atenção aos avisos, preservaria o seu coração, mas não negaria a si mesma aquela necessidade primal, o forte desejo por aquele homem. Enquanto durasse, ela receberia tudo que ele tinha para dar.

— Ahhh! — gemeu ele quando os músculos internos de Heather o agarraram e ela pressionou os quadris para cima, contra os dele, prolongando o prazer. — Por que esperei tanto tempo para ter você?

Ela deveria ter se sentido ofendida pelo modo como ele disse *ter você* e talvez se sentiria depois, mas agora ela sabia a verdade.

Até aquele momento, ele estava dando-lhe tudo de que precisava, tudo o que ela queria. Tudo com que ele se importava era com o prazer dela. Sim, o prazer que ela sentia o agradava, mas essa não era a razão pela qual ele a tocava, a beijava, a amava como fazia.

Zach fazia tudo aquilo por ela, dava uma atenção cuidadosa a cada suspiro, cada batida do coração, às suas cicatrizes, e, depois, a cada gemido de prazer. Somente agora, ao perceber que ela estava completamente satisfeita, é que ele se permitiu sentir prazer também.

Heather soube com precisão o momento em que o amor que faziam deixou de focar em si e passou a estar centrado nele. O tom mudou quando ele soltou suas mãos e levou as palmas até os seus seios, segurando-os com carinho, apertando-a antes de descer mais com as mãos e sentir a curva daqueles quadris.

Foi perfeita a mudança do prazer dela para o dele. Exatamente como deveria ser, como ela queria, os dois sendo parceiros iguais naquele prazer mútuo. Ela queria dar a Zach o que ele lhe dera.

Liberdade completa para se desfazer no prazer, sem que houvesse repercussões posteriores.

Conforme ele lhe agarrava os quadris com mais força, Heather sentia que ele ficava cada vez maior, cada vez mais rijo com cada estocada poderosa. Seu foco poderia não estar mais no prazer dela, mas, mesmo assim, ela se sentia prestes a voar outra vez.

Finalmente, sendo capaz de tocá-lo, ela ergueu as mãos e as deslizou pelo peito de Zach, indo em direção à parte superior dos seus braços. Os músculos e os tendões daqueles braços se retesavam sob os dedos de Heather e ela ficou impressionada com a força que ele tinha, mesmo quando o segurava firmemente, pressionando as mãos contra a pele umedecida pelo suor, as pernas dela enlaçadas firmemente ao redor dos quadris de Zach conforme os dois se movimentavam.

Ela queria se concentrar somente nele agora, precisava ter certeza de que ele sentiria tanto prazer quanto ela sentira, mas não conseguia impedir seu corpo de reagir às deliciosas sensações. Mesmo assim, não queria sentir tudo aquilo sozinha desta vez.

— Zach — ela tentou avisá-lo, mas era tarde demais. Já estava caindo. — Por favor. — Ela percebeu que estava implorando por entre uma névoa, sabendo que ele não entenderia o que ela queria, que pensaria apenas que ela estava implorando para que prolongasse seu próximo clímax. Ainda assim, ela disse outra vez, as únicas palavras que conseguia formar. — Por favor, Zach.

Heather não demorou mais que uma fração de segundo para perceber que o subestimara outra vez. Em algum lugar no fundo da sua mente, percebeu que Zach entendia seus desejos, que ele provavelmente conhecia bem o seu corpo, suas necessidades sensuais, melhor do que ela mesma.

No próximo momento doce, perfeito, o nome de Zach estava fugindo dos seus lábios como uma bênção quando ele parou de se mover sobre ela, seguido por pulsações longas e duras da sua própria catarse.

Ah, ela adorava o jeito que ele deslizava os dedos por seus cabelos, cobrindo em seguida sua boca com um beijo que indicava o quanto ela o agradava. No mínimo, tanto quanto ele a tinha agradado.

Finalmente, ele relaxou sobre ela, respirando fundo, seu corpo pesando sobre o de Heather enquanto a pressionava ainda mais contra o colchão. Ela não se importava com o peso ou com o suor que havia entre eles, não quando podia envolvê-lo com seus braços e simplesmente mantê-lo junto de si.

CAPÍTULO DEZOITO

Heather acordou algumas horas mais tarde, envolta nos braços fortes de Zach. Instintivamente ela se aconchegou no corpo nu dele, mas os avisos que antes não conseguiram penetrar a excitação e lhe atrapalhavam o raciocínio agora a inundavam com uma fúria intensa.

Ali morava o perigo, naquela sensação suave, quente e segura ao lado de Zach Sullivan.

Ela era uma mulher, então permitiria a si mesma aproveitar um pouco daquela suavidade. Não havia como evitar o calor. Não quando Zach era um ser vivo que respirava, andava e gerava calor.

Mas... segura?

Somente uma completa idiota acreditaria estar em segurança com ele.

Além disso, o acordo que firmaram no beco do estádio de beisebol tinha sido perfeitamente claro. Aquele seria um relacionamento baseado apenas em sexo.

Nada mais.

Ah... como ela podia estar tão envolvida com aquele homem? Achara que era forte o suficiente para fazer um acordo baseado apenas em prazer com ele... mas, se soubesse como iriam fazer amor na noite anterior, se soubesse que teria a sensação de que ele estava se entregando de corpo e alma para ela, nunca teria sido tão estupidamente arrogante a ponto de pensar que poderia ser a única mulher no planeta que não se apaixonaria por Zach Sullivan. Além disso, a maneira como ele descobrira suas cicatrizes e perguntara como ela tinha se machucado, como se o seu coração doesse até mesmo ao pensar que alguma coisa de ruim pudesse acontecer com ela — sem mencionar a mentira descarada dela, sobre a origem das cicatrizes —, tudo aquilo já lhe provocara um arrepio de advertência.

Mesmo assim, embora soubesse disso, será que seria capaz de recusar a chance de sentir os braços de Zach à sua volta, os lábios pressionados contra os dela, aquelas mãos fortes e habilidosas em sua pele?

Não, ela honestamente duvidava de que conseguiria fazer isso.

Bastante irritada consigo mesma por não ter qualquer autocontrole ou senso de autopreservação em relação a Zach, ela começou a afastar o braço que a segurava contra o corpo dele.

O braço de Zach se enrijeceu ao redor de sua cintura.

— Eu estava esperando você acordar.

O hálito dele era quente e sensual contra sua orelha, sua ereção pressionava o traseiro de Heather quando ela respirou fundo. Não havia nada mais que ela quisesse do que continuar ali com ele.

E era exatamente por isso que precisava conseguir se desvencilhar daqueles braços e se levantar da cama.

— Preciso ir, Zach.

— Ainda não — disse ele. Seus dentes encontraram o lobo da orelha de Heather e ele o sugou. — Preciso de você outra vez.

Ela mal conseguiu sufocar um gemido de carência enquanto sentiu o latejar imediato em seus seios e entre suas pernas. Também precisava dele.

Poucas horas após Zach ter lhe dado uma quantidade estarrecedora de prazer, Heather estava desesperada por mais. Para sentir as carícias daquelas mãos grandes e calejadas em sua pele conforme ele preguiçosamente as passava pelo corpo dela.

— Você tem o corpo mais maravilhoso que eu já vi, Heather.

Na tentativa de impedir que seu coração estúpido se deixasse levar por aqueles elogios, ela se forçou a dizer:

— Como você sabe? — Como se fosse convincente, em vez de permitir que o encanto de Zach a dominasse cada vez mais. — Se ainda nem me viu direito?

Ela adorava o som do riso carinhoso de Zach contra a pele do seu pescoço. Demais, até.

— Eu consigo enxergar no escuro, lembra-se? Mas eu poderia até mesmo ser cego, e mesmo assim saberia o quanto você é bonita. Apenas com isso — disse ele, deixando que seus dedos brincassem nos seios dela. — E isso. — Ele deixou outra mão escorregar sobre os músculos da barriga de Heather, indo em direção aos pelos já úmidos entre suas pernas.

Ela não conseguia acreditar no quanto Zach a deixara desesperada com aquela mão entre suas coxas e os lábios percorrendo uma trilha sensual pelo seu pescoço e os ombros. Ainda bem que, quando deu por si, ele estava se esticando até o outro lado da cama para pegar outro preservativo.

Quando ouviu o ruído familiar do pacote sendo rasgado, ela se virou para arrancá-lo das mãos de Zach no escuro. O desejo guiou sua mão até o alvo, mesmo que mal fosse capaz de ver qualquer coisa.

Zach ajudou-a a guiar o preservativo até o seu membro ereto e juntos eles o desenrolaram sobre toda a sua extensão grossa e latejante.

Na noite anterior, ela tinha deixado que ele tomasse o controle e tudo correra maravilhosamente, mas agora que ela conhecia o prazer que Zach era capaz de lhe dar, não poderia simplesmente esperar que ele a provocasse, que a excitasse outra vez.

Apoiando as mãos espalmadas em seu peito, ela o empurrou de volta para a cama e postou-se por cima dele, montada sobre seus quadris. Logo depois, estava deslizando por cima dele.

— Você é uma delícia.

Ela nunca fora o tipo de mulher que falava durante o sexo, mas, com Zach, parecia não conseguir conter o que estava sentindo.

Não quando estar com ele era tão bom.

Seus músculos internos o apertavam, e Heather adorava o som do gemido quase indefeso que Zach emitia quando ela se movia.

— Você também. — Ela o sentia latejar dentro de si, ficando maior com cada palavra que ele dizia. — Tão deliciosa que eu mal consigo acreditar.

Heather adorava o jeito que ele se mexia junto com ela, a sensação dos músculos rijos se movendo por baixo dos seus dedos quando se apoiava no peito e no abdômen de Zach, enquanto o cavalgava. Adorava sentir aquelas mãos grandes acariciando sua pele no escuro, o jeito como ele parecia saber exatamente onde tocá-la para provocar ainda mais gemidos de prazer.

E, mesmo que uma parte dela desejasse desesperadamente que o sol nascesse rapidamente para que pudesse vê-lo sob seu corpo, entrando nela, a verdade era que nada nunca fora tão bom quanto a doce carnalidade de fazer amor com Zach, com a escuridão à sua volta criando um mundo que era feito puramente de sensações. Se pudesse, ela faria com que aquilo durasse para sempre, em que nada existia além daquela conexão primitiva entre os dois.

Mas tudo estava acontecendo rápido demais, girando depressa demais dentro dela outra vez, indo em direção ao ápice que ele já lhe provocara tantas vezes. E quando ele colocou as mãos nos quadris de Heather para mover sua pelve levemente antes de penetrá-la em um lugar secreto que a fez gritar ainda mais alto, ela soube que não tinha escolha a não ser ceder ao domínio que Zach já tinha sobre o seu corpo.

— O que foi que você fez?

Ele fez aquilo outra vez e ela quase gozou, naquele exato momento, ali mesmo.

— Você gostou, não é?

Gostou? Será que ele estava louco?

Ela praticamente *amou* aquilo.

Mas não era capaz de exprimir aquilo em palavras, não quando ele a estocava outra vez, exatamente naquele belo local que arrancava completamente seu fôlego. Aprendendo rapidamente, ela não demorou a descobrir como se mover junto com ele para deixar tudo ainda melhor, o empurrar e puxar de puro êxtase quando ele se afastava, e depois voltava para enlouquecê-la ainda mais com cada penetração poderosa.

Se isso fosse tudo, já seria o suficiente. Mais do que suficiente. Muito além de impressionante.

Mas Zach, ela percebeu rapidamente, nunca fazia nada pela metade. E, se estava disposto a virar o mundo de Heather de cabeça para baixo, ele realmente iria deixá-lo em frangalhos.

Quando Heather deu por si, Zach já erguera o tronco e estava sentado por baixo dela, com os braços enlaçando sua cintura enquanto a ajustava sobre o colo. As pernas de Heather agora o envolviam ao redor dos quadris. Ele conseguia ir incrivelmente fundo desta forma, mais profundamente do que ela imaginava ser capaz de recebê-lo.

— Não se mexa.

Ela ficou satisfeita com aquela pausa momentânea, a chance de desfrutar da sensação de estar tão perto dele.

Ah!

O deslizar lento daquela língua sobre o bico de um dos seus seios a fez inalar o ar com força antes que os lábios dele se movessem para o próximo, e ela expirou profundamente, esvaziando os pulmões. Para frente e para trás, ele a excitava com seus lábios, língua e dentes, a barba por fazer sobre o queixo arranhando deliciosamente sua pele sensível. Zach não lhe disse que ela poderia se mover outra vez, mas não havia como impedir seus quadris de se moverem contra os dele. Dentro dela, tudo estava preso com tanta força que ela sentia que ia explodir. E foi o que aconteceu quando os lábios de Zach encontraram os seus outra vez.

CAPÍTULO DEZENOVE

Zach tinha que puxar Heather mais para perto, tinha que eliminar qualquer espaço que houvesse entre os dois corpos conforme a acompanhava em outro clímax. Ele continuou a abraçá-la com força contra si enquanto lutavam para conseguir respirar, nos braços um do outro. Ele não queria deixar que ela se afastasse. Manteria Heather em seu colo para sempre se pudesse, mas, quando ela se moveu por cima dele, Zach se forçou a afrouxar o abraço quando Heather começou a se erguer.

O sol estava começando a nascer, e, embora sua visão noturna fosse boa, ver a incrível beleza de Heather à luz do dia arrancou o fôlego que ele havia finalmente recuperado.

— Me deixe olhar para você.

— Os cães precisam sair para o quintal.

Ele ainda não estava disposto a deixar que ela os usasse como desculpa.

— Eles podem esperar mais alguns minutos.

Puxando-a firmemente de volta para o seu colo, ele começou a ficar excitado outra vez conforme deixou seu olhar pousar nos seios, na cintura e nos quadris de Heather.

— Da próxima vez, vamos deixar todas as luzes da casa acesas.

Ela ficou imóvel por um momento antes de soltar uma gargalhada. Ele adorava a sensação que ela lhe causava — e adorava olhá-la — quando o corpo de Heather balançava sobre o seu com o riso.

— Acho que meu estômago é capaz de aguentar se eu ficar aqui olhando para você — disse ela enquanto examinava o corpo dele com aqueles olhos inteligentes e apreciativos. — Mas eu realmente preciso ir embora.

Ela saiu de cima do colo de Zach e ele a observou andar nua até o banheiro. A porta se fechou por trás dela e ele ouviu o clique da tranca da fechadura antes do som do chuveiro.

Se ela não o tivesse trancado para fora, ele estaria lá dentro com ela, mostrando-lhe o quanto poderiam se divertir com os jatos d'água auxiliares que ele mandara instalar na parede oposta do boxe.

Zach se levantou da cama e buscou suas roupas. O sexo com Heather tinha sido fenomenal. Mas, em vez de se sentir relaxado, ele percebia uma certa tensão crescendo dentro de si.

Nunca, nem uma vez antes em sua vida, ele sentira a necessidade de saber quando seria a próxima vez que se encontraria com uma mulher. Mas Heather não agia como nenhuma outra mulher que ele conhecia. Todas as outras estariam fazendo de tudo, nessa manhã, para ter certeza de que teriam outra noite com ele.

Até mesmo deixar que ela dormisse em seus braços na noite anterior era algo que havia passado dos limites que ele estabelecera para si mesmo. E nunca trazia mulheres para sua casa, era mais fácil vestir as roupas e ir embora, se fosse à casa delas.

Mas não pensou duas vezes quando quisera trazer Heather para casa. Não quando estava fantasiando tê-la em sua cama desde o momento em que colocara os olhos nela.

O mais intrigante de tudo, entretanto, era o fato de ter adorado dormir ao lado de Heather. Quase tanto quanto adorara tudo que tinha acontecido antes e depois.

O que estava acontecendo com ele?

A única coisa que sabia com certeza era que não tinha prometido tirar as mãos de cima dela. Não depois que as horas que passaram juntos tinham causado uma impressão tão forte em sua mente. Somente um idiota abriria mão desse tipo de prazer por livre e espontânea vontade.

Zach não era um idiota. De maneira alguma. E sabia que precisava redobrar seus cuidados em relação às complicações que, claramente, estavam associadas com prazeres tão extremos.

Ele gostava de Heather, e isso não iria mudar. Mas amá-la era algo que estava completamente fora de cogitação. E, agora, mais do que nunca.

Porque a ideia de assumir um compromisso eterno com Heather, e depois deixá-la para trás, lamentando sua perda quando subitamente morresse, como seu pai, fazia o sangue de Zach gelar nas veias.

Ele não queria que nada voltasse a magoar Heather.

E, principalmente, não queria ser o responsável por isso.

Zach vestiu a calça jeans e foi até a cozinha, onde Atlas e Ternurinha estavam amontoados um em cima do outro no carpete. Atlas levantou os olhos, com esperança, e depois suspirou quando viu que era apenas Zach.

— Ela está no banho. Logo você vai tê-la de volta.

E ele não devia sentir ciúmes porque o maldito dogue alemão iria passar o dia inteiro ao lado de Heather. Batendo com força a jarra na cafeteira, ele ouviu o ruído de algo se quebrando e soltou um palavrão.

Ternurinha entrou em pânico com os ruídos altos e começou a latir no momento em que Heather entrou, com os cabelos ainda molhados. Vestia uma camisa limpa de Zach que lhe caía até os joelhos. Seu rosto estava sem maquiagem, os pés descalços... e ela parecia mais bonita aos olhos de Zach do que qualquer uma das estrelas que acompanhavam seu irmão Smith quando os filmes dele estreavam.

— Coitadinha — disse ela quando se curvou para que Ternurinha corresse para os seus braços. — Esse homem grandalhão e de boca suja a assustou?

Zach afastou a inveja que sentia da naturalidade com que Heather abria os braços para Ternurinha. E se ele corresse em sua direção daquele modo? Será que ela seria igualmente receptiva? Seus olhos se iluminariam? E seria ele quem receberia os beijos de Heather, em vez daquela pequena bola de pelos?

— É tudo fingimento — disse ele. — Toda essa cena que diz "sou apenas um filhotinho indefeso".

— Não me importo. — Ela deu um beijo no topo da cabeça de Ternurinha. — Eu a amo mesmo assim. — Ela levantou os olhos e o fuzilou com um olhar perspicaz. — E você também a ama.

— Se contar os dias até que eu possa devolvê-la for sua definição de amor, então, sim, ela é a cadela pela qual passei a vida inteira esperando.

A boca de Heather se abriu em um largo sorriso.

— Você vai se sentir perdido sem ela por perto.

Sem dar uma resposta àquela afirmação ridícula, ele enfiou quatro fatias de pão de forma na torradeira.

— E então, ficou impressionada?

Heather pareceu ficar momentaneamente surpresa com a pergunta. Colocou Ternurinha no chão antes de beijar o focinho de Atlas, e depois foi até a pia para lavar as mãos antes de comer.

— Sim. Muito — respondeu, observando-o com uma expressão sensual por cima do ombro. — As duas vezes.

— Ótimo — respondeu ele, mas, quando os segundos se passaram e ela não se aproximou dele, Zach teve que emendar: — Você deixou passar um.

Ela ficou confusa.

— Como assim?

Ele indicou com um movimento de cabeça o lugar onde os cães estavam, ao lado da porta, arranhando-a.

— Você beijou todo mundo, menos eu.

A surpresa suavizou as belas feições de Heather, e Zach percebeu que estava prendendo a respiração enquanto esperava pelo que ela iria fazer.

Tecnicamente, beijos de bom-dia não faziam parte do acordo que envolvia apenas sexo, mas isso não significava que ele não iria querer um.

Lentamente, Heather se aproximou de Zach. O aperto que ele sentia no peito ficou cada vez mais forte com cada passo que ela dava.

— Não foi minha intenção excluir você — ela disse com a voz suave, colocando as mãos em ambos os lados do rosto de Zach enquanto ficava na ponta dos pés para beijar os lábios dele.

Os beijos entre os dois, até esse momento, foram todos focados no sexo e na carência desesperada de ambos.

Esse beijo era diferente.

O desejo ainda estava presente entre os dois, como estava desde o primeiro momento em que se conheceram, mas havia um carinho nesse beijo que ele nunca compartilhara com qualquer pessoa.

Quando Heather se afastou, parecia estar tão atordoada quanto ele. Virando-se rapidamente na direção dos cães, ela foi até a porta de vidro e a abriu para deixar que saíssem para o quintal.

Zach se aproximou e ficou ao lado de Heather para observá-los brincando.

— O seu vira-lata gosta daqui.

Heather suspirou antes de responder.

— Gosta mesmo.

— E você? — Zach não sabia de onde viera aquela pergunta. Sabia apenas que precisava conhecer a resposta.

As torradas saltaram e ela começou a se afastar dele para pegá-las, mas Zach estendeu um braço e agarrou-lhe a mão, virando-a de volta para si. Ela baixou os olhos e observou os dedos entrelaçados.

— Você sabe exatamente o quanto eu gostei da noite de ontem. — Ela parecia estar resignada e até mesmo um pouco irritada com aquilo. — O sexo foi ótimo.

Ele soltou a mão de Heather, estupidamente irritado com aquela resposta. Que havia de errado com ele? Ela era exatamente a mulher que procurava. A fim de noites incríveis de sexo sem exigir qualquer outro compromisso. Como sentimentos. Ou querer mais. Ou tentar manipular as coisas para ser sua namorada.

Heather era perfeita.

Tudo aquilo era perfeito.

Ele arrancou as fatias de pão da torradeira, passou manteiga e geleia e depois largou os pratos sobre o balcão do café da manhã onde já pusera duas xícaras de café.

— E então, vamos fazer de novo hoje à noite?

Primeiro ele estava tentando fazer com que ela lhe escrevesse poemas sobre estarem juntos e, em seguida, quando não lhe dera a resposta que ele queria, Zach estava praticamente implorando por uma segunda noite.

Ela se sentou na banqueta forrada de couro e pegou uma torrada.

— É uma proposta interessante, mas hoje é a noite do leilão em prol do abrigo de animais.

Se ela estivesse tentando afastá-lo, teria que se esforçar muito mais para conseguir. Ele se levantou para deixar os cães entrarem outra vez, mas, em vez de voltar para a sua banqueta no balcão, Zach ficou em frente a Heather.

— A que horas você quer que eu a pegue?

Ela franziu a testa.

— Não pedi para você ir comigo.

— Eu gosto de animais.

Zach olhou para Ternurinha, que encontrara um sapato em seu armário para roer. Ele tirou o sapato da boca da cadelinha e o substituiu por um brinquedo de plástico.

— Trabalhei muito na preparação desse evento, e não posso deixar que nada me distraia de levantar o máximo de dinheiro que puder para o abrigo. — Ela deixou o restante da torrada sobre o prato. — Não vai dar certo se você for comigo, mas ficarei feliz em encontrá-lo para fazermos sexo depois do evento, se você quiser.

Heather estava dizendo exatamente o que ele sempre desejara que uma mulher dissesse, oferecendo precisamente o que ele sempre sonhara ouvir uma mulher oferecer. Entretanto, agora que seu desejo finalmente tenha sido realizado, Zach percebia que conseguir exatamente o que queria era algo que o incomodava bastante.

— O que você vai vestir?

Ela piscou ao ouvir aquela frase fora do contexto.

— Um vestido.

Heather era linda mesmo com aquela expressão séria. Ele não via qualquer sentido em restringir o desejo de se inclinar para frente e beijar as linhas de expressão entre suas sobrancelhas.

— De que cor?

Ele não imaginava que ela percebia que estava levando a ponta dos dedos até o lugar onde acabara de ser beijada enquanto respondia:

— Azul.

Zach enrolou uma mecha daqueles cabelos ao redor do dedo indicador e deslizou o polegar pelos fios sedosos.

— Nunca vi você usando um vestido.

— Você me viu nua. Não é suficiente?

Ele nem pensou antes de responder:

— Não, não é.

Ela se levantou da banqueta e afastou-se dele.

— O que você está fazendo, Zach?

— Tentando conseguir um convite para a sua festa.

Ela balançou a cabeça negativamente.

— Se você vier comigo, as pessoas vão pensar que estamos namorando.

— E daí?

— *E daí?* — Ela parecia estar mais do que simplesmente ofendida. — Não temos um relacionamento fixo e você não é meu namorado. Nós concordamos que isso seria apenas sexo — ela o lembrou. Seu olhar estava firme quando ela o encarava. — É melhor me dizer se mudou de ideia. Se for o caso, daremos um fim nisso exatamente agora.

O estômago de Zach se retorceu ao pensar que não veria Heather outra vez. Uma noite com ela não era suficiente, mas o sexo quente não era a única coisa de que ele sentiria falta se Heather decidisse não se encontrar com ele outra vez.

Sentiria saudades do seu riso.

Sentiria saudades do jeito que ela parecia se derreter quando estava com os cães.

Sentiria saudades daquela boca atrevida e das suas respostas inteligentes, como aquelas que as pessoas que ele mais amava no mundo também davam.

Mas ele sabia por que Heather estava desconfiada. O pai dela era um canalha que mentira para ela durante toda a vida. Zach não podia amá-la, não cometeria o erro de prometer que ficaria para sempre ao seu lado, mas nunca mentiria para ela.

— Não vou magoá-la, Heather.

Ela ficou perfeitamente imóvel.

— Sei que você não vai. Porque eu não vou deixar.

Ela pegou a bolsa, agarrou as chaves do carro e fez um som que tirou Atlas da brincadeira com Ternurinha, atraindo-o para perto de si.

Zach agarrou a mão de Heather antes que ela pudesse ir embora.

— Até hoje à noite. — Ele sabia o que ela queria ouvir, e forçou-se a dizer: — Para mais sexo. — Zach deixou que seus lábios se curvassem em um sorriso maroto. — Sexo muito, muito bom.

Ele sabia que a situação poderia tomar qualquer rumo naquele momento. Tudo que esperava era que ela tivesse gostado tanto dos momentos que passaram juntos que desejaria fazer tudo de novo.

Finalmente ela disse:

— Provavelmente só sairei de lá tarde da noite, quando tudo estiver terminado.

— Sexo nas altas horas da madrugada é uma das minhas especialidades.

Ele ficou muito mais do que contente quando ela finalmente sorriu outra vez.

— Só você para ter *especialidades sexuais.*

— Aqui está outra especialidade — disse ele antes de lhe dar um beijo de despedida. Se tudo corresse de acordo com seus planos, Heather passaria o dia inteiro com a lembrança daquele beijo na cabeça.

CAPÍTULO VINTE

A primeira coisa que Zach percebeu naquela noite, quando entrou no amplo salão de baile do Fairmont, foi o riso de Heather. Ela estava conversando com um casal mais velho, e, mesmo do outro lado do salão, o som da sua alegria contagiava Zach, assim como ocorrera naquela manhã quando ela se encontrava sobre o seu colo, na cama, e ele a fizera rir.

Meu Deus, pensou ele ao admirar os cabelos longos e sedosos que lhe caíam por sobre as costas e o vestido azul-escuro de mangas compridas que terminava logo acima dos seus joelhos para exibir panturrilhas e tornozelos perfeitamente tonificados e bronzeados. *Ela é incrivelmente linda.*

Zach adorava vê-la usando short, e tivera mais de uma fantasia em relação a toda diversão que poderia ter com aquela trança longa em sua cama. Ela sempre fora capaz de lhe arrancar o fôlego sem precisar fazer qualquer esforço para acentuar sua beleza natural. À sua volta, mulheres usavam vestidos com lantejoulas e saltos incrivelmente altos com a intenção de atrair olhares. Mas, em seu vestido azul simples, Heather ofuscava todas as outras.

Ela não queria que Zach estivesse ali para distraí-la, mas ele viera mesmo assim. Porque era assim que ele sempre tinha levado sua vida. Colocando o que queria — e sua própria felicidade — em primeiro lugar.

Especificamente, agora que estava ali, e conforme a observava andar por entre a multidão para conversar com pessoas que claramente a admiravam, Zach percebeu que não conseguiria levar a cabo seu plano de surpreendê-la, e depois beijá-la para que não ficasse irritada por ele ter ignorado o pedido para não aparecer no evento.

Uma coisa era trocar os ingressos para um jogo no estádio de beisebol para que ela fosse obrigada a sentar ao seu lado. Outra coisa era estragar um evento importante, algo no qual ela trabalhara muito e por muito tempo para que desse certo, simplesmente porque Zach era um canalha egoísta que não conseguia passar algumas horas sem vê-la.

Naquela noite ele queria que Heather se sentisse feliz.

Retirando-se para uma parte mais afastada do salão, admirou a graça de Heather e sua segurança quando ela subiu ao palco. Sempre se sentira atraído por mulheres mais jovens que não exigiam nada dele além de bons momentos a dois. Heather era o extremo oposto. Não precisava dele, não precisava de qualquer homem para cuidar dela ou dizer o valor que ela tinha.

Alguns segundos depois, a música que tocava nos alto-falantes foi desligada e os holofotes se acenderam no lugar onde Heather estava, no palco.

— Obrigada a todos por virem até aqui hoje para demonstrar o apoio ao Abrigo de Animais de São Francisco. Sei que cada um dos presentes neste salão fica chocado ao saber que os animais ainda sofrem abusos e negligência. Principalmente os animais domésticos.

Por trás dela, uma tela mostrava imagens de cães passeando com seus donos, gatos brincando com crianças, filhotes de cães aconchegados junto a bebês. Alguns dos cães não tinham um dos olhos ou uma das patas, mas qualquer um era capaz de perceber o quanto estavam felizes agora que finalmente encontraram famílias que os amavam.

— É por essa razão que estamos aqui esta noite: para angariar fundos para apoiar os animais que são trazidos ao abrigo, feridos e com medo. Com o amor e o cuidado certos, temos a esperança de que eles irão encontrar lares onde serão amados e donos que cuidarão deles da maneira que deveria ter ocorrido desde o dia em que nasceram. Cada centavo do dinheiro conseguido no leilão de hoje irá diretamente para o abrigo e para os animais que precisam tão desesperadamente da nossa ajuda. Obrigada por contribuírem e se importarem de maneira tão significativa com eles.

Quando ela se afastou do palanque para deixar que o leiloeiro descrevesse a lista de objetos que receberiam os lances, Zach pegou seu ticket de estacionamento e foi até a frente do hotel.

— Preciso que você traga o meu carro e o deixe aqui em frente.

— Não vai dirigi-lo, senhor?

— Não — disse ele, sem precisar pensar duas vezes no assunto. — Não vou.

Heather ficou contente com o resultado dos lances nos itens do leilão. Mesmo assim, quando o leiloeiro anunciou os últimos objetos da lista, ela calculou que a meta do leilão seria alcançada por pouco.

E então, subitamente, o outro homem da empresa de leilões acenou para o leiloeiro com um pedaço de papel.

Heather franziu a testa. O que estava acontecendo?

O leiloeiro desdobrou o papel e o que estava escrito ali fez seus olhos se arregalarem. Sem titubear ou ir até Heather para discutir o assunto, ele rapidamente voltou ao púlpito.

— Gostaria de informar a todos os presentes que acabamos de receber mais item para o leilão. Um item verdadeiramente excelente. — Ele fez uma pausa, como se precisasse tomar fôlego para poder prosseguir. — Um Lamborghini 400 GT clássico, ano 1967, em perfeitas condições.

O valor aproximado que ele mencionou fez o queixo de Heather cair. O salão pareceu ribombar com os sons de surpresa e contentamento conforme o leiloeiro sorria:

— Neste momento, o veículo está estacionado em frente ao hotel para que os interessados possam avaliá-lo. O proprietário estará disponível para responder perguntas. Os lances começarão precisamente em dez minutos.

Foi praticamente uma debandada, conforme todos os homens e metade das mulheres correram para as portas do salão de baile.

O leiloeiro virou-se para Heather e comentou:

— Isso é realmente extraordinário. Se tivesse condições, eu mesmo daria um lance.

Precisando saber quem daria algo tão precioso ao abrigo de animais, Heather rapidamente saiu do palco e teve que abrir caminho por entre as pessoas que lotavam o saguão. Havia gente demais apinhada naquele espaço pequeno para que ela conseguisse ver qualquer parte do carro, mas um homem se destacava, mais alto que todos à sua volta.

Zach.

O choque a deixou paralisada no centro do saguão. O Lamborghini tinha que ser dele.

Seu coração quase parou dentro do peito quando percebeu que não poderia deixar que ele entregasse o carro assim, mesmo que a venda resultasse na garantia de pagamento das despesas operacionais do abrigo durante quase um ano inteiro. Não se ele o estivesse entregando pelas razões erradas... e não se a doação significasse que Heather teria que retribuir com coisas que simplesmente não podia lhe dar.

Ele já tinha seu corpo, pelo tempo que quisesse.

Mas a confiança definitiva — e as partes secretas e muito bem protegidas do seu coração — sempre estariam fora do alcance dele.

Ela teve que abrir caminho por entre as pessoas para alcançá-lo.

— Zach! — ela chamou, precisando atrair sua atenção para lhe dizer que aquilo era demais, mas, antes que pudesse, a voz do leiloeiro foi ouvida por cima da multidão.

— Os dez minutos estão quase esgotados. Os lances começarão imediatamente.

O grupo animado voltou às pressas para o salão de baile, deixando somente Heather e Zach do lado de fora. Os olhos dele correram por sobre o rosto, os cabelos, o vestido e as pernas de Heather.

— Você está tão linda quanto eu imaginei que estaria.

Heather sentiu-se enrubescer de prazer com o elogio, mesmo enquanto dizia:

— Você não devia ter feito isso, Zach! — Um pouco confusa, ela prosseguiu: — Por que fez isso?

— Eu tive que fazer.

— Você... — ela não conseguia acreditar que realmente iria dizer isso. — Você fez isso por mim?

Os olhos dele estavam bastante sérios enquanto ele a encarava.

— Sim.

A respiração de Heather ficou presa na garganta.

— Doar um carro tão valioso não vai mudar nada entre nós. Você sabe disso, não é?

— Se eu pensasse que podia comprar você, teria tentado no dia em que nos conhecemos. Não precisa insultar a nós dois com essa insinuação. — A acidez daquelas palavras perdeu a força quando ele acrescentou: — Você estava bastante convincente naquele palco, Heather.

Ela enrubesceu outra vez, forçando-se a engolir o pedido de desculpas. E disse:

— É demais, Zach. E você não pensou direito antes de fazer essa doação.

— Pensei, sim — retrucou ele, com mais seriedade do que ela jamais ouvira em sua voz. — E dar um dos meus carros para ser leiloado ainda é pouco. O simples fato de pensar no que poderia ter acontecido com Ternurinha se ela acabasse em mãos erradas me deixa maluco.

— Mesmo assim — insistiu ela —, você poderia ter doado alguma outra coisa, como serviços mecânicos gratuitos durante um ano na sua oficina. Receio que você vá acabar se arrependendo de abrir mão de algo tão precioso.

— É só um carro, Heather. Uma pilha de metal que é montada para andar rápido. Eu nunca entregaria algo que fosse realmente precioso. — Seus olhos ficaram ainda mais sombrios com o calor e um toque de emoção que a atingiu bem no peito. — Você já deveria saber que eu sou egoísta demais para isso.

Ele sempre fazia isso com ela, fazia com que fosse difícil recuperar o fôlego ao mesmo tempo em que não conseguia evitar um sorriso.

— Você é bastante egoísta — concordou ela.

— E ambicioso, também — acrescentou ele, finalmente se aproximando para envolvê-la em seus braços.

Se Heather conseguira esquecer o quanto o beijo de despedida que trocaram naquela manhã foi bom, o beijo que ele lhe deu agora, em frente ao Fairmont, fez com que se recordasse de tudo perfeitamente.

Claro, ela não se esquecera daquele beijo no início do dia. E não iria se esquecer deste, também.

Quando ele finalmente se afastou, Heather ficou feliz por ter os braços de Zach ao seu redor. Suas pernas estavam bambas.

— Além disso — ele murmurou na orelha de Heather —, a oportunidade de vê-la usando esse vestido... e saber que eu vou tirá-lo de você mais tarde... vale cada centavo.

Heather gostava muito mais de Zach do que deveria. Ele tornava difícil agir de outra maneira. Se tivesse doado o carro por querer impressionar as pessoas, ou para tentar comprar uma parte do seu coração, ela poderia dispensá-lo como apenas mais um ricaço com mais dinheiro do que bom senso.

Mas, obviamente, ele tinha feito aquilo simplesmente porque acreditava ser a coisa certa a fazer.

E, desta vez, foi ela que o beijou antes de sorrir e dizer:

— Eu deixaria você tirar meu vestido de graça.

CAPÍTULO VINTE E UM

— Hora de ir para a cama.

Heather estava colocando as taças de vinho vazias em suas embalagens de plástico quando percebeu Zach a sua frente.

— Mas ainda falta fazer muita coisa.

— Os funcionários do restaurante que você contratou podem cuidar do resto. — Ele a segurou pelas mãos e a colocou de pé.

O calor nos olhos dele imediatamente a atraiu, e ela sabia que não havia mais como lutar contra o inevitável. Queria dormir com Zach outra vez, é claro, mas estava preocupada com a possibilidade de que se esqueceria de manter o relacionamento estritamente no nível sexual, mais do que já fizera na noite anterior. Depois da demonstração dele de desapego nessa noite, ela receava que seu coração fosse fazer algo imbecil.

Heather ficou surpresa quando ele a levou até os elevadores, conduzindo-a com aquela mão grande na altura da sua cintura. Ela era alta e raramente se sentia pequena ao lado de um homem, mas perto de Zach e de seus ombros largos — e seu ar de masculinidade autoconfiante — sentia-se incrivelmente delicada, feminina.

— Onde Ternurinha vai passar a noite?

— Junto com Atlas, na casa da sua assistente. Ela me disse que iria cuidar de Atlas e que ficaria feliz em cuidar de ambos.

Heather se virou para ele, surpresa, assim que a porta do elevador se abriu.

— As mulheres sempre fazem tudo que você quer?

Ele fingiu observá-la com um olhar lascivo.

— Tudo o que eu quero, é?

Ela revirou os olhos.

— Eu estava falando sobre outras mulheres, não sobre mim mesma. Consigo perfeitamente resistir a você — mentiu ela, com um gesto floreado.

O sorriso de Zach indicava que ele sabia que aquilo não era verdade. Ele colocou o cartão na fechadura da suíte na cobertura do hotel.

— Você alugou a cobertura? — Além de lhe dar um carro incrivelmente caro há poucas horas? — Por acaso ficou louco?

— A maioria das mulheres não me dá qualquer coisa que eu queira, mas quase todas sabem quanto dinheiro eu tenho depois de cinco minutos de conversa. — Ele passou os dedos por entre os cabelos de Heather e a trouxe para mais perto. — Você é a primeira que não se importa com o meu dinheiro.

Ele tinha razão, ela não se importava. E talvez, se não estivesse tão cansada, teria pensado melhor antes de dizer:

— Você parece estar sempre brincando. Como é capaz de administrar uma empresa tão grande sem trabalhar o tempo inteiro, como todas as outras pessoas?

Como já era de se esperar, ele não ficou irritado com o que ela lhe dissera, ou pelo modo como dissera.

— Como falei antes, são apenas carros. E pode acreditar em mim, Heather — ele afirmou em um tom de voz que sempre a deixava arrepiada — quando decido me concentrar em alguma coisa, eu sempre consigo o que quero.

Ela acreditava nele, principalmente quando Zach pressionava suas costas contra a parede do elevador. A sensação de ter a boca de Zach contra a sua era pecaminosamente deliciosa enquanto ela sentia aquela barba por fazer arranhar seu rosto e seu queixo. Ela imediatamente colocou os braços ao redor do pescoço dele para trazê-lo para mais perto, conforme o beijo ganhava força.

— Há um botão para parar esta coisa? — ela perguntou, com os lábios contra os dele, embora nunca tivesse feito nada tão louco quanto sexo num elevador. Mas também não se sentiria tão segura para fazer aquilo com qualquer outra pessoa além de Zach.

Entretanto, antes que eles pudessem encontrar o botão, o elevador chegou ao alto do prédio e as portas se abriram. Juntos, saíram do elevador, sem se afastar ou interromper o beijo. Sentindo-se ousada,
ela arrancou o cartão do quarto das mãos dele, pressionou-o contra a ranhura ao lado das portas duplas e agarrou sua gravata para puxá-lo para dentro.

Na noite anterior, fora ele quem comandara o espetáculo.

Nesta, ela queria ter a oportunidade de conduzir.

A última coisa que esperava ver era uma mesa de massagem montada no meio do carpete de aparência cara.

— Estamos no quarto errado?

— Não — disse ele, com um leve beijo nos lábios de Heather. — Você trabalhou demais durante o dia inteiro. Não quero que fique dolorida amanhã.

Ela não conseguia acreditar que ele contratara um massagista.

Ou que Zach tinha planejado fazê-la esperar para tê-lo.

— Você não joga limpo, não é?

— Você não gostaria de mim se eu jogasse — retrucou ele, com a boca perto da curva do seu pescoço, onde começou a lhe mordiscar a pele.

E ele tinha razão, pensou Heather, embora todo o seu corpo pulsasse com o desejo, com a necessidade desesperada de senti-lo dentro de si naquele exato momento. Todos os homens que vieram antes de Zach agora lhe pareciam entediantes. Sem imaginação. Heather não conseguia se lembrar de uma única razão pela qual gostaria de estar com qualquer outra pessoa.

Ele lhe deu outro daqueles sorrisos maliciosos que ela estava começando a temer... e a desejar, ao mesmo tempo.

— Antes de chamar o massagista, é melhor eu despi-la.

Zach a virou de costas, encontrou o zíper na parte de trás do seu vestido e o puxou para baixo. O tecido azul-escuro deslizava pelo corpo dela, e foi necessário apenas um puxão suave para tirá-lo de seus ombros, por cima dos braços, passando pelos quadris e, finalmente, caindo ao chão. Virando-a de frente para si com aquelas mãos grandes em sua cintura, ele deu um passo atrás para observá-la vestindo apenas o sutiã, a calcinha, meias que lhe subiam até as coxas e sapatos de salto.

— Você é a mulher mais linda que eu já vi.

Ela detestava ter que quebrar o clima, mas não queria que houvesse quaisquer mentiras entre eles. Principalmente quando Zach não precisava dizer esse tipo de coisa para conseguir levá-la para a cama.

— Não sou. — Ela lutou contra o impulso de cobrir os braços e as velhas cicatrizes, escondendo-as atrás das costas.

— *Você é, sim.*

Ele tinha pronunciado aquelas palavras com tanta intensidade que Heather não teve escolha a não ser acreditar que ele realmente estava convicto do que dizia.

E, em seguida, Zach estava buscando por suas mãos. Mas, em vez de entrelaçar os dedos por entre os dela, seus polegares acariciaram as velhas cicatrizes, uma por uma, conforme subiram por seus pulsos, pelos antebraços e até a articulação dos cotovelos.

Era demais para ela, o modo como ele parecia adorar até mesmo suas imperfeições. Heather ensaiou um protesto.

— Zach, eu...

Ele a beijou antes que Heather pudesse dizer qualquer outra coisa, mas não parou de tocá-la, não parou de explorar sua pele maltratada com a ponta dos dedos. Ela tinha razão sobre as mãos de um mecânico, sobre quanto talento elas poderiam ter. Ele a estava transformando em geleia outra vez, mas Heather não queria simplesmente se sentar e assistir.

Queria estar exatamente ali com ele, no mesmo nível de paixão, uma parceira no desejo. E não achava que poderia aguentar mais um segundo sem que seu coração parasse, se Zach continuasse agindo com tanto carinho e doçura.

Afastando-se rapidamente das mãos dele, ela abriu o fecho do sutiã. Quando as alças deslizaram por cima dos seu ombros e a peça lentamente caiu dos seus seios, ela adorou o olhar de fome nos olhos de Zach.

E adorou ainda mais a sensação de que ficar de joelhos em frente a ele parecia ser a coisa mais natural do mundo.

Zach planejava manter as mãos longe de Heather até que ela recebesse sua massagem. Testemunhara em primeira mão, nessa noite, o quanto ela tinha se esforçado para que o evento beneficente fosse um sucesso e, embora a quisesse a cada segundo, desde que ela saíra de seus braços de manhã, estava tentando esperar até que Heather estivesse relaxada e pronta para ele antes de tomá-la outra vez.

Zach deveria ter percebido que seus planos estavam fadados ao fracasso quando ela o puxara para dentro da suíte pela gravata. Ele estava tão acostumado a fazer as coisas do seu jeito que não lhe ocorreu que Heather poderia não querer deixá-lo sair impune essa noite... ou que ela cairia de joelhos à sua frente e lamberia os lábios com um desejo puramente sensual enquanto abria o zíper da calça dele.

Ele teve que passar as mãos pelos cabelos dela, mas a língua de Heather o encontrou antes, e ela...

Ah, que boca!

Alguns minutos depois, Zach, de algum modo, conseguiu se afastar e erguê-la em seus braços. Mas, enquanto ia em direção à cama e abria a porta com um chute, ele teve que se inclinar sobre ela e tomar-lhe um dos belos seios na boca.

Ela colocou os braços ao redor do pescoço de Zach e gritou seu nome enquanto ele sugava um, e depois o outro. Eles afundaram no colchão daquela maneira, com a boca faminta de Zach em sua pele macia e as mãos que seguravam sua cabeça contra o peito, gemendo quando os lábios e a língua dele se encontravam com sua carne quente e pecaminosamente doce.

Zach sempre adorara o sexo em todas as suas formas — sexo lento, sexo selvagem, sexo com brincadeiras, sexo rápido e sujo — mas nunca experimentara esse desespero, essa necessidade primal de tomar uma mulher e fazê-la sua. E, quando ele finalmente ergueu os olhos para admirar os longos cabelos de Heather espalhados por cima do travesseiro, seu rosto corado pelo calor, os olhos desfocados e escuros com a excitação... ele perdeu o controle.

Todos os planos que traçara para aumentar o desejo de Heather fazendo-a esperar, demorando-se para aprender outra vez todas as suas curvas, com as luzes acesas desta vez, se despedaçaram devido ao imenso desejo que sentia de tomá-la.

O desejo de fazer com que ela fosse *sua*.

As mãos de Zach estavam tremendo quando ele enfiou os dedos pelas laterais da calcinha que ela usava, sua ereção ficando cada vez maior com a visão incrivelmente sensual do corpo quase nu de Heather sobre a cama. Queria sentir os seios dela pressionando seu peito, aquelas pernas longas enlaçadas ao redor dos seus quadris conforme ele a levava cada vez mais alto, mais alto, mais alto e além, junto dele.

— Rápido — ela o incitava. Mas como ele poderia resistir ao aroma e ao sabor que ela tinha? Sua calcinha estava na altura das coxas quando Zach baixou a cabeça para prová-la com a língua.

Ela ergueu os quadris contra a boca de Zach conforme ele se deleitava no centro de sua excitação, e, uma fração de segundo depois, teve que colocar as mãos nos quadris de Heather para contê-la quando ela começou a gritar e a estremecer em sua boca. Arrancando-lhe a calcinha, Zach abriu as pernas de Heather para saborear cada gota do prazer daquele belo e inesperado clímax.

Zach adorava o jeito que ela tremia sob seus lábios. Heather era uma das mulheres mais fortes que ele já conhecera, mas, quando estavam fazendo amor, era toda suavidade e prazer.

Ele queria levá-la ao limite outra vez, poderia ouvir os gemidos de prazer durante a noite toda, e abriria mão do seu próprio orgasmo para fazer exatamente aquilo se ela já não tivesse rasgado a embalagem do preservativo que ele jogara sobre a cama, sentando-se para colocá-lo em seu membro.

— A noite inteira, eu preciso de você dentro de mim, Zach. Não aguento esperar nem mais um segundo.

Desta vez eram as mãos dela que tremiam quando ela o puxou para cima de si. Suas bocas se tocaram no exato momento em que ele a penetrou, e Zach engoliu o gemido de prazer de Heather com seu beijo.

Mais e mais, os dois se moviam juntos, o corpo rijo contra o corpo macio, Heather o possuindo tanto quanto ele a possuía. Eles rolaram na cama de modo que ela ficou por cima, seus músculos fortes se distendendo conforme ela o cavalgava com mais força, mais rápido, as bocas ainda coladas em meio à paixão. As mãos de Zach não conseguiam decidir para onde iriam, se tocariam os seios ou os quadris de Heather, e ele acabou acariciando-a novamente, sem parar, indo de uma curva para outra. A pele de Heather ficava cada vez mais quente e úmida por baixo das suas mãos, e ele se afundava cada vez mais nela com cada carícia.

E, no exato momento em que ele sentiu os músculos internos de Heather apertando-o com mais força, ele confessou:

— Eu preciso de você também. Mais do que já precisei de qualquer outra pessoa.

Ele mal conseguia acreditar na beleza que estava à sua frente quando suas palavras quentes lhe deram o impulso final que ela precisava para explodir em um clímax poderoso. Tão forte que, apesar de querer muito permanecer lúcido o bastante para observá-la, para absorver cada segundo do prazer que ela sentia, Zach não teve escolha a não ser juntar-se a ela.

Demorou um bom tempo até que ambos recuperassem o fôlego, e, quando ele se moveu para levantá-la outra vez, Heather estava quase desfalecida contra seu corpo enquanto ele a carregava até o banheiro.

— Cansada demais para uma massagem — ela murmurou contra o seu peito.

Ele a beijou na testa, e depois encheu a banheira, certificando-se de que a água estava numa temperatura agradável antes de entrar junto com ela. Ela suspirou ao sentir a água se mover sobre sua pele nua, mas não abriu os olhos. Em vez disso, recostada contra o peito de Zach, seus quadris entre as coxas dele, Heather apoiou a cabeça nos ombros do parceiro.

— Me sinto muito confortável quando estou com você — disse ela, com a voz sonolenta.

Ele sorriu em meio aos cabelos dela, feliz em ser o travesseiro de Heather pelo tempo que ela desejasse. Em outra ocasião, ele lhe mostraria o quanto os dois poderiam se divertir juntos em uma banheira, mas, sabendo que ela gostaria de acordar limpa e perfumada, deslizou suavemente o sabonete sobre a bonita pele de Heather.

Ela praticamente ronronou ao sentir seu toque, mas, embora Zach soubesse que Heather estava desfrutando da sensualidade daquele banho, nada poderia superar a necessidade que ela tinha de dormir nesse momento. Mesmo assim, ele não era nenhum santo. Quando as coxas de Heather se entreabriram instintivamente para que a ensaboasse, Zach permitiu-se brincar naquela pele suave um pouco mais do que fizera em todos os outros lugares.

Mesmo que estivesse quase adormecida, ela moveu o quadril contra as mãos dele, e soltou gemidos baixos de prazer que ele não conseguiu evitar o desejo de satisfazer. Deixando o sabonete de lado, girou os dedos em meio aos pelos que ela tinha entre as coxas.

Ele percebeu que Heather estava em algum lugar entre um sonho e a banheira quando ela suspirou seu nome. Ele adorava ouvir aquela mulher o chamando! Estivesse excitada, enraivecida, rindo ou irritada, ele a queria.

Precisava dela.

Zach já sabia o quanto ela adorava ser tocada. Momentos depois ela vibrava contra ele, os olhos ainda fechados, um sorriso recurvando levemente os seus lábios para cima antes que cada músculo, cada osso em seu corpo finalmente relaxasse.

Ele a ergueu da banheira, enxugou-a e levou-a para a cama. Conforme Heather se aconchegou contra o corpo de Zach, com uma coxa por cima da sua, pressionando-o contra a curva de um de seus ombros, colocando-lhe um braço por cima do peito, ele ficou surpreso ao perceber que não se importava em ir para a cama sem que ela desse atenção ao seu prazer outra vez.

Não quando a oportunidade de estar com Heather dessa forma, quando ela estava tão suave, macia e perfeitamente entregue, era mais do que ele pensava que poderia ter.

CAPÍTULO VINTE E DOIS

Heather estava despertando quando percebeu que Zach não se estava na cama. Não conseguia acreditar que já era tão tarde. Nunca dormira até depois das 6h30... como o relógio podia estar marcando 10 horas?

Sentando-se na cama, ela olhou pela porta do quarto, que estava entreaberta, para a sala de estar da cobertura, onde podia ouvir Zach falando ao telefone.

— Não sei se posso fazer esse trabalho, Tommy. Tem certeza de que não há mais ninguém? — Em seguida ele falou, com um tom levemente resignado: — Claro, posso ir até aí hoje à tarde para algumas voltas de teste junto com a equipe.

Ela pegou um robe supermacio do armário e entrou na sala de estar bem a tempo de ouvir Zach soltar um palavrão enquanto largava o telefone sobre a mesa de café.

— Bom dia para você também — ela o provocou.

Zach estendeu o braço e a agarrou tão rapidamente que Heather se viu sentada em seu colo, com a boca colada à dele. Já deveria estar farta dele. Em vez disso, cada vez que o beijava, que o tocava, Heather percebia que queria mais.

— Eu tinha tantos planos para passar um domingo a sós com você — murmurou ele contra a boca de Heather quando finalmente a deixou tomar fôlego. — Meu amigo Tommy acabou de mandar tudo pelo ralo.

Heather teve que se esforçar — muito — para não mostrar sua própria decepção em relação a ele ter que ir embora agora. Não planejara passar qualquer parte do fim de semana com ele, mas, quando a noite de sexta-feira se transformara no sábado de manhã e repetira-se outra vez na noite de sábado, ela começara a se acostumar com a ideia de tê-lo por perto. O suficiente para que, pelo menos, um domingo juntos não a matasse.

Ela quase perguntou para onde ele teria que ir com tanta pressa, mas esse era o tipo de informação que uma namorada precisaria saber. Não uma parceira apenas para sexo, como ela.

Felizmente, Zach acabou contando.

— Tommy e meu pai foram grandes amigos. Meu pai me ensinou como se deve montar um motor, e Tommy me ensinou como colocá-lo em um carro e dirigi-lo rapidamente. — Zach falava enquanto depositava beijos suaves sob o queixo dela. — O médico não vai permitir que ele entre no carro desta vez, e ele precisa que alguém o substitua em uma corrida na segunda-feira de manhã. Tenho que ir até o sul da Califórnia hoje à tarde e dar algumas voltas de teste com a equipe.

É claro que ele sabia pilotar carros de corrida, pensou ela. Um homem como Zach não ficaria contente apenas em ser um magnata. Não seria suficiente o fato de ele poder aniquilar metade da população humana do planeta simplesmente olhando em sua direção. Precisaria do desafio de testar os limites dos carros velozes que construía, também. E ela tinha um pressentimento de que ele não tinha medo de se machucar, ou que esse tipo de medo não o intimidaria como acontecia com as outras pessoas.

Mas o fato de pensar em Zach embarcando em um carro de corridas e pilotando-o em alta velocidade fez seu coração palpitar. E se ele se machucasse? E se os últimos dias em sua companhia fossem os únicos que ela teria?

Heather ficou surpresa ao perceber que as cicatrizes em seus braços estavam formigando, como um cabo que ligava suas emoções ao corpo.

Esforçando-se para dar a entender que aquilo não tinha importância, ela perguntou:

— Há quanto tempo você pilota em competições?

O simples fato de estar dormindo com ele não significava que o sorriso de Zach tivesse menos impacto. A expressão dele a atingiu ainda com mais força do que antes. Porque sabia que aquele sorriso poderia se transformar rapidamente em um olhar sensual que a derreteria por dentro, mesmo que quisesse demonstrar independência e indiferença.

— Praticamente desde o dia em que tirei minha carteira de motorista.

— Parece ser bem divertido — disse ela, mas não conseguiu evitar acrescentar: — Mas não é perigoso?

Os olhos de Zach brilharam com algo que ela não conseguiu identificar direito antes que ele desse de ombros.

— A velocidade passa dos trezentos quilômetros por hora. É claro que é perigoso.

Os dedos de Heather coçavam com a vontade de estapeá-lo por aquela resposta descuidada.

— Tenho certeza de que sua família ficaria bastante abalada se algo lhe acontecesse.

Zach estreitou os olhos na direção dela, como se soubesse que Heather estava realmente dizendo que *ela* ficaria abalada se algo lhe acontecesse. Mas, em vez de lhe chamar a atenção, dizendo que ela estava agindo como uma namorada possessiva — algo que não tinha nenhum direito de fazer, devido ao acordo entre os dois — ele propôs: — Você podia vir comigo. Posso prendê-la no banco do passageiro e levá-la para dar umas voltas.

Rapidamente, o brilho malicioso nos olhos de Zach fez o coração de Heather bater mais rápido por razões que não tinham nada a ver com a possibilidade de se machucar num acidente envolvendo carros de corrida.

Um arrepio de carência e a emoção ao pensar em se entregar num carro em alta velocidade estavam ali quando ela o provocou:

— Você só está pensando em me amarrar em algum lugar.

Subitamente, ele se levantou com Heather nos braços e levou-a até a mesa de massagem.

— Infelizmente, não há amarras nesta mesa, mas tenho certeza de que podemos improvisar alguma coisa. — Ela tentou fechar o roupão sobre o corpo, mas Zach rapidamente o arrancou de seus ombros. — Está pronta para sua massagem?

A respiração de Heather já estava bem acelerada e sua boca, seca quando ela disse:

— Você não precisa ir pilotar um carro de corrida?

— Eu prometi antes que lhe faria uma massagem, e sempre cumpro minhas promessas.

Ela tentou não analisar demais aquela frase sobre promessas. Era apenas uma insinuação sensual. Zach estava agindo de forma provocadora, como geralmente fazia. As pessoas sempre usavam muitas palavras que não queriam realmente dizer quando estavam envolvidas numa relação sexual incrivelmente intensa umas com as outras.

— Nesse caso, não vou recusar a oferta — disse ela, com uma voz deliberadamente baixa. — Como você vai me querer?

Os olhos de Zach escureceram com o desejo ao ouvir aquela pergunta provocadora.

— Vamos começar com você de bruços.

Tentando não se sentir constrangida por estar completamente nua na mesa de massagem, ela se virou para assumir a posição que ele pedira. Zach deixou a sala por um momento, e, quando voltou para ficar em frente a ela, Heather o observou virando um pouco a cabeça. Não ficou surpresa ao notar que aqueles pés descalços eram tão perfeitos quanto o restante dele.

— Geralmente o massagista me cobre com um lençol.

— Espero que realmente cubra — grunhiu ele, ao mesmo tempo em que Heather sentia o aroma de alfazema. — É melhor nunca deixar ninguém vê-la assim.

Zach era o homem mais possessivo que ela já conhecera. Mas quaisquer protestos que fizesse sobre o fato de que ninguém tinha o direito de lhe dizer o que fazer se perderam em meio a um gemido de puro êxtase, conforme as mãos dele começaram a massageá-la nos ombros.

— Achei que o sexo com você fosse a melhor coisa que já senti, mas acho que essa massagem é ainda melhor.

Ela estava tão perdida em meio às ondas do doce prazer proporcionado pelas mãos de Zach, relaxando-lhe os músculos enrijecidos, que só se deu conta do que dissera quando ele perguntou:

— A melhor coisa que você já sentiu, hein?

— Massagens são piores do que drogas para mim — ela improvisou. O jeito que ele a tocava fazia com que suas palavras soassem surpreendentemente verdadeiras. — Fico meio desorientada e sem noção do que estou dizendo.

O riso de Zach a cobriu como uma onda quando ele passou dos seus ombros para as omoplatas, seguindo em direção ao meio das costas. Aquelas mãos eram tão grandes que cobririam suas costelas sem muita dificuldade.

— Fico imaginando... o que mais conseguirei fazê-la dizer?

Não importava o quanto ele a fizesse se sentir bem, Heather iria manter a boca fechada daquele ponto em diante. Só Deus sabia o que ele iria fazer com a informação que ela acidentalmente lhe revelara em uma bandeja de prata. A última coisa que um homem como Zach precisava saber era que ele era um verdadeiro campeão sexual, acima de todas as outras coisas.

— Faça o que quiser — ela o desafiou, mas suas palavras foram abafadas por outro gemido baixo de prazer.

— Tudo que eu quiser? — perguntou ele com uma voz sedosa que devia servir de alerta para que Heather se retesasse e preparasse suas defesas.

Mas como ela poderia fazer isso quando Zach escolheu aquele exato momento para pressionar os polegares nas suas costas, na altura da cintura, no ponto que estava dolorido após levantar e carregar tudo que havia no salão de baile na noite anterior durante os preparativos para o leilão beneficente?

— Ah, assim.

Mas sua capitulação completa e irrestrita, obviamente, não era suficiente para ele, porque, um momento depois, Zach deslizou as mãos até os seus quadris e estava massageando suas nádegas. Ela suspirou com o prazer chocante de sentir seus músculos doloridos sob os dedos de Zach, junto com a sensualidade de saber de quem eram as mãos que a massageavam... e que ele poderia decidir, a qualquer momento, fazer muito mais do que simplesmente usá-las para massagear.

— Não consegue nem mais formar palavras, hein?

Ele parecia estar incrivelmente contente consigo mesmo, e, ainda assim, Heather conseguia ouvir o jeito como suas palavras atrevidas vacilavam ao final de cada frase. Como se ele mesmo estivesse com dificuldade para manter o controle.

Desde o primeiro momento em que o conhecera, Heather sentira vontade de destruir aquele controle, de ser capaz de derrubá-lo do seu pedestal. E, embora gostasse muito mais dele agora do que jamais imaginara — e apesar do fato de que ele estava transformando seus músculos e sua mente em geleia com a melhor massagem que ela já recebera em toda a sua vida —, Heather ainda não era capaz de resistir a esse impulso.

E, francamente, não queria.

Na verdade, se baixasse suas defesas quando estivesse perto de Zach, ele certamente se aproveitaria disso.

— Geralmente, é nessa hora que eu me viro de costas — ela o informou, esperando que sua voz estivesse razoavelmente firme.

Desta vez foi Zach quem ficou sem palavras, quando ela se virou sobre a mesa, deitando-se sobre as costas e erguendo os braços por cima da cabeça. Os olhos dele, ela percebeu com satisfação, ardiam com o desejo.

Antes que ele pudesse escolher um lugar para massagear, ela disse ousadamente:

— Meus braços estão doloridos.

Ela escondera suas cicatrizes de todas as outras pessoas, mas, toda vez que Zach as tocava, acariciava as velhas marcas de dor, ela se sentia aliviada.

Curada.

Os únicos sons na sala vinham da respiração de ambos, mais rápida e mais alta com cada segundo daquela massagem sensual. Heather não sabia qual dos dois estava fazendo mais ruído conforme ele trabalhava para aliviar a tensão em seus bíceps e tríceps. Quando ele levou as mãos até seus seios, ela tinha certeza de que ele decidira partir para o ataque, mas, em vez disso, Zach encontrou um músculo logo abaixo da sua clavícula que quase a fez chorar de gratidão.

— Você é maravilhoso.

Ela abriu os olhos e viu que ele a observava com bastante intensidade quando respondeu:

— Você também.

A reverência que havia nas palavras dele, combinada com o fato de que ele não lhe tocara nos seios ao mover as mãos até suas costelas, fez com que ela fechasse os olhos outra vez, mordendo o lábio para não implorar a ele por mais prazer.

— Essa é a minha função — ela o ouviu dizer, e, em seguida, os dentes dele substituíram os dela em seu lábio inferior, e ele o sugou. — Você tem um sabor delicioso — disse ele, e logo a estava beijando mais, um beijo de cabeça para baixo que roubou o que restava das suas células cerebrais, numa coreografia perfeita de mãos que se moviam da parte inferior das suas costelas, deslizando por cima do seu abdômen e continuando a descer.

Ela se abriu para ele, gemeu em sua boca conforme ele deslizou uma das mãos por entre seus pelos úmidos e para dentro do seu corpo, enquanto a outra se movia em círculos perfeitos sobre o ponto de excitação entre suas pernas. Não demorou até que chegasse ao clímax outra vez. De algum modo, ele conseguia estar ali não somente com suas mãos, os dedos, mas também com a boca.

Impaciente demais para deixar que o clímax chegasse ao fim, ela o puxou para si de modo que os dois ficassem deitados sobre a estreita mesa de massagens. Ela puxou o zíper do jeans dele com força e Zach estava pronto com um preservativo no mesmo segundo em que ela o libertou.

Enlaçar-se ao redor dele era tão natural, tão perfeito, que era quase como se ele sempre estivesse com ela, em seus braços, abraçando-a.

Amando-a.

CAPÍTULO VINTE E TRÊS

Pouco tempo depois Heather deixou Zach na casa dele para que se preparasse para a viagem ao sul da Califórnia. Em seguida, ela foi até a casa de Tina para pegar os cães e, após um reencontro onde agiram como se tivessem passado quase um ano distantes em vez de apenas uma noite, ela os levou ao parque, à confeitaria para os cães e à cafeteria. A essa altura, os dois estavam tão exaustos que Heather viu que não poderia mais deixar de voltar para sua casa.

Ela adorava sua casa. Depois de passar o dia com pessoas no escritório, a casa sempre fora um refúgio maravilhosamente tranquilo e pacífico.

Então, por que o lugar lhe parecia subitamente silencioso demais?

Como podia se sentir solitária quando tinha dois companheiros peludos absolutamente maravilhosos?

Ela não podia estar com saudades de Zach tão cedo, que droga. O fato de que ele havia assumido um lugar em sua vida tão rapidamente, tão completamente, não era bom.

Seu telefone tocou e ela estava com as mãos ocupadas com os sacos de ração para olhar para o nome no identificador de chamadas antes de atender.

— Oi, Heather. Aqui é Lori, a irmã de Zach. Nós conversamos no jogo de beisebol.

Heather tinha dado o número do seu telefone a Lori para que ela o passasse a uma amiga que estava pensando em adquirir um cãozinho, mas não esperava que a própria irmã de Zach fosse telefonar.

— Claro que eu me lembro de você — disse ela a Lori. — Como está?

— Vai fazer alguma coisa hoje à noite? Vamos fazer uma festinha só para as mulheres aqui, e achei que seria ótimo tê-la conosco.

Em qualquer outra ocasião, Heather teria dado uma desculpa, mas a sensação de casa vazia ainda estava forte. Além disso, Lori e Sophie tinham sido muito gentis. Por que não deveria aproveitar o tempo na companhia delas? O simples fato de que ela e Zach acabariam se afastando no futuro não significava que ela não podia fazer algumas novas amizades durante esse tempo.

Depois de um banho rápido, ela pegou uma garrafa de vinho e uma caixa de brownies a que não conseguira resistir quando fora ao mercado de produtos campestres e foi para o encontro só de mulheres. O som de risos femininos surgiu no ar quando Lori abriu a porta.

— Heather chegou — ela avisou a todas as outras e, um momento depois, Heather percebeu que estava sendo examinada abertamente por vários pares de olhos. — Heather, estas são Chloe, Nicole, e você já conhece Sophie. Chloe é casada com meu irmão Chase. Nicole está namorando meu irmão Marcus.

Ah, não. Por que não percebera que estava entrando no território das mulheres que se relacionavam com os membros da família Sullivan? Zach teria afetado tanto seu cérebro com aquela massagem supersensual, a ponto de impedi-la de pensar racionalmente?

— Olhem, ela trouxe brownies. O que foi que eu falei? Ela é ótima ou não?

Chloe, cuja barriga estava enorme devido à gravidez, assentiu.

— É um prazer conhecê-la.

Nicole ecoou o sentimento entregando-lhe uma taça de vinho tinto. Heather conhecia o suficiente sobre a família de Zach para lembrar que Marcus era o dono de uma vinícola na região de Napa Valley, mas que passava um bom tempo acompanhando as turnês da sua namorada *pop star*. Tentou não demonstrar que estava tão admirada, e tomou cuidado para não passar a impressão de ser uma idiota ao lado daquela garota ao admitir que ela e Atlas gostavam de dançar pela sala ao som das músicas de Nick.

Lori a fuzilou com um olhar de cumplicidade.

— Uma das minhas amigas estava no leilão beneficente ontem à noite e disse que as coisas foram muito bem. — Ela ergueu as sobrancelhas. — E ela também mencionou um certo beijo.

Claramente, a notícia havia se espalhado — rapidamente — não apenas sobre Zach doar seu carro, mas também sobre o beijo ardente em frente ao Fairmont. Heather ficou feliz ao perceber que Lori não era o tipo de pessoa que fazia rodeios. Agora que finalmente tinha noção do que estava acontecendo, teria que fazer de tudo para que ninguém naquela sala tivesse uma ideia errada sobre o que estava acontecendo.

— Zach e eu ainda somos apenas amigos.

Quando as três outras mulheres piscaram, surpresas, ela esclareceu:

— Com alguns benefícios. — Embora soubesse que estava com o rosto vermelho, queria que as outras entendessem. — Mas ainda somos apenas amigos. — Ela olhou para Lori. — Desculpe, eu sei que você esperava mais do que apenas isso, mas... — Ela deu de ombros. — É somente isso que nós dois queremos.

Nicole foi a primeira a se recuperar.

— Lori e Sophie disseram que eu iria gostar de você, mas elas estavam erradas. Eu *adorei* você. — Ela sorriu. — É sério. Acho que vou dedicar a minha próxima música a você.

— A menos que eu a homenageie primeiro, tendo uma menina e batizando-a com o nome de Heather.

Heather percebeu que devia estar sentada ali com uma expressão abismada no rosto quando Sophie explicou:

— Elas nunca viram uma mulher resistir a se apaixonar perdidamente por Zach antes. Especialmente quando ele exercita seus encantos ao doar um carro caríssimo para tentar impressioná-la. — Sophie pensou naquela situação por um momento. — Eu também nunca vi algo assim. Geralmente as mulheres agem de maneira estúpida quando estão perto dele, apenas por causa da aparência dele. Deve ser estranho para ele, embora eu imagine que ele já esteja acostumado com isso.

Chloe meneou a cabeça, concordando.

— Você devia ter visto minhas amigas no dia do meu casamento. Pensei que todas estariam tentando impressionar Smith, porque ele é ator de cinema. Mas elas estavam praticamente formando uma fila em frente a Zach. Chase me disse que Smith adora tê-lo por perto para servir como distração. Ouvi dizer que, certa vez, ofereceu a Zach um emprego nos estúdios de cinema simplesmente para andar de um lado para outro e desviar a atenção das fãs.

Heather riu. Ela conseguiu visualizar aquela cena facilmente. Mas não podia deixá-las pensar que Zach entregara seu carro com segundas intenções.

— Ele realmente queria ajudar o abrigo de animais com a doação — insistiu ela.

— É claro que queria. Como eu lhe disse no estádio, ele é um bom rapaz — disse Lori, antes de tentar enfiar o brownie na boca e falar com a boca cheia de doce. — Mesmo quando éramos crianças, Sophie e eu nunca sabíamos identificar quando uma pessoa vinha até nossa casa porque queria fazer amizade conosco ou se estava lá somente para ficar babando em Zach.

— Você tem que nos contar o segredo para continuar a resistir ao magnetismo de Zach, para que possamos repassá-lo às nossas amigas — disse Nicole.

Heather se esforçou para manter seu sorriso intacto, embora uma imagem do seu pai voltando de uma das suas viagens de negócios, com sorrisos e falsas palavras de amor surgisse à sua frente com toda a força.

Seu "segredo" não era algo que ela desejasse a qualquer pessoa. Era melhor que todas acreditassem que o amor era algo verdadeiro, que se apegassem a ele como uma fonte de esperança em vez de cinismo.

Mas Heather sabia que não a deixariam em paz se não oferecesse uma resposta. Assim, disse:

— Bem, apesar do fato de que ele é maravilhoso e que me faz rir, Zach também é irritante. E possessivo demais. — No silêncio perfeito que seguiu, ela encarou Lori e Sophie: — Não quero ofender. Mesmo com todos os defeitos, ele pode ser um cara bem legal.

— Com todos os defeitos? — repetiu Sophie, com olhos arregalados.

— Possessivo demais? — Lori olhou para as outras mulheres que estavam em volta, antes de olhar para Heather outra vez. — Tem certeza de que estamos falando sobre o mesmo Zach Sullivan?

Heather não conseguia acreditar que elas deixaram passar algo tão óbvio.

— Não perceberam que as palavras "meu" e "minha" são as favoritas dele?

Nichole começou a engasgar com seu vinho e, enquanto Chloe lhe deu alguns tapinhas nas costas, ela disse a Heather:

— Chase e eu tentamos essa vida de "amigos com benefícios". — Em seguida, olhou para a própria barriga. — Está óbvio o quanto isso funcionou para nós, não é?

Heather não tinha certeza se aquelas palavras deveriam fazer com que ela se sentisse melhor ou pior em relação ao seu acordo com Zach. Mas, antes que pudesse decidir, Nicole disse:

— Tampem os ouvidos, meninas — para Lori e Sophie, antes de se dirigir a Heather: — Marcus e eu pulamos toda a parte de "amizade" e fomos direto para os benefícios. Devia durar apenas uma noite, e nada mais.

— Ainda não acredito que você caiu no sono ao lado dele durante aquela única noite — disse Lori.

Nicole fez uma careta zombeteira.

— Será que você não consegue simplesmente fingir que não conhece todos os detalhes do meu romance-relâmpago com o seu irmão mais velho?

Lori revirou os olhos.

— Nós somos Sullivans. É nosso dever saber absolutamente tudo uns sobre os outros. Certo, Soph?

Sophie tomava um gole do seu copo de suco de uva com gás.

— Infelizmente, sim. — No momento em que a boca de Lori se abriu, provavelmente para dizer algo incriminador, Sophie a interrompeu, falando diretamente para Heather: — Eu seduzi Jake no casamento de Chloe, e acabei engravidando. Mas descobri que ele estava apaixonado por mim há mais tempo, praticamente desde que eu me apaixonei por ele. Assim, tudo acabou dando certo no final.

Heather estava encantada, não somente porque aquelas mulheres estavam sendo incrivelmente francas com ela — e umas com as outras — mas também pelo que elas lhe diziam sobre os outros Sullivan. Cada uma das tentativas de romances tórridos por uma noite e de amizades coloridas tinha resultado em relacionamentos sérios e casamentos.

Ah, não... O que ela estava fazendo?

E o quanto ela realmente estava apaixonada?

— Zach vai correr pela equipe de Tommy amanhã, em Los Angeles, não é mesmo? — perguntou Lori.

— Eu detesto quando ele participa dessas corridas — admitiu Sophie. — Pelo menos quando Gabe está entrando em prédios em chamas eu sei que ele está encarando o perigo para salvar pessoas. Mas, se Zach tiver um acidente, foi apenas por diversão. Eu juro que nunca vou perdoá-lo se ele se machucar em uma dessas corridas estúpidas.

As preocupações de Sophie eram as mesmas que Heather estava tentando afastar desde que Zach mencionara a corrida.

Lori fez pouco da situação, com um breve comentário.

— Zach é indestrutível.

Talvez fosse o vinho, talvez fosse a maneira pela qual o simples fato de pensar nele fazia suas endorfinas subirem até a estratosfera, mas Heather não ficaria surpresa se descobrisse que Zach realmente era indestrutível.

Infelizmente, ela tinha quase certeza de que ela mesma não era... e que, quando chegasse o dia em que a amizade com benefícios se transformasse apenas numa simples amizade, ou em nada de especial, ela não teria certeza de que estaria se afastando do desastre sã e salva.

Mesmo que Zach pudesse fazê-lo facilmente.

CAPÍTULO VINTE E QUATRO

A manhã de segunda-feira alvoreceu brilhante e cedo demais para o pouco sono que Heather conseguira ter. Ela disse a si mesma que foram os muitos brownies de chocolate meio amargo que a mantiveram acordada, em vez da sensação de que a cama já parecia grande demais sem Zach ao seu lado para abraçá-la enquanto dormia.

Eles só passaram duas noites juntos. Ela não podia estar sentindo falta dele tão cedo, e não deveria estar se preocupando tanto com a possibilidade de que ele poderia se machucar na corrida que ocorreria naquela manhã.

Uma hora mais tarde, depois de conversar com sua equipe e aceitar os parabéns pelo sucesso do leilão beneficente, ela se sentou em frente ao computador em seu escritório. Atlas imediatamente tomou seu lugar na enorme almofada para cães em seu canto e fechou os olhos para tirar a soneca matinal. Mas, em vez de subir sobre o dogue alemão como sempre fazia, Ternurinha ficou no meio da sala e deu a Heather um daqueles patéticos ganidos, igual ao que começara a fazer na noite anterior quando percebeu que Zach ainda não havia voltado.

Heather pegou a cadelinha nos braços e lhe deu um beijo no focinho.

— Não se preocupe, ele voltará para casa logo. Que tal assistirmos um pouco de televisão para o vermos vencer a corrida? — Quando percebeu que Ternurinha ainda parecia triste, ela se deu conta de que estava ecoando as palavras que Lori dissera na noite anterior: "Zach é indestrutível. Ele vai ficar bem".

Ela manteve o filhotinho no colo quando clicou no link para a transmissão ao vivo que ele lhe enviara por e-mail. Vários homens em macacões de corrida andavam ao redor dos carros elegantes, mas Heather não teve dificuldades para identificar Zach. Ele era mais alto, com uma compleição física mais avantajada e mais sexy do que qualquer outro piloto.

Seu coração se acelerou um pouco ao vê-lo deslizar uma mão grande sobre a lataria do carro, e sentiu a superfície da sua pele se eriçar como se ela estivesse sendo tocada por Zach, em vez do veículo.

Ternurinha soltou um latido suave que fez Heather pensar que ela conseguia ver Zach na tela, também. Sentiu o estômago se retorcer ao pensar em como a cadelinha iria reagir quando Zach a devolvesse ao irmão.

Não havia como o animalzinho entender que não deveria ter se apegado tanto a ele, que não deveria ter cometido o erro de se apaixonar por ele.

Eram belas palavras de advertência para todas as mulheres do mundo.

Os pilotos entraram em seus carros e Heather agarrou Ternurinha com mais força, enfiando o queixo no pelo incrivelmente macio que cobria a cabeça da cadelinha conforme os carros partiam das suas posições de largada. Zach estava no carro patrocinado pela Sullivan Autos, é claro, com o já familiar logotipo azul e dourado se transformando em um borrão enquanto ele pisava com força no acelerador.

Heather não conseguia acreditar no quanto ele se aproximava dos outros carros quando completou uma volta, depois duas, e três. Ele ainda não estava liderando, mas algo lhe dizia que Zach estava simplesmente ganhando tempo, fazendo as coisas com calma como sempre demonstrava fazer, antes de se jogar de corpo e alma em busca da vitória.

Ela se lembrava do que ele lhe dissera no elevador:

— Confie em mim. Quando decido me concentrar em alguma coisa, sempre consigo o que quero.

Não havia dúvida alguma. Zach não correria se não fosse para vencer.

Várias vezes os carros completavam voltas pela pista, até que, aparentemente surgindo de lugar nenhum, o carro de Zach despontou à frente do pelotão, e todos os outros corredores estavam comendo a poeira que ele deixava para trás.

Por um momento, ela se esqueceu de sentir medo sobre a possibilidade de ele se machucar, enquanto entoava para a tela:

— Vai, vai, vai!

Ternurinha estava apoiando as patas dianteiras sobre a mesa, torcendo com Heather em sua própria linguagem canina. E, quando Zach terminou a corrida com mais de um corpo de diferença à frente do resto dos pilotos, ela ergueu a cadelinha e gritou de alegria.

O único problema foi que as duas não eram as únicas que estavam felizes com o desempenho de Zach. Porque, quando ele tirou o enorme corpo de dentro do carro, várias garotas com trajes curtíssimos correram até onde ele se encontrava e o envolveram com seus corpos perfeitos para lhe dar os parabéns.

Tina bateu na porta e depois colocou a cabeça para dentro do escritório.

— Achei ter ouvido você me chamar. Está tudo bem por aqui?

Ah, Deus, não, não estava nada bem. Como poderia, quando Heather estava sendo literalmente consumida, virada do avesso pelo ciúmes? Ela queria arrancar as mãos das outras mulheres de cima de Zach.

Zach pertencia a *ela!*

Heather clicou no pequeno X no topo da tela para fechar a transmissão de vídeo e fez um sinal com a cabeça para Tina.

— Está tudo bem, obrigada.

Pelo menos, tudo ficaria bem quando ela conseguisse colocar seu cérebro de volta nos trilhos e reconcentrar sua atenção onde deveria.

Ela colocou Ternurinha no chão.

— Gostaria de repassar os resultados finais do leilão para o abrigo hoje de manhã para que eu possa escrever um relatório até a noite.

Mas assim que abriu a planilha para verificar as despesas e a receita gerada pelos itens do leilão e Tina exclamou ao ver o dinheiro obtido com a venda do Lamborghini que Zach doara, Heather percebeu que aquela não seria uma tarefa muito fácil.

Porque, de algum modo, no espaço de apenas uma semana, Zach Sullivan tinha se infiltrado em todas as partes da sua vida.

Zach sempre acreditara que havia poucas coisas melhores do que a emoção de estar dentro de um carro de corrida.

Estar com Heather era melhor. Bem melhor.

Quando Tommy lhe telefonara para falar sobre a corrida, pela primeira vez em sua vida, em vez de mergulhar de cabeça na oportunidade, Zach tentara recusar o pedido. Ele disse a si mesmo que fizera aquilo porque queria ficar com Heather no quarto de hotel para passar o dia todo explorando cada milímetro da sua pele, fazê-la rir entre sessões acrobáticas de amor, observar seus olhos se iluminarem e sua pele enrubescer com a alegria, e, depois, o calor do desejo, várias e várias vezes.

Mas, mesmo que tentasse negar a verdade, ele sabia que suas razões para não querer competir eram maiores do que isso.

Ele não conseguia parar de se perguntar: e se, desta vez, fosse de verdade? E se sua vida acabasse na pista de corridas... e não conseguisse ver Heather outra vez?

Não.

Ele fora cuidadoso. Ela também. Eles concordaram em não se apaixonar um pelo outro.

Além disso, ele não morrera durante a corrida. Pelo menos, não desta vez.

Zach saltou do seu carro em frente à empresa e quase derrubou um grupo de poodles ao correr para dentro para encontrá-la. A assistente dela estava no meio dos cumprimentos habituais quando Zach passou por ela e entrou no escritório de Heather.

A demora para trancar a porta por trás de si e fechar as persianas da janela do escritório antes que ele pudesse agarrá-la onde ela estava, em frente ao seu arquivo, quase o matou. Os papéis que Heather tinha nas mãos se espalharam pelo chão enquanto ele passava os dedos por entre os cabelos dela.

Um segundo depois, as pernas de Heather estavam ao redor da sua cintura, e ele a estava apoiando contra a escrivaninha, com a boca colada à dela enquanto Heather retribuía o beijo com a mesma intensidade. Ela soltou um gemido baixo de dor e Zach arrancou um grampeador de debaixo dela. Usar as mãos para acariciar a maciez do seu quadril, contra o qual o objeto fora prensado, fez com que Zach se lembrasse de como a massageara no hotel.

— Senti saudades — disse ele enquanto lhe mordiscava os lábios e arrancava a blusa de mangas compridas que ela usava. Pressionou a boca entre seus seios, num beijo. — Precisava de você.

Ele pensou ter visto os olhos de Heather brilharem com alguma coisa além do desejo quando ela fez o mesmo, puxando a camiseta que ele usava por cima da sua cabeça. Ela se encostou em seu peito e Zach pensou que ela o estava beijando, até perceber que, na realidade, ela estava lhe dando pequenas e suaves mordidas pelo corpo. Aquilo era uma delícia, mas muito mais agressivo do que ela já agira anteriormente.

Apesar de querê-la com todas as forças, seu radar interno começou a emitir sinais.

— O que houve?

— Nada — disse ela, mas, novamente, ele percebeu aquele brilho em seus olhos que parecia demais com a raiva, e, quando ela emendou com "Cale a boca e ande logo com isso", Zach percebeu que havia muito mais coisas erradas do que simplesmente "nada".

Em algum ponto entre as horas extraordinárias que passaram juntos no Fairmont e agora, ele provavelmente tinha feito algo de errado. Não fazia a menor ideia do que era, apenas que isso tinha acontecido.

Com qualquer outra mulher, ele nem se importaria em tentar descobrir o motivo. Simplesmente terminaria de transar com ela e iria embora. Mas ele e Heather eram mais do que apenas amigos com benefícios.

— O que foi que eu fiz?

— Você viajou e participou daquela corrida idiota, mesmo sabendo que poderia se machucar. — O resquício da preocupação que ela sentira rapidamente foi mascarado quando ela falou por entre os dentes: — Parabéns pela bela vitória!

Era difícil tentar pensar com o pouco sangue que circulava em seu cérebro, com as pernas de Heather ainda enlaçadas ao redor das suas e aqueles belos seios saltando por trás de um sutiã de algodão branco que devia ser sexy, fazendo com que fosse quase impossível para Zach formar uma frase coerente.

Mesmo assim, sabia que devia descobrir como fazer com que seu cérebro voltasse a funcionar o mais rápido possível, porque ele tinha a sensação de que havia muito mais coisas a perder do que apenas uma transa rápida.

— Você assistiu à minha corrida?

— Ternurinha pediu para assistir.

Ela pressionou os lábios com força como se quisesse desafiá-lo a negar aquela justificativa tola, e ele mal conseguiu conter o impulso de lamber a linha fina que a boca de Heather formava.

— Então você viu quando eu deixei todos os outros para trás?

— Entre outras coisas — resmungou ela. — Você certamente não precisa que eu fique lhe dando parabéns, quando todos os outros fizeram isso muito bem naquela pista de corrida.

Ele era um homem. E sentia-se incrivelmente excitado quando estava perto de Heather, especialmente quando ela estava seminua. Mas não era idiota.

Ela obviamente vira quando as garotas que estavam no autódromo o cumprimentaram. E aquilo a irritara.

— Não vou ficar mentindo para você, Heather.

Ele observou a surpresa e a esperança surgirem rapidamente nos olhos dela, antes que ela os fechasse.

— Você não me deve nada. É apenas sexo. É só isso que estamos fazendo. *Somente sexo*.

A raiva lhe subiu à cabeça, assim como acontecia com Heather.

— Você vai dormir com outra pessoa enquanto estivermos juntos?

— Não. — Heather não conseguia acreditar que ele lhe perguntara isso. — É claro que não.

— Então por que você está presumindo que eu vou?

Heather olhou para Zach como se ele fosse um completo idiota.

— É isso que todos os homens fazem.

— Não — ele falou. — Nem todos os homens fazem isso. Eu não faço. — A frustração o fez acrescentar: — Que merda! Eu não sou o seu pai.

Mas ela estava balançando a cabeça negativamente e tentando afastá-lo.

— Eu vi você com aquelas garotas no autódromo. Vi quando você colocou as mãos nelas.

— Para afastá-las de mim, não para puxá-las para perto!

Ele não iria deixar que ela se desvencilhasse, não iria deixar que ela se afastasse de seus braços quando a única coisa que o fizera passar pelas últimas 30 horas foi a ideia de tê-la de volta neles.

— Não consegue perceber que você é a única pessoa em quem eu consigo pensar? A única que eu quero? Não entende que estou perdendo a cabeça por sua causa?

Ela pareceu atordoada pelo que ele acabara de dizer, tão atordoada quanto ele mesmo se sentia.

— Por favor, me beije, Zach. Simplesmente me beije.

Por mais que ela estivesse disposta a esquecer aquelas palavras, ele a beijou até arrancar o fôlego dos seus pulmões enquanto tirava o jeans que ela usava, juntamente com o seu.

Adorava sentir a boca de Heather contra a sua, adorava sua pele macia, aqueles pequenos sons que ela fazia quando ele a tocava da maneira certa. Ele entrou em Heather em meio ao seu calor úmido, e ela reagiu tão prontamente que chegou ao orgasmo quase no mesmo momento em que ele a tocou entre as pernas.

No último instante, ele percebeu que se esquecera de colocar um preservativo. De algum modo, conseguiu resistir enquanto ela tinha seu orgasmo. Heather fez um som de protesto quando ele saiu de dentro dela e pressionou a parte interna das suas coxas enquanto se ajoelhava para pegar um preservativo dentro do bolso das suas calças.

Ele se sentou na cadeira de Heather e rapidamente colocou a camisinha e, erguendo os braços na direção dela, puxou seu corpo para que se sentasse em seu colo, adorando a sensação de penetrar profundamente nela outra vez. Percebeu o quanto ela gostou daquilo, a julgar pelos gemidos enquanto ele a preenchia totalmente.

— É sua vez agora — disse ela enquanto rebolava o quadril perfeito sobre as coxas de Zach.

— Minha vez — grunhiu ele contra o pescoço de Heather, lambendo, beijando, mordiscando até chegar em seus seios, que ainda estavam tentando se libertar daquele sutiã. — E sua também.

Ele descobriu que gostava quando os seios dela estavam presos por trás de uma camada de algodão daquele jeito, gostava de ter que se esforçar para sentir o gosto dela, deslizar sua língua dentro da borda superior do tecido para atiçar a carne rígida, até que os músculos internos de Heather se contraíram ao redor de Zach e ele finalmente se soltou, gozando junto com ela.

— Adoro quando você cheira a sexo. — Ele enterrou o nariz na curva do pescoço de Heather e lambeu o suor que secava contra a sua pele. Aquela transa rápida deveria pelo menos ter suavizado a carência de tê-la para si... mas não fez qualquer coisa em relação a querê-la menos. — Adoro quando você tem gosto de sexo, também.

Infelizmente, não demorou muito para que ele percebesse que Ternurinha estava aos seus pés, esfregando-se contra suas canelas.

Com um gemido, Heather se virou e olhou por cima dos ombros, percebendo que Atlas estava deitado na almofada no canto, olhando em sua direção.

— Ah, eu me esqueci dos cães. — Ela se levantou do colo de Zach em busca de suas roupas. — Atlas nunca viu... eu sempre tive muito cuidado ao entrar no quarto quando...

Ela parecia estar horrorizada quando gaguejava aquelas frases entrecortadas. E tão adorável com aquele rubor na face que ele teve que lhe dar um beijo enquanto ria dela.

— Ele já é um garoto grande. Vai superar isso.

— Estou surpresa por ele não ter entrado em pânico, quando viu você em cima de mim desse jeito. — Ela estava ainda mais corada agora, quando voltava a vestir seu jeans e pegava sua blusa do chão.

— Ele não entrou em pânico porque sabe quem manda aqui.

Ela vestiu a blusa rapidamente, puxando-a com força.

— Eu. Eu é que mando aqui.

Zach vestiu as roupas e depois pegou Ternurinha nos braços, que o lambeu com uma alegria indisfarçável por todo o seu rosto e o pescoço.

— É verdade. É você quem manda.

Heather afastou os cabelos úmidos do rosto.

— Eu deveria saber que você ficaria ainda mais insuportável depois de ganhar aquela corrida totalmente sem sentido. — Em seguida, voltou à sua mesa e começou a organizá-la outra vez. — Alguns de nós têm bastante trabalho a fazer.

Zach estava prestes a tocá-la outra vez quando alguém bateu na porta.

— Heather? — Sua assistente parecia estar preocupada com algo mais importante do que simplesmente interromper sua chefe enquanto ela transava no escritório. — Seus pais estão aqui.

CAPÍTULO VINTE E CINCO

Ah, meu Deus. Ela se esquecera do telefonema do seu pai no começo daquela semana. Esforçando-se para tentar impedir que o pânico a dominasse, Heather olhou para si mesma, e depois para Zach.

— Eles vão perceber o que estávamos fazendo.

O que ela tinha na cabeça? Fazer sexo no escritório? Ela se repreendia enquanto verificava se todos os zíperes estavam fechados e todos os botões, abotoados.

Mas era exatamente esse o problema. Ela não estava pensando. No momento em que Zach entrara, perdeu todo o controle das suas sinapses — e dos seus hormônios. Sua reação à presença dele era totalmente instintiva, primal.

Ele colocou a cadelinha no chão e se aproximou para desembaraçar os nós que havia em seus cabelos.

— Você está com uma aparência ótima, como sempre. — A boca de Zach deixou a dela formigando outra vez antes que ele dissesse: — Não se preocupe, Heather. Tudo vai ficar bem. — Ela simplesmente fez que não com a cabeça, mas Zach tocou-lhe carinhosamente no rosto e disse: — Fique tranquila. Eu lhe darei cobertura.

Ela não sabia como ele sempre conseguia fazer aquilo, virá-la completamente do avesso, não importava a circunstância, mas, pelo menos desta vez, ficou feliz ao perceber que apenas um beijo suave — e algumas palavras doces e tranquilizadoras — a impediam de se deixar levar totalmente pelo pânico de receber a visita dos seus pais.

Ele colocou a mão na maçaneta.

— Vai dar tudo certo, Heather.

Estranhamente, mesmo que os dois tivessem sido apanhados poucos segundos após fazerem sexo, ela se sentia muito mais capaz de lidar com seus pais com Zach ao seu lado do que normalmente aconteceria.

Já o vira em ação muitas vezes para não se surpreender com o modo como ele já encantava completamente a sua mãe poucos segundos depois de cumprimentá-la. O charme do seu pai, por outro lado, estava um pouco mais contido do que geralmente era.

Afinal de contas, será que algum outro homem já chegara perto de superar os encantos de Zach?

— Heather? — Os olhos da sua mãe apontaram de Zach para Heather, e depois para a mesa que eles deixaram desorganizada. — Chegamos num mau momento?

Tarde demais, Heather percebeu que se esquecera de calçar os sapatos. Ela se moveu rapidamente para colocá-los nos pés, mas não rápido o bastante para que seus pais não percebessem.

Seu pai a puxou para abraçá-la antes que Heather pudesse escapar para longe.

— Minha menina preciosa. Sua mãe e eu sentimos muitas saudades.

Quando ela realmente era uma menina, Heather adorava o jeito como seu pai voltava para casa depois de uma viagem de negócios e a abraçava, dizendo-lhe o quanto a amava e que ela era o centro do seu mundo. Mas ela não continuara tão ingênua por muito tempo. Sabia que a única pessoa que havia no centro do mundo do seu pai era ele mesmo.

Seu pai não tirou o braço da sua cintura, como se estivesse tentando mostrar a Zach a quem ela realmente pertencia. Atlas se ergueu, com os pelos se eriçando, e Heather ficou feliz em poder usá-lo como um pretexto para se afastar do pai.

Ele encarou o cão com uma expressão séria.

— Ele fica no seu escritório o dia inteiro?

Heather deslizou a mão de maneira reconfortante sobre as costas do cão. Atlas nunca gostara do pai dela.

— Sim.

Claramente, ele não se deixou impressionar por aquela resposta.

— Você não recebeu a minha mensagem na semana passada?

— Desculpe por não ter retornado a ligação. Esta semana foi muito movimentada. — Ela tentou não enrubescer com a lembrança do que ela e Zach estavam fazendo há poucos minutos, especialmente quando os olhos do seu pai escrutinavam os dois, sua expressão ficando ainda mais séria.

Se tivesse ao menos se lembrado de retornar a ligação, teria inventado alguma desculpa bastante plausível. Talvez até mesmo viajasse para fora da cidade durante alguns dias, para algum lugar onde não pudesse ser encontrada.

— Espero que não esteja ocupada demais para passar algumas horas conosco — disse ele, efetivamente forçando-a a aceitar um programa em família.

Por sorte, Ternurinha escolheu aquele exato momento para começar a latir, atraindo a atenção para si por tempo suficiente para

Heather recuperar o controle e encontrar uma resposta adequada. Zach observou tudo em silêncio, e Heather imaginou que ele não demorou para avaliar o relacionamento de seus pais.

Ela lhe deu um olhar que, conforme esperava, ele interpretaria tão bem quanto conseguia ler seus pensamentos na cama: *Por favor, não me deixe sozinha com eles.*

Zach pegou nos braços a cadelinha que latia e sorriu para ela, antes de encarar os pais de Heather com aquele belo rosto.

— Heather e eu ficaríamos muito felizes se vocês viessem jantar conosco hoje à noite no 212 Stockton.

Heather tentou não demonstrar sua surpresa quando ele mencionou um dos mais badalados restaurantes em São Francisco. Mesmo agora que sabia o quanto Zach era rico — e que tinha ótimos contatos por intermédio dos seus irmãos famosos —, o fato de que ele não

fazia absolutamente nada para ostentar sua riqueza fazia com que ela se esquecesse completamente daquele fato.

Heather percebeu, pela expressão no rosto do seu pai, que ele sabia exatamente como era difícil conseguir uma mesa naquele restaurante. Claramente, não conseguia acreditar que um homem usando jeans amarrotados e uma camiseta tivesse condições de conseguir aquilo, mas desejava ser a pessoa que fez a oferta em primeiro lugar.

Os olhos da mãe de Heather se arregalaram quando ela respondeu:

— Acabei de ver uma reportagem sobre o 212 Stockton na TV. O restaurante pertence a um grupo de astros que tem mais dinheiro do que caráter.

A expressão de seu pai se fechou.

— Tudo o que eu quero é passar um tempo com minha garotinha, não desfrutar de um restaurante de celebridades com mais dinheiro que moral.

Razoavelmente certa de que Smith, o irmão de Zach, provavelmente faria parte do grupo de "astros do cinema sem caráter", Heather disse:

— Que tal eu lhe mostrar algumas das melhorias que fiz nas áreas de treinamento? — Sem dúvida, seus pais fariam todo tipo de perguntas sobre Zach, e dariam palpites sobre todas as partes da sua empresa que não estivessem perfeitamente limpas e brilhando. Ainda assim, embora Heather adorasse poder usar Zach como apoio, a batalha com seus pais não pertencia a ele. A responsabilidade era totalmente dela.

Zach não pareceu ficar nem um pouco irritado com o comentário do pai de Heather. Na verdade, parecia até mesmo mais relaxado do que de costume... lembrando-a de um predador implacável, pronto para atacar.

Concentrando toda a sua atenção nela, Zach disse:

— Sei que você tem alguns assuntos importantes para resolver. — Ele gentilmente afastou uma mecha de cabelo da testa de Heather e colocou-a por trás da sua orelha. Era um gesto que assumia uma característica ainda mais protetora — e possessiva — quando feito daquela forma tão casual.

— Vou mostrar o lugar aos seus pais, para que você possa se concentrar no seu trabalho.

Heather sabia, por experiência própria, que Zach era um mestre em conseguir exatamente o que queria. Mas observá-lo levando a melhor sobre seu pai a deixou feliz.

E também a assustou bastante.

Alguns momentos depois, quando sua mãe e seu pai não tiveram escolha a não ser acompanhar Zach e Ternurinha para fora do escritório, Heather sentou-se na cadeira que nunca mais veria com os mesmos olhos depois do que ela e Zach tinham feito ali.

E, novamente, ela refletiu sobre como Zach Sullivan se infiltrara em cada parte da sua vida no decorrer de apenas uma semana.

Graças a Deus.

Zach não estava acostumado a se preocupar com outras pessoas. Sim, fazia questão de tratar seus funcionários da maneira certa e nunca deixava de pensar em sua família, mas, apesar disso, sabia que seus irmãos eram capazes de cuidar de si mesmos. Além disso, se precisassem de sua ajuda com qualquer coisa, estavam seguros de que bastava dar um telefonema.

Mas a expressão no rosto de Heather quando a assistente lhes dissera que os pais dela estavam no centro de treinamento o intrigou por várias horas.

Heather era muito forte, muito autoconfiante. Sensual, bonita e tão inteligente que o deixara pisando em ovos desde o momento em que a conhecera. Nada nem ninguém deveria deixá-la tão entristecida, com a guarda completamente erguida, como se estivesse tentando se preparar para um golpe emocional que podia chegar a qualquer momento.

Antes que levantasse a mão para bater na porta da frente, Atlas anunciou sua chegada com alguns latidos altos. Heather abriu a porta, e estava tão deslumbrante com seu vestido e sapatos de salto, com os cabelos lhe caindo ao redor dos ombros que, uma fração de segundo depois que Ternurinha saltou de seus braços para ir brincar com Atlas, Zach estava estragando o penteado perfeito com as mãos enquanto a beijava.

Ela retribuiu o beijo com o mesmo ardor antes de dizer:

— Obrigada por me acompanhar nesta noite.

— Eu não perderia isso por nada — disse ele, e era verdade. Zach não conseguia imaginar a tortura que seria deixá-la a sós com seus pais. Não quando ele sabia o quanto ela ficava incomodada na companhia deles. — Eu entendo como as famílias podem ser, às vezes.

— Gostaria que fôssemos como a sua família, mas não é o caso. Não nos amamos realmente. — A voz dela estava embargada por lágrimas reprimidas enquanto ela falava. — Nós simplesmente mentimos uns para os outros.

— Você nunca mentiu em relação a nada — disse ele, detestando o jeito que ela se referia à sua família como "nós". — Eles são seus pais. Não são você. — Ele a puxou mais para perto. — Me diga o que você quer que eu faça hoje.

— Apenas isso — disse ela, mas sua voz estava trêmula quando ela repetiu. — Apenas esteja junto comigo, desse jeito. Não me deixe pensar em como ele a trata, e como ela sempre deixa que...

A boca de Zach cobriu a de Heather para interromper o resto da frase, transformando aquele desejo imediatamente em uma ordem. Se ela não quisesse pensar no relacionamento doente dos seus pais, então Zach faria tudo que fosse necessário para que sua mente se concentrasse em outras coisa. Agora e durante o jantar, de qualquer maneira que conseguisse.

Porque era amigo de Heather. E era isso que os amigos faziam. Cuidavam uns dos outros.

E mesmo assim... mesmo enquanto ele deslizava as mãos por baixo da saia de Heather e ela soltava um gemido suave de prazer quando seus dedos a encontraram, ele quase conseguiu ouvir o ribombar ao longe. Ruídos de algo grande, pesado e impossível de evitar, e que se aproximava em alta velocidade.

Ele levou as mãos até o traseiro de Heather para erguê-la do chão, e ela o envolveu com as pernas. Mas mesmo o prazer intenso de tê-la ao seu redor não era o suficiente para ele se distanciar das emoções que tentavam acertá-lo diretamente no peito. Desde o primeiro momento em que se conheceram, Zach não conseguia manter sua mente, suas mãos ou sua boca longe dela.

E seu coração estava indo pelo mesmo caminho, quisesse ou não.

Zach lutava contra aquele sentimento por puro instinto, já praticado à exaustão. Fingindo que não era verdadeiro. Dizendo a si mesmo que Heather era a amiga perfeita para fazer sexo e nada além disso. E era o que repetia mentalmente, segundos depois, enquanto abria o zíper da calça e a penetrava.

Ela o beijava com uma sofreguidão que mostrava o quanto precisava dessa distração, dessa válvula de escape, dessa chance de se permitir ser feroz, audaz, sem o risco de uma retribuição. Ele sabia que ela queria ser possuída com a mesma ferocidade, e não se conteve quando forçou seu corpo contra o dela, prensando-a contra a parede enquanto ela fazia o movimento oposto com os quadris.

Ele nunca quisera ninguém como a queria — e mais, a cada vez que estavam juntos — e, mesmo sabendo que poderia chegar ao orgasmo a qualquer segundo, ele se forçou a se concentrar nas reações dela para saber o momento em que ela estava próxima do clímax também.

Essa noite não seria focada em seus próprios sentimentos, nem em seus medos em relação ao futuro que sempre estiveram marcados pela sombra da morte precoce de seu pai. Não, essa noite não teria nada a ver com ele.

Pelo contrário: nessa noite, seria necessário fazer com que Heather sobrevivesse à visita dos seus pais com danos mínimos. E ele sabia exatamente o que a manteria sentada na beirada da sua cadeira a noite inteira, independentemente de quem estivesse jantando com eles.

Heather gemeu em sua boca conforme seus músculos internos começaram a se contrair ao redor de Zach. Foi uma tortura ter que se retirar de dentro dela naquele momento... mas saber o quanto as próximas horas seriam dolorosas não o impediu de fazê-lo assim mesmo.

Ele não faria o sacrifício sexual por qualquer outra pessoa. Exceto por ela.

Os olhos de Heather se abriram subitamente quando ele gentilmente a deixou em pé novamente e baixou a barra da saia dela antes de fechar o zíper da calça.

— Zach? O que você está fazendo?

Ele teve muita dificuldade para manter a voz firme.

— Precisamos ir.

Ela o observava como se Zach tivesse perdido a cabeça enquanto ele pegava sua bolsa de cima do balcão, dizia aos cães para se comportarem e a arrastava até o seu carro. E talvez ele tivesse mesmo enlouquecido, parando propositalmente antes do *grand finale*, exatamente daquele jeito.

Naquela noite havia mais em jogo do que ficar com uma mulher bonita.

O coração de Heather estava em perigo, e Zach faria de tudo para que continuasse inteiro, não importava o que o pai dela tentasse fazer.

Heather queria matar Zach. Seus pais a viram naquele dia como se ela tivesse acabado de se levantar da cama dele. Agora era até pior, esse desejo persistente que zunia dentro dela, tornando praticamente impossível não somente apreciar a taça do ótimo vinho tinto da vinícola do irmão de Zach, como também exacerbar a frustração que sentia em relação aos seus pais por agirem da mesma maneira de sempre.

Ela estreitou os olhos ao perceber que o pai acariciava a mão de sua mãe e olhava para ela como se fosse o sujeito mais sortudo do mundo. Qualquer pessoa que os observasse pensaria que ele era o marido mais dedicado do planeta.

Meu Deus, tudo aquilo era tão falso. Tão insincero. Quase lhe dava vontade de...

— É uma pena que não tivemos tempo para terminar o que começamos na sua casa — murmurou Zach, com seu hálito atingindo-a no lugar logo abaixo do lobo da orelha, que a fazia se derreter toda
 vez que ele se aproximava dali.

Ela não conseguia decidir se queria chutá-lo por baixo da mesa para fazê-lo parar com aquilo... ou se havia alguma razão que podia inventar para puxá-lo até um corredor escuro e obrigá-lo a terminar o que tinham começado.

Mesmo assim, embora estivesse praticamente saltando para fora da própria pele com o desejo, quando conseguira se acalmar um pouco durante o curto trajeto até o restaurante, Heather finalmente entendera o que ele estava fazendo.

E não podia evitar adorá-lo por aquela técnica brilhante de distração.

— Bem — disse sua mãe enquanto olhava para os dois com admiração. — Seu pai e eu estamos loucos para saber como vocês se conheceram.

Graças a Deus, essa não seria difícil de responder.

— Zach perdeu sua cadelinha...

— ... e Heather a encontrou.

— Não são adoráveis? Não é lindo o jeito que um termina as frases do outro? Assim como nós fazemos, querido — disse ela ao seu marido.

Heather sentiu uma vontade súbita de vomitar.

Zach pousou a mão sobre sua coxa por baixo da toalha da mesa, em um ponto que ficava próximo demais da sua cintura para que pudesse ser tocado em público.

— Não — disse ele, com a voz tranquila. — Não somos nem um pouco parecidos com vocês. — Ele sorriu para Heather. — Você me detestou quando nos falamos pela primeira vez, não foi?

Ela não conseguia explicar por que a honestidade de Zach a deixava tão feliz. Especialmente quando aquilo certamente irritaria seus pais. Mas, ah, ela adorou o que ele tinha dito.

Não. Não somos nem um pouco parecidos com vocês.

Queria agarrá-lo e beijá-lo na frente do mundo inteiro, apenas por aquela frase.

— É verdade. Ele estava gritando com a cadelinha, então eu tentei tirar Ternurinha de perto dele.

— Ternurinha? — Seu pai riu com um leve tom desdenhoso. — É um nome bem interessante para um cão.

Em vez de aceitar o desafio implícito à sua masculinidade, Zach simplesmente voltou a encher as taças com o vinho e disse:

— Ainda devo uma à sua filha por salvar Ternurinha.

A mãe de Heather parecia estar confusa.

— Se tudo começou de maneira tão ruim, não entendo como vocês começaram a namorar.

Heather *odiava* ter que mentir. Crescera em um lar de mentirosos, afinal de contas.

— Somos apenas bons amigos.

Era verdade, embora, diferentemente do que tinha acontecido na noite em que fora ao apartamento da irmã de Zach, ela decidiu não mencionar a parte dos *benefícios*.

— Somente amigos? — Os olhos da mãe de Heather passaram de um para outro. — Mas hoje, quando fomos ao seu escritório...

Sua mãe não precisou terminar a frase para que ficasse claro que ela presumia que, como os dois estavam fazendo sexo no escritório de Heather, já eram um casal.

Como sabia que aconteceria, Heather sentiu a noite desmoronar ao redor de si. Mas, naquele momento, Zach deslizou a mão para um ponto mais alto em sua coxa e disse:

— Nossos cães não conseguem ficar longe um do outro. Foi amor à primeira vista para ambos. — Seus olhos a encararam por um

momento a mais. — O que significa que Heather não tem como se livrar de mim. Não é mesmo?

A expressão séria no rosto do pai normalmente faria Heather se sentir uma pilha de lixo. Em qualquer outro momento, ela se sentiria enjoada com o fato de que, depois de tudo o que acontecera, ainda se importava com o que ele pensava.

Mas, novamente, Zach conseguiu dar outra reviravolta na conversa. O suficiente para que percebesse que estava sorrindo após conseguir evitar um desastre quase completo.

— Realmente, foi amor à primeira vista entre Ternurinha e Atlas. — Ela ergueu uma sobrancelha enquanto olhava para Zach. — Felizmente, comecei a simpatizar mais com você desde aquele primeiro dia na sua oficina.

Sua mãe tentou assentir como se tudo aquilo fizesse sentido, e seu pai ainda estava olhando para Zach com a cara fechada, mas, quando o garçom chegou para falar dos pratos especiais, Heather percebeu que não teria dificuldades para ignorar toda aquela negatividade.

Zach, brilhante como sempre, certificou-se de que a sensação dos seus dedos contra a pele de Heather, e o jeito que estava sempre brincando com os cabelos que lhe caíam por sobre os ombros, mantivessem seu foco nele em vez de qualquer outra coisa que seus pais estivessem fazendo durante o jantar. E, quando ele propositalmente guiou a conversa para falar dos seus irmãos famosos e a mãe de Heather quase enlouqueceu ao saber que ele era o irmão de Smith Sullivan, ela ficou maravilhada ao perceber que Zach a apoiava de uma maneira que nenhum outro homem fizera antes.

Exatamente quando ela mais precisava dele.

CAPÍTULO VINTE E SEIS

A madrugada ainda estava escura quando o telefone de Zach começou a tocar sobre a penteadeira do quarto de Heather. Ele ignorou a chamada, mas o telefone tocou outra vez.

Heather se virou em seus braços.

— Parece ser importante. — As palavras dela ficaram abafadas contra o bíceps dele.

Mesmo enquanto se afastava para pegar o telefone, Zach aproveitou para deslizar uma das mãos por sobre a curva dos quadris de Heather. Ela soltou um gemido baixo de prazer ao sentir aquele toque e ele não conseguiu acreditar no quanto gostava de tê-la na cama. Em seus braços.

Em sua vida.

Quando viu o nome na tela do telefone, Zach acordou instantaneamente, afastando por alguns segundos a ideia de fazer sexo com Heather no fim da madrugada.

— Chase? Já posso lhe dar os parabéns?

Ele ouviu o sorriso de satisfação na voz do irmão, quando este disse:

— Chloe e eu queremos que você venha conhecer Emma. Já estamos em casa.

A alegria imensa de ouvir a notícia sobre o nascimento da mais nova Sullivan estava em conflito com a percepção repentina de que dia era: o vigésimo terceiro aniversário da morte de seu pai.

Zach sentiu um forte aperto no peito ao ouvir a esposa de Chase falando ao fundo.

— Ela quer que você traga Heather quando vier até aqui.

Levou alguns segundos para Zach se forçar a tirar os pensamentos sobre seu pai da cabeça antes de se voltar para Heather.

Ela estava sentada na cama.

— A filha do seu irmão nasceu?

Os longos cabelos de Heather estavam jogados por cima dos ombros, embaraçados após terem feito amor na noite anterior. As coisas aconteceram de maneira bem louca quando voltaram à casa dela depois de todas as horas de provocação. Ele a possuiu contra a porta, terminando o que começara antes do jantar no mesmo lugar, penetrando-a com tanta força que a porta balançava a cada estocada enquanto ele levava os dois até o céu, voltando à Terra em seguida.

Pela segunda vez no mesmo dia os cães assistiram àquele espetáculo, mas Heather pareceu não se importar muito. Pelo menos, pensou Zach com um sorriso de satisfação ao se lembrar, não quando estava entregue demais ao prazer para pensar — ou para se preocupar — com qualquer coisa antes de adormecer, exausta, em seus braços.

Mesmo assim, não conseguiu manter as mãos longe daqueles cabelos sedosos quando voltou para a cama e pressionou sua boca contra a dela num beijo de bom-dia.

— O nome dela é Emma, e Chase quer que a visitemos.

O prazer iluminou o rosto de Heather ao pensar em visitar um bebê recém-nascido. Ainda assim, ela perguntou:

— Nós?

Ele sabia que era melhor não dizer a ela que sua presença era uma exigência especial.

— Venha conhecer minha sobrinha comigo, Heather. Por favor.

Zach gostaria que ela fosse até lá de qualquer maneira, mas agora que o nascimento de Emma e a morte do seu pai estariam ligados para sempre, ele precisava de Heather ao seu lado para ajudá-lo a manter a sanidade.

Ela escapou de suas mãos e levantou-se da cama, lindamente nua.

— Aposto que chego ao chuveiro antes de você.

Ele entrou no banho logo atrás dela. Zach adorou lavar os cabelos de Heather, não conseguia se saciar com os pequenos gemidos e suspiros de prazer enquanto ensaboava e enxaguava seu corpo, mas, apesar da excitação inevitável que surgiu após alguns beijos quentes aos quais não conseguiram resistir, os dois rapidamente terminaram o banho, enxugaram-se com as toalhas e vestiram suas roupas. Heather soltou os cães no quintal enquanto ele enchia as vasilhas com ração. Ela pegou duas bananas sobre o balcão da cozinha e entregou uma a Zach ao saírem da casa.

Zach nem se importou em bater antes de entrar na casa de Chase. Heather teve a impressão de que todas as pessoas ali dentro estavam conversando e rindo ao mesmo tempo, e ela segurava contra o peito o urso de pelúcia que comprara para presentear a pequena Emma.

Aparecer ao lado de Zach na casa do irmão dele àquela hora da manhã era como usar uma camiseta que dizia, *Sim, estamos dormindo juntos*. Claro, ela fez questão de lembrar a si mesma, depois de algumas bebidas na casa de Lori, todos eles já sabiam.

Era apenas sexo. Sexo delicioso com um amigo. Um amigo muito bom. Mas nada além disso.

Heather dissera aquilo a si mesma tantas vezes nos últimos dias que as frases tinham praticamente se tornado um mantra em sua cabeça. Mesmo assim, era muito difícil manter suas defesas quando Zach agia de forma tão agradável, tão bem-humorada, tão tentadora, despertando-lhe o desejo de beijá-lo. E em ocasiões como a noite anterior, quando ele agira como se fosse seu cavaleiro em uma armadura reluzente... bem, ela simplesmente não conseguia fazer com que sua cabeça — nem seu coração — encontrasse sentido no turbilhão de emoções que ele inspirava.

A cada hora, Heather sentia que ele se aproximava cada vez mais, derrubando as muralhas grossas e fortes que construíra tantos anos antes, e ela não tinha forças para impedi-lo.

Felizmente, antes que Heather pudesse se sentir deslocada ao entrar no meio de uma celebração da família Sullivan, Lori a viu e veio correndo até onde ela estava, de braços abertos.

— Oba! Estou tão feliz por você ter vindo!

Heather abraçou a irmã mais nova de Zach e sorriu para ela.

— Parabéns pela nova sobrinha!

Lori estava radiante de orgulho.

— Ela é linda, e obviamente é uma Sullivan. Emma nem conseguiu esperar para ir ao hospital. Por sorte, eles tinham uma parteira fantástica com quem podiam contar.

Um irmão que ela ainda não conhecia apertou sua mão.

— Eu sou Marcus. — Seus olhos demonstravam carinho e ela percebeu que ele não soltou a mão de Nicole. — É um prazer conhecê-la.

Nicole a abraçou com o braço que estava livre.

— Como estão indo os benefícios? — ela sussurrou no ouvido de Heather, que não conseguiu evitar uma risada.

— Ótimos!

Ryan, Sophie e Jake vieram para cumprimentá-la novamente, e Heather sentiu-se ao mesmo tempo feliz e desconfortável quando Zach moveu-se ao seu lado outra vez, pousando-lhe a mão quente na parte inferior das costas.

— Chase teve que ir cuidar de uma troca de fraldas — disse Zach, retorcendo o rosto em uma expressão de nojo. — Logo poderemos ver Chloe e a menina.

— Mesmo com esses dois dentro de mim — disse Sophie, olhando para a própria barriga — não consigo acreditar que Chase tem uma filha agora. — Ela fez uma pausa antes de acrescentar: — E que ela nasceu bem no dia de hoje.

Não demorou muito para que Heather fosse informada de que o pai deles tinha falecido naquele dia.

A mão de Zach apertou a de Heather com mais força quando Marcus disse:

— Não consigo deixar de achar que ele está tomando parte disto tudo...

Cada um dos irmãos pareceu se aproximar ainda mais. Todos, com exceção de Zach, que soltou a mão dela e afastou-se do círculo dos Sullivan, com uma expressão completamente resguardada. Algo que Heather não vira antes.

Heather queria puxá-lo para um canto e perguntar se estava tudo bem, dizer-lhe que estaria ao seu lado, assim como ele fizera com ela na noite anterior, durante o jantar com os pais. Antes que pudesse fazê-lo, Ryan tirou a rolha de uma garrafa de champanhe e uma linda mulher com cabelos grisalhos entrou na sala, vindo dos fundos da casa.

Heather percebeu rapidamente que a foto que vira na casa de Zach, onde a mãe dele aparecia, não lhe fazia justiça.

Ela adorou observar a maneira como Zach se aproximou tranquilamente para abraçar sua mãe, dizendo palavras suaves em seu ouvido, antes de se virar para apresentá-las.

— Mãe, esta é Heather. Heather, esta é minha mãe, Mary.

— Parabéns pela sua nova neta, Mary — disse Heather enquanto a mãe de Zach a observava com olhos azuis que refletiam inteligência e carinho. Heather ficou transfixada, e também um pouco atordoada, pelo relacionamento próximo que aquela mulher tinha com todos os filhos.

— Obrigada — disse Mary, parecendo radiante e triste ao mesmo tempo, enquanto sorria. Será que também estava pensando no pai de Zach e na neta que ele nunca iria conhecer? — Estou muito feliz por você estar aqui para compartilhar este momento conosco.

Aquelas poucas palavras foram o necessário para que Heather se sentisse completamente bem-vinda em um evento que deveria ter somente membros da família. Algum dia, quando tivesse seus próprios filhos, Heather pensou, iria amá-los da mesma forma que Mary obviamente amava os seus, o bastante para receber seus amigos e amantes no seio da família, de braços abertos.

— Estou muito feliz por estar aqui.

Ela pegou o copo de champanhe que Zach lhe entregou e ergueu o braço em um brinde quando o marido de Sophie disse:

— *Slainte!* — a versão irlandesa para "Um brinde".

Todos estavam bebendo quando Chase se retirou, parecendo estar exausto e amarrotado... e transbordando de felicidade. Zach agarrou a mão de Heather e puxou-a, passando por entre as pessoas. Certo, talvez ela adorasse não somente o amor que ele claramente demonstrava por sua mãe e seus irmãos, mas como encarar o fato de que ele tinha pressa para conhecer sua nova sobrinha?

Era inacreditável. Especialmente considerando a impressão que ele lhe causara no dia em que se conheceram. Ela não conseguia acreditar no quanto se enganara.

— Oi, Heather — disse Chase. — É ótimo vê-la novamente.

Embora tivessem conversado por menos de trinta segundos na oficina de Zach, ela o abraçou.

— Estou muito feliz por você e Chloe.

— Obrigado, estamos muito emocionados. Quer conhecer Emma?

Zach já estava no meio do corredor a caminho do quarto e Heather conseguia ouvir Chloe rindo com algo que ele dissera enquanto abria a porta do aposento. Alguns segundos depois, Chase segurava a porta para Heather, mas ela não entrou.

Como poderia, quando estava absolutamente embasbacada ao ver Zach segurando a pequena Emma, olhando para o seu rostinho com uma admiração tão profunda?

O coração de Heather — e sua alma — ficaram completamente entregues quando ela observou Zach colocar um dedo na minúscula mão de Emma e levá-la até os lábios.

Ele olhou para Heather, com os olhos cheios de um amor intenso e irrefutável.

— Você precisa vir vê-la. Ela é um milagre!

A atração daquela voz grave era a única coisa que poderia fazer com que seus pés se movessem outra vez. Mas Heather não conseguia respirar direito conforme se aproximou, e sentiu que suas pernas tremiam enquanto Zach acomodava o bebê nos braços.

Emma era perfeita, e muito bonita. Heather sabia que não conseguiria evitar as lágrimas que estavam brotando. Ela não chorava desde que era adolescente, mas ver o bebê nos braços de Zach despertou uma parte dentro dela que deveria estar trancada, impenetrável, inconquistável.

Percebendo subitamente que se encontrava em um terreno perigoso, ela tirou os olhos de Zach e do bebê para entregar o urso de pelúcia a Chloe.

— Desculpe, eu deveria ter dito olá e lhe dado os parabéns antes.

— Obrigada, Heather. É ótimo vê-la novamente — disse Chloe, com uma voz cansada, mas feliz.

Quando Chase se sentou na beirada da cama ao lado da esposa e afastou-lhe os cabelos do rosto, Heather ficou atônita com aquela demonstração de intimidade — e alegria incondicional — entre os dois.

Ela deveria sair daquele quarto. Sabia que não tinha direito de fazer parte daquela família, nem mesmo por alguns segundos, mas, quando a garotinha bocejou de forma meiga nos braços de Zach, o desejo de ir embora desapareceu.

— Posso segurá-la?

Chloe sorriu.

— É claro.

Segurando a criança com uma tranquilidade surpreendente, Zach a entregou, envolta em cobertores, nos braços de Heather.

A menininha abriu os olhos e piscou, olhando para Heather com sua completa inocência.

— Ah! — disse Heather. — Você é linda!

— Você vai ter um problemão com essa aí — disse Zach ao seu irmão.

— Eu sei — respondeu Chase. — Mas nunca desejei que fosse diferente.

Emma imediatamente virou a cabeça ao ouvir o som da voz de seu pai, e, embora Heather quisesse tocar o rosto de Emma com o nariz e inalar aquele doce aroma de bebê, ela se obrigou a atravessar o quarto para devolvê-la a Chase e Chloe.

— Parabéns! — disse outra vez, sentindo as lágrimas tão próximas que tinha que sair dali. Não somente do quarto, mas da casa, ir para longe do resto dos Sullivan e de tudo que ela sempre dissera a si mesma que nunca queria, mas que, desesperadamente, desejava poder ter.

— Preciso voltar para ver os cães. Zach, você pode ficar. Vou cuidar de Ternurinha pelo tempo que você precisar.

Ela quase saiu em disparada quando fugiu do quarto. Pensou ter ouvido os irmãos de Zach, ou mesmo sua mãe, chamarem-na enquanto atravessava a sala para chegar até a porta da frente, mas não parou para se dirigir a eles, exceto para balbuciar alguma desculpa sobre ter que cuidar dos cães.

Não podia deixar que Lori lhe dissesse outra vez o quanto Zach era ótimo.

Não podia deixar que Sophie olhasse para ela com aquela expressão tão doce e dissesse que todas elas estavam esperando ter uma cunhada normal.

Não podia se permitir afundar ainda mais naquela areia movediça. Devia ter sido mais inteligente e ficado afastada.

Zach a trouxera até ali em um dos vários carros que parecia ter em sua garagem subterrânea, mas uma caminhada lhe faria bem. Ajudaria a clarear sua cabeça e a descobrir o que havia de errado com ela.

Mesmo assim, ela sabia que poderia caminhar o dia inteiro e a noite inteira durante um ano, e nunca seria capaz de apagar a imagem de Zach com o bebê nos braços.

Heather amava crianças. Amava tanto que, embora não quisesse que acontecesse da maneira tradicional, sempre planejara ter filhos. Não apenas porque não se arriscaria a confiar suficientemente em um homem para jurar-lhe passar o resto de sua vida com ele, mas também porque não podia arriscar o coração de seus filhos, assim como sua mãe fizera com o dela.

Mas, assim que vira Zach e o bebê, quando testemunhou aquela adoração completa, o amor puro e incondicional nos olhos dele... ela estupidamente *desejara* aquela família dos sonhos. Com ele.

Porque ela já se apaixo...

Não. Meu Deus, não.

Horrorizada pelo que quase admitiu para si mesma, ela ficou assustada ao sentir as mãos fortes de Zach ao redor da sua cintura, puxando-a para perto dele na calçada. Claro, seu corpo tinha que traí-la, aconchegando-se instintivamente no calor que ele emanava.

Ela sentiu a boca de Zach em seus cabelos, e depois o beijo que ele lhe deu no topo da cabeça antes de perguntar:

— O que houve?

— Não posso fazer isso. — Sabendo que tinha que ser forte, que deveria enfrentá-lo em vez de fugir, ela se obrigou a encará-lo e olhá-lo nos olhos. — Isso que estamos fazendo... — ela inspirou o ar, vacilando, para poder finalmente dizer: — ... está errado.

Ela desejava nunca ter colocado os olhos no homem que virara seu mundo completamente de cabeça para baixo. Mas aquilo também era uma mentira, porque ela não conseguia imaginar sua vida sem essas duas últimas semanas com Zach.

Mesmo assim, isso não mudava o fato de que precisava se afastar enquanto ainda tivesse a chance de fazer com que um pequeno pedaço do seu coração saísse a salvo dessa situação.

— Eu achei que seria capaz de levar isso adiante, mas, quando vi você com o bebê, e os cães, e a sua família... foi demais. Acabei me envolvendo demais. Eu não deveria estar aqui com todos vocês, hoje.

— Todos eles queriam que você estivesse lá, Heather. E eu precisava de você comigo. — Ele deslizou os polegares pelo rosto de Heather para enxugar-lhe as lágrimas. — Você vai ser uma linda mãe, Heather. Incrivelmente bela.

A reverência nas palavras de Zach fez com que as lágrimas de Heather rolassem mais rápido, tornando ainda mais urgente dizer:

— Desculpe. Não posso mais sair com você.

— Por quê? — ele exigiu saber, ferozmente.

Porque não posso continuar a fingir que não estou me apaixonando por você, cada vez mais, a cada suspiro, a cada carícia das suas mãos fortes, a cada palavra doce que sai dos seus lábios.

Em vez de dizer aquilo, ela se forçou a dar de ombros.

— Foi divertido, mas...

— Divertido? — Aquilo foi mais um rugido do que uma palavra. Qualquer resquício do homem que fazia provocações sensuais desapareceu completamente enquanto os dois se olhavam em uma calçada de São Francisco no início daquela manhã. — Nós dois sabemos que foi muito mais do que isso.

Ela não podia deixar que Zach dissesse qualquer outra coisa. Não quando ele era o homem mais encantador e carismático do planeta, a ponto de fazer seu pai parecer um completo amador quando comparado a ele.

E não quando um vislumbre de fantasia tinha acabado de surgir em sua mente, na qual Zach estaria segurando o bebê que *os dois* teriam algum dia.

Desesperada para tentar salvar o que restava do seu coração, louca para tentar salvar sua alma de ser totalmente destruída, ela disse:

— É por isso que devemos parar de nos encontrar. Antes que algum de nós acabe se envolvendo muito.

— É tarde demais. — Os olhos de Zach se iluminaram com a surpresa, e ele olhou para Heather com a mesma sensação de descrença e atordoamento que ela sentira momentos antes. — Eu acho que o que sinto por você já é amor!

Todo o corpo de Heather estremeceu com aquelas palavras, seu coração pareceu dar um salto.

Ela nunca vira Zach tão firme. Ou, talvez, fosse porque a cabeça dela estava girando tão rapidamente após ouvir aquela palavra de quatro letras que tinha certeza que Zach Sullivan nunca, nunca iria dizer.

A confissão lhe arrancou o fôlego. E ao mesmo tempo em que uma enorme alegria a dominava, Heather lutava contra o asco em relação a si mesma, por querer ouvi-lo dizer tudo outra vez, insistir que aquilo seria verdade, independentemente do que ela dissesse ou fizesse para tentar afastá-lo.

— Nós concordamos... — disse Heather, com a voz quase num sussurro, sentindo um nó na garganta e com as palavras soando roucas — ... que seria só sexo. Nada de emoções. Não nos apaixonaríamos.

CAPÍTULO VINTE E SETE

Era loucura, mas, quanto mais horrorizada Heather ficava ao perceber que Zach estava apaixonado por ela, mais Zach percebia que seus sentimentos em relação a ela eram reais. Heather não o enganara. O amor que sentia por ela surgiu naturalmente, apesar de não fazer parte dos seus planos.

Ele sentiu o peito se apertar ao pensar em abandonar Heather e os filhos que não conseguia deixar de imaginar que teria com ela. Mas mesmo sabendo que deveria libertá-la para que procurasse um homem que iria realmente amá-la para sempre, Zach percebeu que continuava sendo o mesmo canalha que sempre fora.

E era por essa razão que mesmo a lembrança de como sua mãe ficara arrasada com a morte súbita do seu pai não puderam impedi-lo de dizer:

— Eu mudei de ideia.

Zach passou a mão pelos cabelos de Heather da mesma maneira que ocorria quando os dois estavam fazendo amor. Porque sempre fora assim, desde o começo.

Não somente sexo, mas *amor*.

— Você me fez mudar de ideia.

— Não! — ela protestou daquela maneira bela e teimosa. Ele não iria querê-la de qualquer outra maneira. Ela prosseguiu: — Você não pode mudar de ideia a respeito do amor quando nem mesmo acredita nele, lembra-se?

— Eu nunca disse que não acreditava no amor — ele esclareceu. — Só disse que não estava procurando por ele. Mas não sabia que você iria entrar na minha vida. Não tinha como saber. — Zach olhou naqueles olhos que eram tão lindos, igualmente iluminados pelo riso ou enevoados pela paixão. — Eu fui sincero quando disse que você era minha. Desde o primeiro momento em que coloquei os olhos em você, eu sabia. Você também sabia. O problema é essa sensação de estar quase subindo pelas paredes. Você sabia, na primeira vez em que nos vimos, na primeira vez em que nos tocamos, na primeira vez em que nos beijamos, que eu era seu.

Ela não tentou negar esse argumento dessa vez. Simplesmente disse:

— Eu não estava procurando por isso. Não quero isso.

Será que ela não percebia o quanto era forte? Forte o bastante para tomar decisões melhores que as da sua mãe? Pela milionésima vez, Zach sentiu vontade de estraçalhar o pai de Heather por ter magoado tão profundamente sua bela filha. Ela já fora inocente, pura como Emma... até o pai destruir sua fé.

— Eu amo você, Heather.

O amor por ela estava ali, dentro de Zach, o tempo todo. Ver Heather cercada pelos membros da família Sullivan, e depois com Emma nos braços, e sabendo que ela se encaixaria perfeitamente com todas as outras pessoas que ele amava, fazia com que seus sentimentos em relação a ela fossem cada vez mais difíceis de negar.

O belo rosto de Heather estava tão cheio de emoções quando ela o olhou nos olhos que Zach sentiu um nó na garganta simplesmente ao retribuir o olhar.

— Como você sempre consegue fazer isso comigo? — ela sussurrou.

A esperança se acendeu dentro de Zach, lutando contra a noção sombria de que fazê-la confessar a reciprocidade daquele amor não era justo. Não quando ele logo viria a morrer, deixando-a para trás, assim como acontecera com seu pai.

Afastando as sombras para longe, como fizera mais de mil vezes antes, ele sussurrou de volta:

— O que é que eu faço, Heather?

Finalmente, ela estendeu uma das mãos na direção dele, colocando-a sobre o seu coração, como fizera durante a primeira noite que passaram juntos.

— Você me faz sentir as coisas com muita intensidade.

Ela não estava mais tentando fugir, e isso deveria ser suficiente. Mas não era. Zach queria ouvi-la dizer que o amava também.

— O que você sente?

— *Tudo.*

Nada poderia impedi-lo de beijá-la naquele momento, e, quando sua boca cobriu a de Heather, Zach percebeu que não precisava ouvi-la repetir aquelas palavras.

Porque o amor que ela sentia por ele estava bem ali, naquele beijo.

O trajeto de volta à casa de Zach passou como se fosse um borrão. O telefone de Heather insistia em tocar, lembrando-a de reuniões em que precisaria estar presente e deixando recados da sua assistente. Os irmãos de Zach mandavam mensagens e ligavam para saber os detalhes sórdidos sobre por que os dois saíram tão abruptamente da casa de Chase. Sem nem mesmo discutir a questão, tinha ficado claro que o trabalho, a família — todas as coisas comuns que preenchiam seus dias — teriam que esperar.

Somente os cães não poderiam ser ignorados. Não quando precisavam ser alimentados outra vez e levados ao parque para gastarem um pouco de energia. Durante todo o caminho, enquanto Heather dizia a Kate para cancelar toda a sua agenda pelo resto do dia, soltava a coleira de Atlas e observava Ternurinha pular em cima com todo o seu corpo, a única coisa em que Heather conseguia se concentrar era em que Zach não soltara sua mão nem por um segundo.

E no fato de que ele a amava.

Amor era uma palavra que não tinha qualquer significado para Heather desde os seus 17 anos. Ela tinha certeza de que aquele sentimento nunca poderia voltar a afetá-la, não depois de tantos anos ouvindo seu pai jogar aquela palavra por toda parte como se fosse confete.

Mas, quando Zach a dissera, ela tinha sentido a ressonância daquelas quatro letras tão profundamente em sua alma que o mundo inteiro parecera se inclinar em seu eixo.

Por muito tempo, ela tentara fingir que o amor não importava.

Importava, sim.

Tentara, por muito tempo, manter fria aquela parte de si. Intocável.

Mas Zach a tocara e a aquecera.

Tinha decidido viver sozinha.

Apenas para sentir-se perdida, se não fosse pela presença do homem cujos sorrisos, piadas e sussurros sensuais quando a tinha nos braços a encantasse tanto.

Quando voltaram para a casa e Atlas deitou-se sobre sua almofada, com Ternurinha estendida por cima dele como adorava fazer, Heather sentiu que, por dentro, seu corpo era um vulcão prestes a entrar em erupção.

Sua mão ainda estava envolvida pela dele quando os dois foram para o quarto. Zach fechou a porta com um estalido suave que soou como se uma bala fosse disparada dentro da sua cabeça.

Sentindo as pernas bambearem, ela teve que estender as mãos na direção de Zach, colocar os braços ao redor da cintura dele, sabendo que ele seria forte. Sólido.

Ela nunca se permitira apoiar o corpo em qualquer outra pessoa antes.

Zach lhe acariciou o rosto, com os polegares tocando os lábios antes que os dedos mergulhassem em seus cabelos, no lugar que parecia ter sido feito para receber suas carícias sempre que ele a tocava ali.

— Nunca fiz amor com ninguém antes — sussurrou ela, emocionada com a força do que estava sentindo, com o quanto suas emoções eram fortes.

Ele se aproximou e sua boca ficou a poucos centímetros da de Heather. Mas, em vez de beijá-la, ele sussurrou sobre seus lábios:

— Sim, você já fez. Toda vez que nos tocamos, você me deixou amá-la. — A voz dele estava ainda mais grave do que o normal, e carregada pela emoção. — E você retribuiu todo o meu amor.

Aquela resposta foi totalmente inesperada.

E, mesmo assim, totalmente verdadeira.

O fato de não querer se permitir amá-lo não significava que Heather tinha alcançado seu objetivo. Desde a primeira vez em que seus dedos se tocaram no parque, passando pelo beijo que ela lhe dera no rosto, até a paixão explodindo no beco ao lado do estádio de beisebol... não importava o que dissesse a si mesma, não importava o quanto tentasse fingir que nada daquilo realmente importava, cada segundo ao lado de Zach afetava profundamente as muralhas erguidas ao redor do seu coração.

Até que elas desabaram por completo.

— Me ame outra vez, Zach.

A boca de Zach cobriu a sua um segundo depois, com um beijo tão forte, carinhoso e pecaminoso que fez os dedos dos pés de Heather se curvarem dentro dos tênis que ela calçava. Ele amou a boca de Heather do mesmo jeito que amava cada centímetro da sua pele — com uma possessividade completa, prazer desenfreado e pura satisfação masculina.

A língua de Zach se esfregou contra a dela antes de voltar a se retrair para deslizar em uma trilha sensual sobre seus lábios, de um canto ao outro.

— Tão doce.

Ele mordiscou a carne do lábio inferior de Heather.

— Tão suave. — Sua língua tocou por cima das mordidinhas, acalmando-a ao mesmo tempo em que a deixava ainda mais excitada.

E, em seguida, ela estava em seus braços e Zach a estava levando para a cama, pressionando-lhe as costas contra o edredom conforme apoiava seu corpo sobre o dela. Os dois ainda estavam completamente vestidos, mas isso não a impediu de enlaçar suas pernas ao redor de Zach e trazê-lo ainda mais perto de si.

Ele a beijou mais profundamente com um grunhido possessivo que fez com que cada nervo do corpo de Heather se atiçasse ainda mais. Não havia espaço em meio ao beijo para pensar, para preocupações... apenas para a doce sensação de sentir-se abrindo por inteiro, por dentro e por fora.

Para Zach.

Ele ergueu a cabeça de Heather para olhar em seus olhos.

— *Minha.* — A palavra soou áspera, entrecortada em seus lábios. O fogo queimava em seu olhar, mais quente e mais intenso do que qualquer encanto que já demonstrara antes. — *Você é minha.*

Antes que ela pudesse dizer que sim, que pertencia a ele, e que sempre pertencera, a boca de Zach já estava lhe arrancando o fôlego outra vez e suas mãos estavam puxando as roupas, abrindo os zíperes onde podia, ou rasgando o tecido quando não conseguia despi-la com facilidade.

Heather adorava todas aquelas exigências mais fortes, as mesmas que ela exigia dele quando tirava os sapatos e abria a camisa de Zach com força, empurrando as calças na direção dos pés.

Ela nunca se sentira tão selvagem, tão livre antes.

Apenas quando estava com Zach.

Teve que deslizar suas mãos por aqueles músculos rígidos, seu peito e seus braços, suas costas e seus ombros, para ter certeza de que não era um sonho. As mãos de Zach eram tão gananciosas quanto as de Heather enquanto apalpavam cada centímetro da sua pele, com a boca seguindo os dedos, desde os calcanhares, subindo-lhe pelas pernas até o ponto na parte de trás da articulação do joelho que a fazia estremecer e gemer, de tão sensível, antes mesmo que ele se aproximasse mais da carne entre suas coxas.

As emoções se chocavam umas contra as outras conforme a língua de Zach deslizava por ela, penetrando-a em seguida, até que a combinação de coração e corpo, mente e alma, fez com que ela implorasse a Zach para parar em um momento, e a pedir mais a ele no momento seguinte.

Ela estava perdida — e, em seguida, milagrosamente conseguia se encontrar — quando ele retirou a boca e as mãos dela para substituí-las com um calor tão rígido que arrancou quase todo o fôlego que lhe restava.

Heather ficou maravilhada com a beleza da conexão que tinha com Zach, a maneira como seu corpo sempre reconhecia o dele como sua outra metade, toda vez que chegavam juntos ao orgasmo, mesmo quando sua cabeça e seu coração queriam tão desesperadamente permanecer na incerteza.

A boca de Zach cobriu a de Heather outra vez conforme eles se moviam juntos, seus corpos indo e voltando em um ritmo perfeito de força. E de entrega.

Amar.

—~—

O cabelo de Heather se abriu por sobre os dois quando ela subiu outra vez por cima de Zach. Mesmo que estivesse fixado na necessidade de possuí-la, Zach podia sentir que Heather tinha a mesma necessidade de possuí-lo, de reclamar o coração que ele lhe dera. Conforme se moviam juntos de modo que ele estava deitado de costas na cama e ela sentada sobre os calcanhares para receber — e se entregar — de maneira tão doce, tão linda, ele mal conseguia fazer qualquer coisa a não ser olhar, encantado, para a mulher que abalava seu mundo tão completamente.

As mãos de Heather estavam apoiadas sobre seu peito, e ela arqueava a cabeça para trás quando cavalgava nele. Zach moveu as pernas para que ela pudesse apoiar as costas em suas coxas e aproveitar o momento mais profundamente, para voar mais alto. Seus gemidos de prazer com aquela mudança, e depois ao sentir as mãos de Zach sobre seus seios, sua barriga, entre suas coxas, quase chegava a ser mais do que ela poderia aguentar, conforme seu corpo se retesava ao redor de Zach.

— *Heather.*

Ao som do seu nome, ela abriu os olhos para observá-lo.

— Preciso ouvir você dizer...

Os olhos dela se escureceram com a paixão. E, com toda aquela emoção, ela finalmente se soltou.

— Eu te amo, Zach.

Novamente, aquelas eram as palavras mais bonitas que ele já ouvira.

— De novo — ele exigiu, enquanto lhe apertava os quadris com mais força e a penetrava mais profundamente.

— Eu te amo.

— Me dê mais. — Ele nunca se cansaria de ouvi-la dizer aquelas palavras, de se unir a ela daquela maneira até que os dois se tornassem um só.

— Eu te amo. — Ela se inclinou para beijar a boca de Zach. — Eu te amo — precedeu outro beijo em seu ombro. — Eu te amo — tocou seu peito juntamente com os lábios dela.

Em todos os lugares que podia alcançar, ela sussurrou seu amor por ele, e depois confirmou a declaração com um beijo. Durante todo esse tempo os dois corpos estavam unidos, movendo-se juntos.

— Não pare de me amar — ele implorou, embora não fosse justo pedir que fizesse isso. — Não importa o que aconteça, prometa que você nunca vai parar de me amar.

O sorriso de Heather vacilou ao ouvir aquele pedido, quando ela baixou o corpo de modo que seus seios estivessem pressionando o peito de Zach e sua boca estivesse quase sobre a dele.

— Como eu posso parar de amá-lo — ela disse, com a voz tão suave que ele mal podia ouvir suas palavras em meio ao sangue que circulava em suas orelhas — quando nunca fui capaz de fazer nada em relação ao que você me faz sentir? Vou amá-lo para sempre, Zach.

Ele conseguia ouvir a entrega, mas também a alegria, naquela admissão, conforme a paixão dos dois começou a acelerar de forma sensual. Sabendo o quanto as palavras custavam a Heather, ele queria lhe dar mais do que somente outro clímax, mais do que apenas o prazer que ele sabia que Heather encontrara em seus braços quando se deitava, lânguida e prostrada sobre ele enquanto os dois se esforçavam para recuperar o fôlego.

Ele queria dar a ela o mesmo presente que ela acabara de lhe dar. Queria dar a ela a promessa de um amor que duraria *eternamente*.

Mas não podia fazer aquilo.

Tudo que podia dar a Heather era o que sentia ali, naquele momento. Agora.

— Eu te amo — ele sussurrou em seu ouvido.

E, desta vez, ela sussurrou a mesma frase de volta, imediatamente.

CAPÍTULO VINTE E OITO

Heather nunca conseguira dormir durante o dia, nem mesmo na época da faculdade depois de passar a noite inteira acordada para terminar um trabalho. Mas, deitada sobre o peito nu de Zach, com a luz do sol do início da tarde brilhando por sobre a cama, ela estava tão exausta fisicamente que sabia que poderia fechar os olhos e mantê-los assim até a manhã seguinte.

Claro, isso não iria acontecer de jeito nenhum, com os cães arranhando a porta do quarto.

Soltando um resmungo, Zach lhe deu um beijo na testa.

— Vá tomar um banho. Deixe que eu cuido daquelas bolas de pelo.

Agora que estava acordada e seu apetite sexual, temporariamente saciado, suas preocupações com a reação de Zach ao aniversário da morte do pai dele voltaram a surgir.

— Posso lhe perguntar uma coisa?

Ele segurou suas mãos e trouxe-as até a boca para beijá-las.

— Sim — respondeu ele. — Estarei pronto para mais uma rodada daqui a pouco.

Seria muito fácil usar a atração incrível que havia entre eles para passar por cima dos assuntos difíceis, mas ela não queria isso. E tinha quase certeza de que ele também não iria querer.

Assim, embora não conseguisse evitar um sorriso ao ouvir aquela provocação, ela ainda disse:

— Hoje é um dia difícil para você, não é? Apesar do bebê — ela esclareceu. — E de nós. Por causa do seu pai.

As mãos dele apertaram as dela por alguns instantes, antes que ele respondesse:

— É uma boa coisa que de agora em diante a gente tenha algo para celebrar neste dia, em vez de todo ano ficarmos desolados...

Os cães estavam praticamente se atirando contra a porta do quarto, e, quando ele lhe deu mais um beijo nas mãos, saindo em seguida do quarto para levar os bichos para fora, ela não conseguiu impedi-lo.

Desejando que o amor pudesse vir com instruções, ela foi até o chuveiro e entrou sob o jato quente de água. Se, ao menos, ela soubesse o que devia fazer para curar as feridas que o pai de Zach lhe deixara, assim como ele a ajudara a curar as dela...

Ela suspirou ao encarar a verdade. Sim, ela tinha sido corajosa e abrira seu coração para Zach. Mas o simples fato de dizer "Eu te amo" a um homem, pela primeira vez em sua vida, não significava que não havia mais nada a dizer.

E como poderia esperar que Zach pudesse se abrir completamente com ela, quando ela mesma não se abrira completamente com ele?

Ela lhe contara uma mentira descarada.

Zach a encontrou apoiando a testa contra a parede quando se juntou a ela debaixo do chuveiro. Ele a enlaçou com um braço ao redor da cintura.

— Já está arrependida de tudo? — ele provocou, falando com os lábios próximos à sua nuca, mas Heather conseguiu ouvir o tom genuíno de preocupação por baixo daquelas palavras.

Ela se virou em seus braços para poder encostar o rosto contra o peito de Zach e ouvir seu coração batendo com força, firmemente.

— Eu já lhe disse que adoro o seu jeito de me fazer rir?

Talvez fosse porque ela sabia que podia lhe contar qualquer coisa, porque sabia que ele não a deixaria levar nada a sério demasiadamente, e sempre encontraria uma maneira de mostrar a ela o lado alegre da vida.

— Quer dizer, assim?

Ele lhe fez cócegas na altura da barriga até que ela estivesse rindo e a água molhava a ambos, deixando tudo úmido e liso demais para que ela conseguisse escapar dos dedos de Zach.

E quando o riso inevitavelmente se transformou em paixão e ele pressionou as costas de Heather contra a parede, ela agradeceu silenciosamente pela oportunidade de clarear a mente de tudo que não fosse a doce dor de recebê-lo dentro de si mais uma vez, deixando-o preencher todos os seus espaços vazios com o seu calor e seus beijos.

E o seu amor.

O fato de a Sullivan Autos ser uma empresa bem estruturada fazia bem a Zach, pois, se tivesse que decidir entre estar debaixo do motor de um carro ou passar seu tempo junto com Heather — estando os dois nus ou não — ele deixaria definitivamente de ir à empresa no futuro, sem pestanejar. Zach estava no quarto vestindo uma camiseta quando ouviu Heather conversando com Ternurinha.

— Ah-ah, você encontrou outro sapato saboroso?

Ele chegou na sala no exato momento em que Heather pegou um pedaço de couro marrom cheio de saliva do chão.

Ela abriu um sorriso torto, mas meigo.

— Acho que fomos um pouco negligentes com o treinamento nos últimos dias.

— Deixe que eu cuido disso — disse Zach ao pegar um pequeno brinquedo mastigável do chão e estendê-lo para a cadelinha, que imediatamente fincou seus pequenos dentes nele. Ternurinha o balançou com a cabeça, com o pelo ao redor do focinho esvoaçando com os movimentos, e Zach lhe disse que ela era uma boa menina.

Heather se apoiou sobre o balcão.

— Eu costumava ficar muito incomodada quando percebia o talento que você tinha para lidar com ela. O fato de que ela aceitava com tanta facilidade que você era o chefe.

Zach sorriu.

— Eu gostava de irritar você.

Ela riu.

— Gostava? Quer dizer que não gosta mais? — O riso de Heather se desfez quando ela perguntou: — Você não vai devolvê-la, não é?

Ele deu o outro lado do brinquedo mastigável para Atlas para que o dogue alemão pudesse tomar seu lugar.

— Ela não é minha.

Heather fez uma careta.

— Eu sei que sua sobrinha provavelmente vai ficar decepcionada, mas ela só ficou com Ternurinha por dois dias. É incrível o jeito que vocês dois conseguiram criar um elo afetivo. — Ela o fuzilou com um olhar sério. — Ternurinha pertence a você, Zach.

Enquanto lavava as mãos na pia da cozinha, Zach refletia sobre o fato de que, há duas semanas, era um solteirão que não precisava se preocupar com nada além do lugar onde iria tomar sua próxima cerveja.

— Duas semanas. Eu iria cuidar dela, alimentá-la, levá-la para passear e depois devolvê-la. — Ele imaginou que deveria se sentir um pouco mais amargurado com isso, e forçou-se a dizer: — Não era assim que as coisas deveriam ter acontecido.

— As coisas nem sempre acontecem como deveriam.

Ele sabia disso por experiência própria. A morte do seu pai, tão precoce, não deveria ter manchado a história da sua família. Mas, mesmo assim, acontecera.

Heather estava com uma expressão muito séria. A mesma que ele tinha visto no chuveiro, quando pensara que ela estava se arrependendo de amá-lo.

— Tem algo que eu preciso lhe dizer — disse ela, em voz baixa.

Zach sentiu seu estômago se retorcer. Ela não iria embora... ou iria? Não tinha decidido que tudo não passava de um grande erro, não é?

Mas, quando ela estendeu a mão para ele, Zach agradeceu silenciosamente. Se Heather estivesse planejando lhe dizer que tinha mudado de ideia em relação ao que sentia, não se aproximaria.

Ele a puxou para mais perto antes de passar as mãos por seus cabelos e encostar a testa contra a dela.

— Você pode me contar qualquer coisa.

— Eu menti para você — sussurrou ela, antes de erguer os olhos. — Minhas cicatrizes não são o resultado de um acidente. Eu mesma as fiz. Com lâminas de barbear.

Ao pensar que algo poderia ferir Heather, Zach sentiu uma dor lhe rasgando o peito. Mas saber que ela mesma tinha feito aquilo consigo...

— Por que você se machucou desse jeito?

— Depois que descobri o que meu pai fazia, eu ainda conseguia tirar notas boas na escola e fingia que estava tudo bem quando falava com minha mãe. Mas toda vez que ele voltava para casa após uma viagem, eu me trancava no meu quarto. E era como se estivesse tentando fazer com que a dor saísse de mim através dos cortes. Como se estivesse tentando ter o controle sobre alguma coisa. E tentando encontrar uma maneira de me distrair de toda aquela raiva.

Zach precisou pegar nas mãos de Heather, beijar a pele suave dos seus pulsos, ao longo dos tendões e músculos dos seus antebraços. Já tinha ouvido falar de crianças que se cortavam, mas nunca chegara a conhecer uma pessoa que realmente tivesse feito isso.

Pelo menos, pensava que não conhecia.

— Você não tem nenhuma cicatriz recente, não é?

— Não — disse ela, negando com um movimento de cabeça, quase

sorrindo enquanto falava. — Tenho certeza de que você já teria descoberto qualquer outra cicatriz, se eu tivesse. Quando eu estava na escola havia uma conselheira que percebeu que alguma coisa estava errada comigo. Todos os alunos tiveram que fazer um daqueles testes vocacionais, e ela sugeriu que eu deveria tentar trabalhar com animais. Assim, em vez de voltar para casa para me cortar naquele dia, quando meu pai estava retornando de uma viagem, eu fui até o abrigo para animais da cidade.

— É por isso que você gosta tanto de trabalhar por eles — disse Zach em voz baixa, ao perceber as dificuldades que Heather tivera que superar em sua vida. E a coragem que ela tinha, para poder emergir com tanta força depois de tudo aquilo. Mais corajosa do que o próprio Zach já fora. — Os cães e gatos no abrigo ajudaram você, assim como você sempre os ajudou, não é?

Finalmente, uma lágrima rolou.

— Nunca confiei em ninguém a ponto de contar a verdade sobre as minhas cicatrizes. Nunca pensei que conseguiria. — Sua boca se contorcia nos cantos e ela tentou sorrir. Mas não conseguiu. — Até que eu o conheci. — Ela balançou a cabeça, com uma risada estrangulada. — Ainda não acredito que consegui me soltar com você.

— Obrigado por me contar. Por confiar em mim.

— Não sei por que ainda estou chorando — ela disse, conforme as lágrimas caíam, uma após a outra. — Especialmente porque contar o segredo me faz me sentir muito melhor, muito mais leve do que estive durante todos esses anos.

Ele desejou ser capaz de contar a verdade sobre seus próprios demônios, desejou ter metade da coragem de Heather. Mas, após 23 anos guardando aquela escuridão dentro de si, ele simplesmente não percebia como o ato de compartilhar seus medos serviria para qualquer coisa além de irritá-la. Ele também sabia que não havia nada que pudesse dizer para remover aquelas cicatrizes, ou para mudar o homem que o pai de Heather era.

Felizmente, Zach podia contar com dois reforços que estavam naturalmente equipados para reconfortar a mulher que ele amava.

— Ternurinha, Atlas, aqui!

Um quilo e meio de pelos, ossos e dentes saltaram em seus braços. Ele entregou a cadelinha para Heather enquanto Atlas apoiou a enorme cabeça sobre as coxas de sua dona. Zach colocou os braços ao redor dela e dos dois cães para que suas lágrimas caíssem por cima de todos.

E, no papel da família em que tinham se transformado tão rapidamente, os três acalentaram as lágrimas de Heather com os beijos molhados que somente dois cães — e um homem que fora chamado de cachorro tantas e tantas vezes — poderiam lhe dar.

CAPÍTULO VINTE E NOVE

Heather nunca esteve tão ocupada com cães, com seu serviço... e com Zach. Não conseguia nem mesmo dormir um número adequado de horas por noite — não com um homem tão pecaminosamente bonito em sua cama, ou quando estava na cama dele. Mas o repouso que conseguia obter quando o corpo de Zach a envolvia, ou quando usava os músculos sólidos do parceiro como travesseiro, eram melhores do que uma noite inteira de sono sozinha.

E ele a surpreendia a cada dia. Não somente com risos. Mas com mais amor do que ela jamais poderia imaginar que teria.

Na noite de quarta-feira Zach a levou, junto com os cães, para um show de música ao ar livre no parque. Os membros da banda eram seus amigos e ele conseguiu ingressos de cortesia em lugares ótimos. Juntos, os dois riram ao perceber que os rabos dos cachorros balançavam no ritmo da música. E quando o sol se pôs, ele a colocou entre suas pernas e a manteve mais aquecida do que qualquer cobertor poderia fazê-lo.

Na quinta-feira, os dois estavam no veleiro de Smith, com os cães usando coletes salva-vidas especialmente feitos para eles. Ternurinha estava sob um dos braços de Zach e a outra mão dele segurava a de Heather com força, enquanto Atlas permanecia deitado aos seus pés. Ela nunca percebera antes o quanto a ponte Golden Gate era bonita ao pôr do sol... ou como era bom poder compartilhar aquela beleza com alguém que ela amava.

Na sexta, quando pensou que estaria pronta para o que Zach planejara, ele a surpreendeu completamente ao sugerir que ficassem em casa no sofá e assistissem a alguns filmes juntos. Ele a fez assistir *Momentos Decisivos* e, embora Heather pudesse jurar que nada faria com que ela se interessasse por basquete, teve que admitir que se emocionara ao final do filme. Em retribuição, ela escolheu *A Noviça Rebelde* para assistir em seguida, e, embora Zach não admitisse o quanto gostava do filme, ela percebeu que ele cantarolava uma das músicas-tema, *My Favourite Things*, enquanto escovava os dentes.

Heather teve que dar crédito aos esforços de Zach. Ele era incrivelmente bom em tudo o que fazia, desde amá-la incondicionalmente até fazer com que conversasse um pouco mais a cada dia sobre os sentimentos que tinha por seus pais. Sentindo-se segura nos braços dele, começou a perceber que, mesmo que estivesse ligada ao seu pai e sua mãe por laços de sangue, tinha conseguido construir uma família verdadeira para si mesma ao manter boas relações com amigos, colegas de trabalho e os animais de que tinha cuidado durante os anos.

Uma parte dela ainda não conseguia aceitar totalmente o fato de que Zach era a pessoa que a ajudara a ver as coisas mais claramente. Era muito diferente da primeira impressão que lhe causara, de um homem egoísta e vaidoso.

Era encantador?

Com certeza, Zach era encantador. Com carisma de sobra, o bastante para que os olhos de Heather quase doessem em todas as ocasiões em que os revirava por causa de Zach, e com as reações das mulheres que constantemente o observavam com desejo.

Mas era um mentiroso, um traidor?

Não, não era.

Pelo contrário. Era uma das pessoas mais honestas que ela já conhecera. Tudo ficava às claras com Zach. Ele não fazia joguinhos, não fazia com que as outras pessoas tivessem que adivinhar seus motivos. Simplesmente dizia as coisas do jeito que eram.

Mesmo assim, ela ainda estava nervosa quando chegou a manhã de sábado. Não somente porque ele participaria de outra corrida, desta vez no autódromo que ficava na região dos vinhedos, próximo à vinícola de Marcus, mas também porque essa era a primeira vez que Heather iria passar o dia inteiro na companhia da família Sullivan.

No início, ela insistira com Lori e Sophie que não iria namorar Zach. Não conseguira levar aquilo adiante. Usara a justificativa da *amizade colorida*, e depois jogara tudo por terra ao sair correndo da casa de Chase e Chloe, gritando com Zach na calçada e dizendo que ele não poderia amá-la porque os dois tinham feito um *acordo*.

Ai.

— Parece que você precisa de um pouco de ajuda para relaxar.

Eles estavam andando lado a lado no autódromo, de mãos dadas, e Zach deu um sorriso malicioso, indicando que tinha planos quentes para mais tarde.

Planos *muito* quentes.

— Estou bem — ela lhe disse na mesma voz firme e autoritária que usava com cães particularmente desordeiros, quando precisavam saber que ela não estava a fim de brincadeiras.

Claro, a verdade era que Heather *sempre* estava a fim de brincar com Zach.

E, infelizmente, ele sabia muito bem disso.

Mesmo com todas aquelas provocações, ela achou que ele parecia um pouco tenso. Como se não quisesse realmente participar daquela corrida.

Talvez, ela se pegou pensando, não fosse tão ruim encontrar um lugar escondido atrás das arquibancadas onde pudessem relaxar a sós. Felizmente, antes que ela pudesse ceder à insanidade que as mãos e a boca de Zach sempre inspiravam, Lori, nas arquibancadas, chamou-lhes a atenção.

— Salvos pela pirralha — ele murmurou enquanto ela foi rapidamente na direção do seu irmão bombeiro, que lhe dera a incumbência de cuidar de Ternurinha. — Gabe, Megan, Summer, esta é Heather.

Ela sorriu ao casal e à bela garotinha que se encontrava entre os dois, mas antes que pudesse dizer olá ou perguntar sobre a viagem à Europa, Zach disse:

— Não vou lhe devolver Ternurinha.

O olhar de Heather se concentrou no rosto da garotinha, preocupada com a reação dela à notícia. Mas, em vez de ficar irritada, Summer abriu um sorriso maroto para Zach.

— Eu sabia que você iria gostar dela! — gritou a menina, jogando os braços ao redor da cintura de Zach. — Quando a vimos com todos os outros filhotes, eu soube imediatamente que ela era exatamente o que você precisava para sorrir mais e ser mais feliz.

A expressão de Zach estava séria quando ele olhou por cima da cabeça loira de Summer e enxergou o sorriso torto do irmão.

— Vocês me enganaram.

— Sim. E foi como tirar o doce de um bebê.

Esse era o tipo de família à qual Heather sempre desejara pertencer. Uma família onde até mesmo as peças que uns pregavam nos outros vinham do coração.

Mesmo assim, a imagem que Heather tinha de uma família perfeita não incluía um astro dos filmes. Sua amiga Brenda iria morrer de inveja. Porque Smith era exatamente como ela o vira na semana anterior, no cinema. Só que melhor.

Zach passou um braço ao redor da cintura de Heather e puxou-a contra si, com força. Com tanta força que Heather quase perdeu o fôlego.

— Smith, esta é Heather.

Smith Sullivan deu um sorriso que, com certeza, já havia derretido um milhão de calcinhas. Mesmo assim, a peça que ela usava permaneceu intacta. Não por muito tempo, claro, mas não por causa de Smith. Ela iria derreter logo, a menos que Zach parasse de esfregar a ponta dos dedos contra a parte de baixo dos seus seios.

Ela tentou se afastar um pouco dos braços de Zach, mas ele simplesmente a segurou com mais força. Ele sempre tinha se mostrado possessivo, mas nesse dia estava exacerbando.

Quando a mão de Smith se curvou ao redor da de Heather e ele a cumprimentou com um "olá" em voz baixa, ela sentiu Zach enrijecer ao seu lado.

Espere um pouco. Será que Zach realmente pensava que seu irmão, o astro do cinema, estava interessado nela?

Ryan apareceu ao lado de Smith e sorriu.

— É ótimo vê-la outra vez, Heather.

Assim como Zach, Ryan era a imagem do encanto em forma de homem bonito. Mas era aí que as similaridades terminavam. Enquanto Zach se esbaldava com pequenas ironias e sarcasmo, Ryan tinha um estilo muito mais tranquilo. Ela percebia por que as mulheres se deixavam encantar por ele, além de ficarem impressionadas com suas habilidades de jogador de beisebol.

Smith indicou a pista com um movimento de cabeça.

— Parece que está tudo pronto para você lá embaixo, Z.

Ryan sorriu.

— Não se preocupe, nós cuidaremos bem de Heather.

O queixo de Zach se retesou.

— Não fiquem flertando com ela.

Será que os três tinham se esquecido de que ela ainda estava ali? Heather estava prestes a lembrá-los, mas Zach foi mais rápido, colocando as mãos em seus cabelos e a boca sobre a sua, em um beijo que parecia lhe arrancar todo o ar dos pulmões.

E, quando ele foi embora, deixou-a ofegante, em busca de ar, entre meia dúzia de Sullivan, todos sorrindo para ela.

— Venha, sente-se ao meu lado — chamou Smith, conduzindo-a até um dos assentos almofadados nas arquibancadas. Ryan sentou-se do outro lado de Heather. Ela mal conseguiu se ajeitar e os dois irmãos famosos e solteiros de Zach começaram a flertar.

Intensamente.

Os fotógrafos estavam em polvorosa, tentando retratar os pilotos que vieram dar apoio ao banco de alimentos de São Francisco. Zach achou que só teria que suportar os flashes das câmeras até que os fotógrafos descobrissem que Smith estava nas arquibancadas.

Barry Jones soltou uma piada sobre encostar o carro na traseira na curva 2, mas Zach não conseguiu retrucar. Não quando estava ocupado demais olhando para o público para ter certeza de que seus irmãos não tentariam nada com Heather.

Confiava nela, é claro. Mas iria matar Smith e Ryan se visse uma foto sequer onde algum deles estivesse com as mãos em cima de Heather.

Zach enfiou o capacete com força na cabeça e abriu caminho por entre os outros pilotos para chegar até o seu carro. Trabalhara bastante com sua equipe para agora poder evitar recomendações antes da corrida. Não queria participar dessa maldita corrida, mas era um homem de palavra. E iria cumpri-la.

Foi dada a largada e ele guiou como se estivesse possuído. Não somente para vencer, mas porque queria acabar logo com aquilo e depois levar Heather de volta para a cama, onde poderiam ficar a sós. Onde nada importava além do riso de Heather e os sons de prazer que ela emitia.

O som de metal batendo contra metal veio primeiro, uma fração de segundo antes que se chocasse com seu corpo.

Merda, pensou ele quando o carro começou a girar. Ele sabia que sua sorte iria acabar algum dia, mas não achava que ia acontecer tão rápido. Ou que tudo acabaria assim. Sempre imaginara que teria um aneurisma como seu pai, sempre acreditara que cada dor de cabeça o deixava um passo mais próximo do inevitável.

O cérebro e o corpo de Zach entraram no modo automático que qualquer piloto com um pouco de experiência imediatamente assume durante uma colisão. Suas mãos giraram o volante. Seus pés alternaram pisadas na embreagem e no freio. Mas, conforme as cores ao seu redor giravam e sua mente e o corpo seguiam as instruções desesperadas que sua equipe gritava através do fone de ouvido do rádio, seu coração continuou com Heather.

Uma dúzia de vislumbres rápidos de beleza e prazer preencheram seu peito, tentando abrir caminho, chegando bem mais fundo, tocando-lhe a alma.

Heather com arranhões nos joelhos, a camiseta rasgada, o rosto sujo de terra enquanto segurava Ternurinha nos braços e o olhava com um ar de irritação.

A sensação das curvas suaves do corpo de Heather por baixo dele enquanto Zach os tirava do caminho do skatista descontrolado. Depois, os dedos dela entrelaçados nos seus enquanto olhavam juntos para o céu azul.

A boca quente de Heather contra a sua no estádio de beisebol, onde ele lhe roubara o primeiro beijo, o desespero que surgia entre eles e que ardia cada vez mais toda vez que se tocavam.

Correr atrás dela na calçada para dizer que a amava, e amá-la cada vez mais pela maneira que ela gritava com ele, por toda a sua insistência ao dizer que o amor entre os dois não era real.

E, mais tarde, o gosto daquelas lágrimas em seus lábios quando ela chorara em seus braços, tendo os cães junto deles, amparando-a.

As pessoas sempre diziam que nada podia afetar Zach e sua vida de sonhos, mas, quando o muro finalmente venceu a batalha que ele estava travando para controlar o carro e o calor das chamas que saíam do motor queimava através do metal e do couro, ele percebeu o que estava acontecendo.

Ele sempre soube.

Afinal, seu pai morrera ainda jovem, e todos sempre disseram que Zach era exatamente igual a Jack Sullivan.

A vida de Jack Sullivan era perfeita. Tinha uma bela esposa a quem amava e oito filhos lindos. Ele era a definição perfeita de um homem *encantado*.

Mas, mesmo assim, ele morrera.

E deixou todos para trás.

Heather abria caminho às cegas em meio às pessoas na arquibancada para chegar até Zach. Estava no portão de entrada para a pista quando os braços de Ryan surgiram ao seu redor.

— Você não pode ir até lá.

Ela lutou para se desvencilhar de Ryan com todas as forças, mas Smith também estava lá. E os músculos dos irmãos eram como barras de aço, fechados ao seu redor.

— Me soltem! — ela gritou para os dois superastros enquanto uma dúzia de fotógrafos girava de um lado para outro, tentando registrar o acidente e, ao mesmo tempo, a briga entre Heather, Smith e Ryan.

Mas os irmãos de Zach simplesmente a seguraram com mais força enquanto ela observava as chamas engolindo o carro de Zach.

Ele deveria ser indestrutível... e pertencer a ela para sempre.

Heather sabia que ele não era, que ninguém era à prova de balas. Mas tinha sido mais fácil enganar a si mesma e presumir uma falsa sensação de segurança do que ter que enfrentar a perda de controle que a dominara enquanto estava sentada nas arquibancadas, assistindo-o pilotar um carro a uma velocidade absurda.

Ela ainda conseguia sentir o toque dos lábios de Zach nos seus, o beijo com o qual ele se despedira. Heather tinha parado de rezar havia muito tempo, substituindo as orações por trabalho duro, concentração e realidade.

Mas, agora, seus lábios não paravam de se mover, não paravam de repetir:

— Por favor, por favor, Deus...

A fumaça dos extintores de incêndio ficou mais espessa e escura ao redor do carro conforme a equipe de emergência atacava as chamas. Suas lágrimas se misturavam com a fumaça e a poeira da pista conforme os outros carros paravam, um por um. Os outros pilotos desembarcaram para observar o salvamento, com o horror estampado em seus rostos conforme arrancavam os capacetes.

De repente, ela viu um par de botas. Pernas. E, em seguida, um homem se jogando no chão, rolando para longe das chamas.

O choque fez com que Smith e Ryan afrouxassem as mãos o suficiente para ela conseguir se desvencilhar e pular o portão. O barulho da multidão se misturou com as batidas do seu coração enquanto corria em direção a Zach. A equipe dele o tinha arrastado para fora do carro, e todos se afastavam conforme as chamas cresciam ainda mais.

A explosão fez o chão tremer, mas, mesmo que tivesse tropeçado, Heather conseguiu se levantar outra vez.

Zach, que estava de joelhos, também se levantou para tirar o capacete. Heather se chocou com ele no exato momento em que seus olhares se cruzaram, e pressionou a boca contra seu rosto, várias e várias vezes.

— Lori disse que você era indestrutível. Eu não acreditei nela. Agora, eu acredito. Graças a Deus, nada consegue atingi-lo.

Os olhos de Zach brilharam entre as sombras antes que ele a puxasse para si com tanta força que ela quase se machucou.

— Eu te amo tanto! — ela lhe disse em seu último momento a sós antes que os médicos da pista, os outros pilotos e o restante dos Sullivan chegassem. Heather não queria largar a mão de Zach, não queria perder aquela conexão. Mas sabia que ele seria todo seu mais tarde.

Acreditando que ele fora poupado do acidente e do fogo para que pudessem finalmente compartilhar do seu amor eterno, quando os dedos de Zach começaram a se afastar dos dela, Heather o deixou ir.

CAPÍTULO TRINTA

Depois que a equipe de emergência examinou Zach e ele convenceu seus irmãos e irmãs de que estava bem, Heather soube, sem que precisassem lhe dizer, que tudo que ele queria era sair daquele autódromo. Tinha achado que seria ela quem dirigiria o carro para casa, mas, quando ele foi na direção da porta do motorista, Heather percebeu que provavelmente seria melhor deixar que Zach voltasse a guiar um carro assim que fosse possível, em vez de postergar a situação.

Havia muitas coisas que ela queria lhe dizer, muitas coisas que queria lhe contar — o quanto o amava e sua insegurança em relação àquelas corridas, mas que tentaria aceitá-las no futuro se fossem realmente importantes para Zach — mas, assim que ela afivelou o cinto de segurança e eles tomaram o rumo da cidade, a mãe de Zach telefonou.

A preocupação de Mary Sullivan em relação ao acidente era palpável. Mesmo assim, Heather admirou a calma que existia nos alicerces do amor que ela sentia pelo filho. Se Zach pareceu um pouco lacônico nas respostas, ou mesmo um pouco irritado com a mãe que Heather sabia que ele amava, ela imaginou que aquilo provavelmente se devia a uma reação natural ao acidente. Havia muitas pessoas ao redor de Zach que queriam saber se ele estava bem. Ele devia estar exausto.

Mesmo não tendo sido ela quem estivera lutando com todas as forças para endireitar o carro e depois para escapar dos destroços, Heather ainda não conseguira se acalmar. Levaria algum tempo até conseguir parar de ver o homem que amava surgir por entre as chamas cada vez que fechava os olhos. E, até que esse dia chegasse, queria viver plenamente cada minuto ao lado dele. Não queria mais ter que manter uma parte do seu coração resguardada, esperando para poder entregá-lo.

Naquele dia ela aprendera o quanto a vida — e o amor — eram verdadeiramente preciosos.

Enquanto preparava o jantar na casa de Zach, a faca quase escorregou e cortou a ponta do dedo de Heather em vez de fatiar o pimentão, no momento em que outra imagem de Zach derrapando e saindo da pista lhe passou pela cabeça. Quando colocou a faca sobre o balcão, Zach surgiu do quarto. Seu cabelo estava úmido após o banho, e seu rosto perfeito estava arranhado do lado direito.

Graças a Deus, ele estava vivo.

Apesar do incômodo que insistia em assombrar Heather após a batida, ela não conseguiu evitar um sorriso. A verdade era que sempre sorria como uma boba quando ele estava por perto. A diferença foi que Zach não retribuiu o sorriso.

Foi a primeira vez que ele não sorriu de volta.

— Gabe está vindo para cá.

Ela ficou surpresa em ouvir que Zach estava disposto a receber a visita de um de seus irmãos, mesmo que ainda estivesse tão abalado.

— Ele vai trazer o resto das coisas de Ternurinha?

— Não — a palavra ecoou como um tiro disparado de seus lábios. — Ele vem para levá-la de volta.

Ternurinha, nesse momento, estava se esfregando contra as panturrilhas dele, tentando chamar sua a atenção. Mas ele não a tomou nos braços.

Ele estava ignorando completamente a cadelinha. Nem mesmo olhava para ela.

— Não entendo — disse Heather, sem conseguir acreditar que ele estava falando sério. — Hoje mesmo você disse a eles que iria ficar com Ternurinha.

Ele deu de ombros, com a impassividade de um homem que parecia não se importar com o que dissera a uma garota de 7 anos... ou com quaisquer outras promessas que tivesse feito a outras pessoas.

— Ela ficará melhor com eles. Essa cadela precisa de uma criança com quem possa brincar.

Essa cadela?

O jeito que ele falara tinha sido diferente das vezes em que chamara Ternurinha e Atlas de *vira-latas* ou *bolas de pelo*. Ele dizia aquilo de modo afetuoso, brincando. Mas, agora, seu tom de voz denotava simplesmente desprezo.

Os paramédicos disseram que ele não sofrera uma concussão. Será que estavam errados?

— Zach... — Ela começou a se aproximar, mas a expressão distante no rosto dele a fez parar. — Você está se sentindo bem?

— Estou ótimo.

Ele se sentou no sofá e pegou o controle remoto, ligando a TV. O som de outra corrida de carros imediatamente surgiu. A bile subiu pela garganta de Heather ao ver carros correndo em círculos pela pista.

Sentiu vontade de gritar com ele, de jogar alguma coisa naquela cabeça dura. Seus pés voltaram a se mover no piso da cozinha, e ela arrancou os controles da mesa de café para enfiar seu polegar no botão vermelho que desligaria a TV.

— Não posso assistir a isso agora! — A tela da TV voltou a ficar preta. — Como você é capaz? Não se lembra de que quase morreu por causa disso, hoje?

Antes que pudesse responder, Ternurinha se aproximou com um dos sapatos de couro de Zach. A cadelinha se deitou no chão em frente a ele e começou a roer o sapato, com os olhos grandes e castanhos apontados para Zach, como se estivesse esperando por um comando para fazer outra coisa.

— Não vai mandá-la parar?

Zach mal olhou para o filhotinho.

— Não. Summer vai descobrir um jeito de impedir que ela continue cometendo erros.

— Ela é só um filhote! Vai continuar cometendo erros. — Mas não era verdade que alguns erros são tão grandes que não podem ser revertidos? Como confiar em alguém para realmente saber como amar outra pessoa. — Ela confia em você, Zach. Gabe, Megan e Summer são somente estranhos. Você é a família dela.

E também era a família que Heather encontrara, ou pensava que tinha encontrado. Finalmente, ela tinha uma família que nunca pensara que pudesse ter. Um futuro preenchido com risos. E amor. Tanto amor que fazia sua cabeça girar.

Agora, entretanto, sua cabeça girava por razões que não tinham nada a ver com amor.

Por favor, pensou ela. As palavras giravam e giravam em sua cabeça assim como acontecera havia algumas horas. Porém, desta vez ela não estava implorando a Deus, estava implorando silenciosamente a um homem de carne e osso. *Por favor, não faça isso.*

O rosto de Zach parecia feito de granito.

— Ela ficará bem.

Todos os instintos de Heather lhe diziam para correr. Fugir. Sair dali e proteger o que restava do seu coração enquanto ainda podia. Mas havia algo que, obviamente, estava errado naquela situação.

Muito errado.

Zach não abriu um sorriso sequer, não lhe deu nenhum daqueles olhares maliciosos que ela sempre desejava lhe arrancar do rosto com um beijo.

E percebeu também, com um choque sombrio de dor na boca do estômago, que ele mal a tinha tocado desde que saíram do autódromo.

E ele *sempre* a tocava.

Heather forçou-se a se aproximar dele, em vez de se afastar.

— Tem alguma coisa que você não está me dizendo. Alguma coisa aconteceu durante a corrida.

— Estou vivo — foi a resposta seca que ele deu. — Tudo está ótimo.

Os olhos de Zach estavam frios, retraídos. Tudo que ela queria era tê-lo de volta, mas não assim.

Não quando ele, subitamente, parecia ser somente a sombra do homem que ela conhecera.

A dor em seu estômago ficou maior, mas a necessidade de ter o verdadeiro Zach Sullivan de volta — o *seu Zach* — era ainda mais forte. Forte o suficiente para que ela continuasse a se aproximar.

— Não consigo imaginar o que você deve ter sentido dentro daquele carro, tentando escapar enquanto ele queimava. Mas você conseguiu.

Sempre que ela tinha se sentido presa em meio à escuridão, Zach lutara por ela. Fizera com que risse, a abraçara quando ela chorava, a ensinara a confiar outra vez e a acreditar no amor quando imaginava que não era possível.

Agora, ela precisava lutar por ele.

— Fale comigo, Zach. Me diz o que está acontecendo. — As palavras *por favor* estavam em sua língua quando a campainha tocou.

Ela mal conseguiu aguentar observar quando Zach enfiou as coisas de Ternurinha em uma sacola de supermercado, pegou-a nos braços e empurrou tanto a sacola quando a cadelinha para os braços do irmão.

A pequena yorkshire choramingou enquanto olhava de Gabe para Zach.

— Tem certeza de que quer fazer isso? — perguntou Gabe ao irmão.

— Eu concordei em cuidar dela por duas semanas. O prazo acabou.

Os olhos de Gabe se moveram de Zach para Heather. Ela viu uma expressão de preocupação neles, e também de decepção.

A mesma decepção que a estrangulava, a tal ponto que Heather mal era capaz de respirar.

— Summer me disse que você precisava de um cão porque achou que você era muito sozinho. Ela ficou muito feliz quando você disse que iria ficar com Ternurinha. Achava que você queria a cadelinha.

Heather esperou que Zach suavizasse a expressão ao ouvir o nome da garotinha... ou, pelo menos, que ele reconhecesse que Ternurinha estava tentando sair dos braços do seu irmão e voltar para os dele.

— Não preciso de um cão.

Ele não disse mais nada, mas não precisava. Heather conseguiu ouvir que ele deixara implícito.

Não preciso de ninguém.

Ela queria poder estar em qualquer outro lugar, longe dos olhos de Gabe que testemunhavam toda a dor que ela sentia. Mas estava satisfeita por estar ali, satisfeita por ver em primeira mão o que Zach estava fazendo, porque seria a única maneira de forçar seu coração a encarar a realidade.

Ela não percebeu que Atlas tinha se levantado da soneca que tirava em sua almofada e se aproximado até que sentiu a enorme cabeça do cão esfregando sua mão. Ela colocou as mãos ao redor do pescoço do dogue alemão, deixando que o calor do corpo dele lhe desse a força de que ela precisava tão desesperadamente.

Será que não sabia que tudo acabaria, em algum momento? Por que era sempre assim que as coisas aconteciam?

Quisera muito acreditar que, com ela, seria diferente.

Tanto quanto queria acreditar em Zach.

Ele fechou a porta na cara do irmão, voltou para a sala, pegou o sapato que Ternurinha estava roendo e o jogou na lata de lixo com um baque surdo.

Durante todo esse tempo foi possível ouvir o choro da cadelinha, até seu irmão colocá-la no carro.

— Eu lhe contei tudo. — A voz de Heather tremia com a emoção que ela não conseguia conter. — Eu te amei o suficiente para lhe contar todos os meus segredos. Para confiá-los a você. — E, também, para confiar-lhe o seu coração. E era por isso que ela tinha que tentar mais uma vez para ver se ele poderia ser honesto em relação ao que o incomodava. — Eu sei que alguma coisa está errada. E tem a ver com o acidente de hoje. — Ela apertou os punhos ao lado do corpo para impedir que suas mãos o tocassem, porque, se ele a afastasse, Heather se despedaçaria em um milhão de estilhaços no piso da cozinha. — Não vai confiar em mim, também?

Zach ficou completamente imóvel e, por um momento, enquanto olhava aqueles olhos amargos, Heather pensou que ele estava prestes a dizer por que estava agindo de maneira tão estranha.

Mas, quando ele finalmente falou, foi apenas para dizer:

— Confie em mim, é melhor assim. Era apenas uma questão de tempo antes que alguma coisa acontecesse com ela na oficina. — Ele parou por um momento. — Ou antes que alguma coisa acontecesse comigo. Como hoje, no autódromo. Se eu não conseguisse sair do carro, eles a levariam de volta do mesmo jeito. Foi melhor que isso acontecesse agora, antes que ela ficasse mais apegada a mim.

Ela piscou, tentando compreender o que ele estava dizendo.

— Espere um momento! Você está tentando me convencer de que se livrou de Ternurinha para o próprio bem dela?

Quando Zach assentiu, ela balançou a cabeça negativamente, sem conseguir acreditar.

— Isso é loucura. Não consegue ver o quanto ela te ama? E que ela não quer ficar com mais ninguém, independentemente da possibilidade de que você sofra outro acidente com um carro de corrida, algum dia?

Mas, a cada palavra que dizia, Heather percebia que Zach se retraía mais e mais. A ponto de dar a impressão de que era quase como conversar com o muro de concreto contra o qual ele se chocara naquele dia.

Só que, desta vez, era o coração de Heather que se incendiava conforme ele se afastava completamente dela.

Heather pensara que tinha encontrado o único homem que poderia provar a ela que nem todos eram iguais. Mas ela nunca saberia se o encontrara ou não, não é? Porque ele se recusava a falar com ela.

Assim como o pai de Heather, Zach criava todas as regras e esperava que ela as seguisse.

E era por isso que ela estava tentando tanto resistir a ele, a contestar o amor que ele sentia... e o que ela mesma sentia.

Atlas se aproximou silenciosamente de Heather enquanto ela pegava sua bolsa e começava a guardar suas coisas. Ela foi até o quarto para buscar as mudas de roupa que começara a deixar na casa de Zach. A cama zombava dela, dizia aquilo que ela não queria acreditar que era verdade.

Foi apenas sexo.

Amizade colorida... exceto pelo fato de que, talvez, eles nem chegaram a ser amigos, se as coisas foram realmente assim.

Os olhos de Zach estavam cobertos por uma sombra enquanto ele a observava guardando suas coisas, com um músculo pulsando no pescoço, logo abaixo de um dos arranhões que ela estava tão tentada a tocar e a deslizar os dedos por cima. Apenas para ficar perto dele mais uma vez.

— Você está indo embora?

Antes, Zach nunca perguntaria a Heather se ela estava indo embora. Ele simplesmente não a deixaria partir, usaria quaisquer truques que pudesse tirar da manga para convencê-la de que seria melhor continuar com ele.

— Tenho muito trabalho atrasado no meu escritório.

O trabalho tinha se amontoado devido a todo o tempo que Heather passara com Zach. Até alguns dias atrás parecia valer a pena trocar a expansão da sua empresa pelo amor.

Valera a pena. Até que a *miragem do amor* desaparecera como uma nuvem de fumaça.

— Você está irritada comigo porque devolvi aquele maldito cão? — Finalmente, ela viu que a máscara que ele tentara usar estava se quebrando. Mas era tarde demais. Especialmente quando ele disse: — Ela nem mesmo era minha. Fui obrigado a ficar com aquilo.

Aquilo.

— Não, não estou irritada. — E Heather estava sendo totalmente honesta. Seu coração partido doía muito mais do que qualquer irritação. — Como você mesmo disse, ela vai ficar bem. — Heather se certificaria de que aquilo aconteceria. Iria enviar seu melhor treinador para trabalhar com Megan, Summer e Gabe para que Ternurinha pudesse esquecer que Zach Sullivan existia.

— Então por que você está indo embora?

Porque precisava salvar a si mesma enquanto ainda havia uma oportunidade, por menor que fosse, de que ela conseguiria se recuperar.

Porque, se ele fora capaz de devolver uma cadelinha que parecia adorar, como Heather imaginava, sem nem mesmo se abalar quando ela choramingava por ele, ela não sabia realmente quem ele era.

Porque não pensava que importava muito mais do que aquela cadelinha para o homem que estava à sua frente.

Porque, no fim, ela descobrira que o amor não era o suficiente. Assim como sempre soubera.

Entretanto, como não conseguia confiar nele o suficiente para dizer o que tinha na cabeça, tudo que surgiu foi uma única frase honesta.

— Estou feliz por você estar bem, Zach.

Tão feliz, na verdade, que sentia como se sua própria vida tivesse sido salva no autódromo, quando ele conseguira escapar do carro em chamas.

Estava a ponto de começar a chorar. Sabia que, a qualquer momento, desmoronaria.

Não podia desmoronar ali. Não na frente de Zach. Não podia baixar a guarda perto dele novamente, nunca mais.

Tantos anos atrás, quando descobrira o que seu pai fazia, tinha jurado que nunca teria esses sentimentos outra vez, nunca permitiria que alguém a fizesse sentir-se tão rejeitada, tão insignificante. Ela renovaria aquela promessa. Teria a certeza de que a seguiria ao pé da letra no futuro.

Precisava sair dali de cabeça erguida. Depois, quando estivesse muito, muito longe, ela lidaria com os estilhaços que havia por baixo da sua pele.

Quando Zach quase morrera, ela finalmente tinha admitido para si mesma o quanto o amava. Finalmente confessara, do fundo do coração, que o amava mais profundamente, mais sinceramente do que pensara poder amar um homem.

Apenas para que ele provasse que o seu ceticismo em relação ao amor fazia sentido. Ela o odiou por isso, mas odiou ainda mais a si mesma por se apaixonar por ele.

— Boa sorte com o resto da sua vida encantada.

CAPÍTULO TRINTA E UM

A vida de Zach se transformou em um terrível desastre.

Depois de colocar o fluido errado na transmissão do carro de um cliente e queimar todo o mecanismo, seus funcionários não o deixaram chegar perto de nenhum carro da oficina. Ele fez algo em seu computador que abriu as portas para um vírus, e sua assistente executiva lhe pediu educadamente, mas com firmeza, que ficasse longe do resto dos computadores no escritório enquanto ela fazia os reparos no disco rígido. Seu vocabulário encolhia até se tornar apenas um punhado de xingamentos quando os repórteres que estavam cobrindo o acidente no autódromo ligavam para perguntar o que ele pensava a respeito das fotos em que Ryan e Smith apareciam segurando Heather, impedindo-a de ir até a pista. Agora, a imprensa também o incomodava.

Além de tudo isso, Gabe contou para toda a família o que Zach tinha feito. Assim que Lori e Sophie descobriram que ele devolvera a cadelinha — junto com um relato claro da imagem de horror no rosto de Heather, que Gabe provavelmente contou com todos detalhes —, elas começaram a mandar mensagens constantemente, querendo saber qual era o problema com ele.

Lori chegou até mesmo a ameaçar agredi-lo se ele continuasse a tratar Heather daquela maneira. Em sua última mensagem, deixou claro que já tinha muitos irmãos, então seria uma decisão fácil ficar ao lado de Heather se Zach decidisse continuar com a tolice de se recusar a amá-la direito.

— *Todos nós sabemos o que você sente por ela* — foi o que disse sua mensagem mais recente. Alto o bastante para que sua voz ainda lhe ecoasse nos ouvidos. — *Heather e eu estávamos nos tornando amigas, mas agora ela não retorna minhas ligações. Você é um idiota.*

Ele sentiu a tentação de apagar todas as futuras mensagens dos irmãos sem nem mesmo escutá-las, mas não poderia. Não se estivessem ligando para lhe dar notícias de Heather.

Mas ninguém disse qualquer palavra a respeito dela. Nem mesmo Gabe, que, pelo que Zach imaginava, estava passando por sessões de treinamento com Ternurinha na Top Dog.

Aquela maldita cadela nem era minha, era o que ele insistia em dizer a si mesmo sem parar. *Eles não deviam ficar tão irritados por eu devolvê-la a Summer.*

O problema era que todas as velhas mentiras que ele sempre contava a si mesmo não estavam mais funcionando. Não quando ele sabia exatamente por que todos estavam tão furiosos com ele.

Porque ele tinha perdido Heather.

Merda. Era pior do que isso.

Ele convencera Heather a ir até a beirada de um prédio de cem andares, fizera de tudo para que ela acreditasse estar em segurança... e depois a empurrara.

Naquela última noite em que estiveram juntos em sua casa, ele odiara ver o fogo nos olhos dela se apagar. Odiara ainda mais saber que fora ele mesmo o causador daquela sensação, mas não tinha conseguido parar, não tinha conseguido simplesmente ficar quieto e puxá-la para os seus braços como estava louco para fazer.

Não quando estava tão transtornado pela necessidade de salvar a ambos antes que fossem longe demais, fundo demais, em um amor supostamente eterno que poderia — ou que não poderia, dependendo do mesmo azar e destino cruel que causara a morte do seu pai — haver para os dois.

Exatamente uma semana depois que Heather o deixara, Zach estacionou o carro em frente à casa da mãe. Seu pneu raspou na sarjeta com um estampido seco.

Estava furado.

Não era tão surpreendente assim, levando em conta a maré de azar que o acometia.

Assim como tinha pensado quando estava no autódromo, seu estoque de sorte finalmente se esgotara.

Sua *vida encantada* terminara oficialmente quando Heather saíra de sua casa.

Ele pegou o embrulho bonito com o presente para o bebê no assento do passageiro e afastou os balões amarelos e cor-de-rosa presos à caixa de correio da sua mãe com um tranco enquanto se dirigia para a porta da frente. A última coisa de que ele queria participar naquele dia era de um chá de bebê, independentemente do quanto a filha de Chase e Chloe fosse linda.

Se ele pudesse apenas ver Emma sem que o resto de sua família estivesse por perto para incomodá-lo...

Se ele pudesse apenas esquecer a imagem de Heather com Emma nos braços... Tão bonita, tão natural, tão encantada pela vida pequena e perfeita.

Quando fechava os olhos à noite para continuar deitado na cama, acordado, até que o sol surgisse, era isso que ele via. Heather e o bebê. A expressão de alegria no rosto dela. A felicidade.

O desejo.

Como poderia não se apaixonar por ela?

E como poderia fazer qualquer coisa agora além de se afastar?

A porta da frente estava entreaberta, e ele deixou seu presente sobre a pilha que estava na sala. Planejava ver Emma, dar-lhe um beijo e depois ir embora. Entretanto, quando chegou ao quintal da casa da sua mãe, Gabe o interceptou.

— Aqui, pegue — seu irmão colocou uma bola de pelo muito feliz em seus braços.

Zach agarrou Ternurinha antes que ela caísse de suas mãos.

— Mas que diabo é isso?

— Ela é sua. Nós não vamos aceitá-la de volta — rosnou Gabe. — E não há nada que você possa fazer para que fiquemos com ela.

A cadelinha estava quase enlouquecendo enquanto lambia o queixo e o pescoço de Zach. Não importava em que posição ele a segurasse, ela insistia em demonstrar completamente o seu amor por ele, deixando-o todo cheio de saliva.

— Que tipo de problema ela lhe causou? Eu a devolvi para vocês devidamente treinada.

Megan apareceu ao lado de Zach.

— Ela não parava de chorar, Zach. Não importava o que fazíamos, ela simplesmente não parava. — Megan observou Ternurinha virar-se praticamente do avesso para mostrar a Zach o quanto estava feliz por vê-lo. — Agora eu entendo o motivo. Vocês dois, obviamente, foram feitos um para o outro.

Zach queria discutir, queria dizer a eles para ficarem com a cadelinha, ou iria entregá-la para algum canil. Mas, mesmo assim, ele sentira saudades daquela pequena bola de pelo durante toda a semana. Olhava para o colo, esperando vê-la ali, e detestava o jeito como sua sala de estar parecia vazia e estéril sem os brinquedos dela, a almofada para cães jogada no canto.

E, mesmo assim, por mais que estivesse animada por vê-lo, ela continuava olhando à sua volta e choramingando entre as lambidas.

Ele sabia o porquê. Ela estava procurando por seu amigo Atlas.

E por Heather.

Os quatro formavam um grupo tão coeso que a cadelinha não conseguia entender que todos estavam longe uns dos outros.

Ou por que ele tinha retornado sozinho.

— Tudo bem — resmungou ele. — Eu ficarei com ela. Onde está o bebê?

Gabe e Megan trocaram um olhar antes de apontar por cima do ombro. Chloe estava sentada com a garotinha no colo. Parecia exausta e radiante ao mesmo tempo.

Zach colocou Ternurinha no chão e a cadelinha imediatamente, freneticamente, começou a pular em sua perna.

— Quieta! — Ternurinha colocou as patas dianteiras no chão e esperou pelo próximo comando. — Vou somente lavar essa sua baba do meu rosto e das mãos. Não se preocupe, não vou fugir. Você vai voltar para casa comigo mais tarde.

Ele poderia jurar que a pequena yorkshire fez um movimento afirmativo de cabeça, como se entendesse perfeitamente o que lhe dissera. Exatamente do mesmo jeito, Zach se pegou pensando, como Atlas agia tão perfeitamente ao lado de Heather.

Na cozinha, ele abriu a torneira com tanta truculência que a água o encharcou por inteiro. Esvaziou praticamente metade do pote de detergente em suas mãos, e depois enfiou as mãos e o rosto debaixo da água, antes de arrancar um pano de prato limpo de uma das gavetas e se secar com ele.

Ternurinha o seguiu quando ele foi em direção ao bebê. Chloe sorriu para ele. A esposa de Chase parecia ser a única que não estava irritada com Zach.

Ele se sentou ao lado dela e tomou a criança nos braços. Olhos azuis enormes piscaram para ele, e as pequenas pernas gorduchas se agitaram. Zach levou os lábios até a pele sensível da testa da menininha.

— Garota linda. O seu tio Zach vai mimar você muito.

Ele ouviu Chloe rir.

— Olhe só para ela. Ela já sabe, não é mesmo? Acho que ela está até mesmo lhe dando seu primeiro sorriso.

E era verdade — os lábios da pequena Emma estavam curvados para cima ao olhar para ele, fazendo um pequeno gorgolejo de felicidade.

— É isso — ele ouviu Chase dizer — ou ela vai dar ao tio Zach sua primeira lição para aprender a trocar fraldas.

Para reforçar as palavras proféticas do seu pai, o rosto de Emma se fechou em uma careta e ela resmungou duas vezes enquanto se contorcia nas mãos de Zach.

Chase riu e disse:

— Aqui está o saco de fraldas.

Mas Chloe já estava ficando em pé e tirando a garotinha dos seus braços. Zach observou os dois se afastarem enquanto Chase dizia:

— Parece que você andou pisando na bola ultimamente. Destruindo carros em acidentes. Perdendo mulheres.

— Vocês passaram muito tempo esperando que eu cometesse um erro. Imaginei que finalmente seria hora de atender aos desejos de vocês.

Ele e Chase tinham quase a mesma idade, de modo que discutiram por assuntos similares durante várias vezes no decorrer dos anos. Mesmo assim, essa era a primeira vez que ele via preocupação de verdade nos olhos do irmão.

— Sabe por que você é um mecânico tão bom? Não há nada que você não possa consertar.

Errado.

— Parabéns outra vez — disse Zach por entre os dentes ao irmão. — Irei até a sua casa daqui a alguns dias para vê-los de novo.

Quando tivesse menos olhos o observando. E quando tivesse bebido o bastante para esquecer que as coisas com as quais se envolvia davam tão errado.

Ele pegou Ternurinha e os dois tinham quase chegado à porta da frente quando sua mãe o interceptou. Ela tinha ossos finos e aparência delicada, mas ele sabia, por experiência própria, que seu espírito era forjado em aço.

— Zach, querido. — Ela colocou os braços ao redor de Zach e Ternurinha, e ele sentiu o perfume floral familiar. — Fico feliz por você finalmente estar aqui. Tem algo que eu quero dar a você, já há algum tempo.

Ela se virou e andou pelo corredor na direção do seu quarto, e ele não teve escolha a não ser segui-la. Fotos da família cobriam as paredes. Ryan em seu primeiro uniforme da liga infantil de beisebol, relaxando na base do arremessador antes de eliminar outro jogador de 7 anos de idade do time adversário. Chase e Marcus praticando *windsurf* na região da Baía de São Francisco aos 16 anos. Lori em seu primeiro recital de balé, assim como Emma participaria do seu dentro de alguns anos, tão bonita que quase fazia seu coração se despedaçar. Sophie com a cabeça enfiada em um livro, perdida em outro mundo de fantasia, outra aventura. Gabe subindo na árvore em seu quintal, vestindo um calção com as barras desfiadas e um martelo na mão para terminar de construir o forte. Smith como astro do musical da escola, seu futuro já aparente. O próprio Zach com seu sorriso malandro enquanto se sentava na janela do seu primeiro carro de corrida, certo de que o mundo inteiro o aguardava, a seus pés.

Sua mãe estava atrás da câmera em cada um daqueles momentos. Tirara a foto do pai de Zach quando estava andando por uma trilha nas montanhas, com um bebê nas costas, segurando também as mãos de duas outras crianças. Jack Sullivan olhava para a câmera por cima do ombro, com o mesmo sorriso que Zach vira um milhão de vezes em seu próprio espelho.

Todos aqueles bons momentos que ainda estavam por vir, tantas oportunidades para observar seus filhos crescendo... e a vida acabara para seu pai em um piscar de olhos.

Zach chegou até a porta do quarto assim que sua mãe abriu a gaveta mais alta da penteadeira. Ela não tirou nada dali imediatamente. Em vez disso, fechou os olhos e respirou fundo, com o belo rosto se contorcendo em uma careta por uma fração de segundo antes de finalmente pegar um objeto.

Ela se virou e estendeu uma pequena caixa preta forrada em veludo.

— Acho que você devia ficar com isso. — Ela se corrigiu: — Eu *sei* que você deveria ficar com isso.

Zach nunca fugira de nada. Nunca fugira de uma briga ou do perigo. Mas a ideia de abrir a caixa que sua mãe lhe estendia lhe deu vontade de correr o mais rápido que suas pernas eram capazes.

— Está tudo bem, querido. — Ela a estendeu, de modo que Zach teve que pegá-la. — Ele gostaria que isso fosse seu.

Zach apertou a cadelinha em seus braços com uma das mãos enquanto estendia a outra para pegar a caixa. Sua mão tremeu quando ele abriu a tampa, e ele sentiu um aperto na garganta.

— É a aliança dele. — O anel que ela usara por tantos anos depois que seu pai morrera. A aliança que ele ainda podia ver no dedo da mãe como se fosse ontem, como se ela não a tivesse retirado há cerca de dez anos.

— Você precisa guardá-la, mamãe.

— Não, querido. Eu a guardei pelo tempo que foi necessário. A aliança é sua agora.

Ele balançou a cabeça.

— Mas eu não... — Ia começar a chorar. Na verdade, já estava chorando. — Não posso...

Ela se sentou na cama e tocou na colcha, ao seu lado.

— Depois que seu pai morreu, eu olhava para você e tinha a sensação de que ele ainda estava por perto. Jantando com todos nós. Jogando bola no quintal. Girando as garotas até que elas estavam tontas.

Todos que conheceram seu pai diziam isso a Zach, mais cedo ou mais tarde. *Você é a imagem perfeita de Jack.* E ele então sentia o quanto a morte de seu pai os abalara. O saudosismo por uma vida que terminara muito cedo.

Foi quando ele começara a tentar despistar os demônios que o perseguiam, mas não conseguira. Não quando sabia o tempo todo que não havia qualquer separação entre ele e seu pai, pois os dois eram a mesma pessoa.

Alguma coisa se quebrara dentro de Zach.

— Você sempre pareceu tão triste, mãe. Tão incrivelmente triste.

— Eu sei. — A voz de Mary ficou estrangulada. — Eu sei, e lamento por isso. Mesmo com toda a dor que sentia, eu sabia que não era justo. Eu sei que você não é Jack. — Ela segurou as mãos dele, com força. — *Você não é o seu pai.*

— Ele era um santo. — Embora o próprio Zach nunca tenha sido nenhum santo.

— Seu pai não era um santo.

— Ele era, sim. Um pai excelente de oito filhos. Tinha uma esposa a quem adorava. A única coisa que ele fez de errado foi morrer cedo demais.

Ele ficou embasbacado quando sua mãe começou a rir.

— Seu pai não queria nem saber de casamento e filhos quando nos conhecemos.

Zach não conseguia acreditar que as coisas que ouvia eram verdadeiras, mas nunca vira sua mãe mentir.

— Eu o amei desde o início, é claro. Era impossível não amá-lo, mas isso não significava que eu tinha que baixar a cabeça para as coisas que ele fazia. Na primeira vez que o seu pai tentou me dar este anel, eu o joguei de volta na cara dele. — Os olhos de Mary ficaram enevoados com a lembrança enquanto ela levava a mão até a sua sobrancelha esquerda. — Eu o cortei bem aqui, e com tanta força que ele precisou ir ao pronto-socorro para levar alguns pontos. Portanto, não, ele definitivamente não era nenhum santo. Não chegava nem perto disso. — O olhar de Mary se fixou em Zach. — Mas eu o amava. E, no final das contas, isso significava que eu estava disposta a lhe dar espaço para aprender a me amar do jeito que eu precisava ser amada. Apesar de tudo que ele fez de errado. Eu sei o quanto você gostava do seu pai — ela disse com a voz gentil. — Ele amava todos os seus irmãos e suas irmãs, mas você sempre foi muito especial para ele. Eu sei o quanto ele era especial para você, também, querido. Mas o que aconteceu com ele... — a mãe de Zach procurou as palavras certas. — O que aconteceu com ele não teve nada a ver com você. E ainda não tem, Zach. Ele ajudou a fazer de você a pessoa que é, mas somente você pode decidir quem realmente quer ser... e o que você quer da *sua* vida.

Ninguém tinha dito isso a Zach antes. Nunca.

Porque ele nunca permitira.

Heather compartilhara cada um dos segredos que tinha com ele, mas ele guardara os seus para si. E agora ela pensava que ele não a amava, quando a verdade era que ele a amava com tudo que tinha.

— Ele deixou você para trás sem qualquer aviso. — Zach lutou para encontrar as palavras que explicariam algo que sempre lhe foi muito claro, desde que tinha 7 anos de idade, mas que, subitamente, estava ficando cada vez mais confuso. — Não posso fazer isso com Heather.

— Você acha que, se eu soubesse que seu pai iria morrer, isso mudaria o que eu sentia por ele? Você acha que deixaria de amá-lo? — Ela não esperou que Zach respondesse. — Se fosse assim, eu ficaria absolutamente furiosa com ele por achar que precisava me proteger dos meus próprios sentimentos. Perder a oportunidade de desfrutar dos anos que passamos juntos teria sido muito pior do que perdê-lo cedo demais.

Tudo que Zach sempre pensara que fosse verdade mudou dentro de si enquanto olhava para o anel que tinha nas mãos.

Ele tinha tudo que podia desejar em Heather. Uma amante. Uma excelente amiga. Uma parceira que não tinha medo de lhe dar os safanões que ele frequentemente — ou quase sempre — precisava.

Será que não sabia, desde o começo, que ela era diferente?

E que um amor tão doce quanto o dela era algo digno de ter e guardar para si, independentemente das consequências?

A menos, é claro, que ele fosse o maior idiota do mundo.

Zach fechou a caixa com um movimento rápido antes de enfiá-la no bolso do jeans.

— Obrigado pela aliança, mãe.

— Por nada, querido. — Sua mãe lhe deu outro abraço. — Algo me diz que vai servir perfeitamente nela...

CAPÍTULO TRINTA E DOIS

Heather agitou a corda colorida em frente a Atlas, mas as orelhas dele mal se ergueram, embora estivessem no meio do parque, em um dia lindo.

— Você precisa parar com isso. — Ela colocou a corda no chão e sentou-se na grama ao lado do seu dogue alemão. — Seu mundo não começa e termina com Ternurinha. — Ao ouvir o nome da cadelinha, ele ergueu as orelhas, esperançoso. — Não, ela não está aqui hoje.

Sem dúvida, Ternurinha estava na casa de Mary Sullivan para o chá de bebê de Chase e Chloe. Lori lhe telefonara e deixara uma mensagem com o convite, mas Heather sabia que a situação ficaria constrangedora para todos os presentes se ela comparecesse à festa da família.

Quando Atlas apoiou a cabeça sobre as patas, entristecido, ela disse:

— Você não se lembra de que era um ótimo cão antes de conhecê-la? Você vai ficar bem. Vai levar algum tempo, só isso. O tempo cura tudo. É o que todo mundo vive dizendo.

Ela acariciou aquele pelo macio enquanto observava as outras pessoas no parque. Todos formavam casais felizes, é claro.

Recusando-se a admitir a dor que zunia por sua cabeça, do mesmo jeito que vinha trabalhando para ignorar a dor e o vazio que tinha no centro do peito durante toda a semana, ela disse a Atlas:

— Você ainda tem a mim. Eu ainda tenho você. Não precisamos de mais ninguém. E o fato de que aquelas foram as duas melhores semanas das nossas vidas não significa nada. Vamos voltar a ser maravilhosos, só eu e você.

Ela realmente não sabia mentir. Assim como Zach dissera naquela primeira noite em seu escritório quando lhe trouxera pizza e ela já o queria — e gostava dele — mais do que deveria.

A verdade era que ela sentia ser várias coisas, exceto maravilhosa. Principalmente quando o que se estendia à sua frente eram vários dias de trabalho tedioso, fingir que estava tudo bem para seus amigos e uma cama que nunca tinha parecido tão vazia.

Atlas sentia muitas saudades da melhor amiga, e passara a semana inteira num estado incrivelmente letárgico. Heather também.

Porque sentia saudades do homem que se tornara seu melhor amigo.

No intervalo de duas semanas, Zach Sullivan não conseguira apenas levá-la para a cama... ele conseguira também conquistar seu coração. Pior do que isso, o riso e o carinho dele encontraram um espaço em sua alma.

Assim como Atlas parecia não conseguir parar de pensar em Ternurinha, ela não conseguia nem chegar perto de se livrar do homem que cuidaria temporariamente da cadelinha.

A pior parte daquela separação, entretanto, era que, conforme os dias passavam lentamente e a poeira baixava ao redor do seu coração ferido, ela não conseguia evitar a sensação de que tinha decepcionado Zach.

Naquelas primeiras noites, ela detestara a si mesma por pensar que era *diferente*, que poderia ser a mulher pela qual um homem como Zach realmente poderia se apaixonar. Mas o sentimento fora causado pela raiva e pelo orgulho. Porque, independentemente do modo como a cena horrível se desenrolara entre eles, Heather não podia negar que Zach sentia uma dor forte.

E que por isso ele a deixara partir.

Certo, talvez o amor não tenha sido suficiente para ambos... pelo menos, não naquele momento crucial em que estavam escolhendo entre ficar e ir, entre guardar e compartilhar. Mas será que poderia ser? Se ela fosse capaz de tentar outra vez e permanecer ao lado de Zach desta vez, de atravessar as muralhas ao redor do coração dele e descobrir o que o afetava com tanta força?

Os suspiros de Atlas se transformaram em roncos enquanto ele deixava o sol quente e a mão de Heather o acalentarem para dormir. Heather deitou-se, com a cabeça sobre as costas de Atlas, e fechou os olhos. Faria qualquer coisa por uma hora de sono tranquilo.

Ela se entregou aos cheiros das folhas e da grama recém-cortada, o som dos pássaros cantando acima, o riso dos estranhos à sua volta. Mas, em vez de uma sensação de paz com os sons e o ambiente relaxante, ela viu o rosto do pai se formar em sua mente.

Heather se pegou observando uma garota de 17 anos confrontando o pai com as mentiras que ele contava. A garota era tão corajosa, tão forte, enquanto o homem a quem ela devia seus cabelos escuros e dedos longos ria na sua cara conforme dizia que o que ela descobrira a respeito da sua vida secreta não era verdade, enquanto jurava que ela e sua mãe significavam tudo para ele.

A distância, ela observou aquela garota se transformar em uma mulher, alguém que acreditava que um homem de vida dupla como seu pai era o modelo para todos os homens encantadores. Que olhos risonhos e declarações fáceis de amor não tinham qualquer possibilidade de serem reais.

Em seguida, com uma clareza perfeita, ela foi até o momento em que se encontrava na cozinha, quando o homem que ela amava colocara os braços ao redor dela e dos cães para tentar protegê-la das dores do passado e do futuro, simplesmente estando ao seu lado.

Ela sentou-se subitamente, com os olhos bem abertos.

Durante todo aquele tempo, Zach lutara por ela. Desde o primeiro momento, quando insistira que ela trabalhasse com ele e com Ternurinha, até entrar naquele carro de corridas no sábado anterior, ele fora incansável em sua resistência ao afirmar que os dois deviam sempre estar juntos. No início, somente como amizade colorida, até que nenhum deles era capaz de continuar negando ser muito mais do que apenas isso.

Seu estômago se contorceu quando ela percebeu o que tinha feito. Ou melhor, quando percebeu o que tinha deixado de fazer.

Não pare de me amar. Não importa o que aconteça, prometa-me que você não vai parar de me amar.

Ele implorara a ela para que fizesse aquela promessa, como se soubesse que chegaria um momento em que tentaria afastá-la.

Mas, em vez de lutar por Zach, como ele sempre lutara por ela, em vez de forçá-lo a confessar as razões pelas quais se esforçava tanto para arrancar o amor da sua vida, ela decidira que era mais seguro simplesmente ir embora. Mais seguro para *ela*.

Atlas abriu um olho quando ela prendeu a correia na sua coleira e se inclinou para perto do focinho.

— Hora de ir buscar a garota e o rapaz. Não vai ser fácil conquistá-los de volta — ela disse com seu primeiro sorriso verdadeiro em uma semana. — Mas vai valer a pena. E nós não vamos desistir deles desta vez. Não importa o que aconteça.

— Maldito pneu furado!

Zach deveria ser capaz de trocar um pneu, mesmo de olhos fechados. Mas o estepe não estava cooperando. Os parafusos teimavam em escorregar, enquanto Ternurinha ficava sentada na calçada, ao seu lado, e soltava arfadas de estímulo.

Ele precisava sair dali para começar a descobrir uma maneira de reconquistar Heather. Não suportava ter que desperdiçar aqueles segundos preciosos.

Um novo estepe caiu ao lado da sua cabeça e Zach ergueu os olhos para ver que Ryan estava ali, balançando a cabeça negativamente. Depois de todas as piadas que ele tinha feito sobre as paixões dos seus irmãos nos últimos anos, Zach esperava que pelo menos um deles viesse lhe dar o troco.

— Você está um desastre. Não consegue nem mesmo trocar um pneu sem que ela esteja por perto, não é?

Zach sabia que deveria agradecer a seu irmão pelo novo pneu. Em vez disso, grunhiu:

— Você não perde por esperar, seu imbecil. Se isso pode acontecer comigo... — Sendo que *isso* se referia ao ato de se apaixonar — ... então pode acontecer com qualquer um.

Mas o irmão que tinha quase a mesma idade que Zach, próximo o bastante para quase serem gêmeos, não parecia estar muito preocupado enquanto se afastava. Ele deveria estar, pensou Zach. E quando chegasse o dia em que Ryan perdesse a cabeça por causa de uma mulher, ele iria ter certeza de esfregar tudo na cara do irmão.

Finalmente, com o novo estepe em mãos, ele começou a fazer progressos. Mais cinco minutos e conseguiria sair dali e descobrir uma maneira de reparar o enorme erro que cometera com Heather. Deveria haver alguma maneira de fazer com que ela aceitasse suas desculpas. Ele desejava apenas saber como fazer isso...

Naquele momento, algo úmido, pegajoso e bastante quente se moveu em seu rosto. Ele ficou tão surpreso que bateu a cabeça no espelho retrovisor do carro. Mesmo assim, embora seus ouvidos estivessem zunindo e sua visão demorasse alguns segundos para voltar a ter foco, ele percebeu de quem eram aquelas patas enormes.

As patas enormes de Atlas.

Heather.

Ele bateu o ombro contra o metal duro quando ficou em pé num movimento rápido. A mulher na qual ele não conseguia parar de pensar por um único segundo estava ao seu lado, na calçada.

Meu Deus, ela era linda. A coisa mais bonita que ele já tinha visto.

Seus dedos coçavam com a necessidade de agarrá-la, puxá-la para os seus braços, enfiar os dedos por entre seus cabelos e beijá-la.

— Oi.

Aquela única palavra, mais um sussurro do que um som vindo dos seus lábios, atingiu sua pele e seus ossos como um foguete, indo direto ao coração. Um coração que finalmente voltou a bater. Simplesmente porque ela estava perto.

— Desculpe. — Ele nunca se desculpara por nada durante toda a sua vida, mas estava disposto a repetir aquelas palavras várias e várias vezes até que Heather acreditasse. — Eu lamento muito. Estava somente tentando trocar esse pneu para poder ir encontrá-la e lhe dizer. Sinto saudades de você. Amo você. Por favor, volte para mim. E traga o seu vira-lata para Ternurinha. Não vou esconder mais nada de você. Vou lhe contar tudo, tantas coisas que você vai desejar que eu nunca tivesse decidido abrir a minha boca.

Não conseguia acreditar no que estava dizendo, mas o choque se transformou em movimento e, quando percebeu, Heather estava voando para os seus braços.

Zach colocou as mãos nos cabelos dela e ficou com a boca a poucos milímetros do seu rosto, quando ela disse:

— Não me beije ainda.

Sabendo que estava coberto de graxa e suor, ele perguntou:

— Estou cheirando mal?

— Não — ela sussurrou contra sua boca. — Adoro quando você tem um desses raros momentos de imperfeição. Pedi isso porque, se você me beijar, vou ficar interessada demais no que você tem para me dizer e vou esquecer tudo que tenho a dizer para você.

Por Deus. Aquilo quase o fez perder a cabeça, mas Zach percebeu que ela estava falando sério. Podia sentir no ar.

— Quem fala primeiro?

— Eu.

— Fale rápido, então.

A boca de Heather se curvou em um ligeiro sorriso, antes de ela respirar fundo e dizer:

— Eu é que lhe peço desculpas. Por ir embora naquela noite.

Por que ela estava se desculpando?

— Fui eu que a forcei a ir embora.

— Você não me forçou. Eu podia ter ficado. Eu devia ter ficado e feito você me dizer o que havia de errado. Devia ter feito tudo que fosse possível para descobrir o que aconteceu com você naquele carro de corrida em chamas. — Ela se afastou para olhar em seus olhos. — O que aconteceu, Zach?

— Você era a única pessoa em quem eu conseguia pensar durante o acidente.

— E a sua família?

— Passei a minha vida inteira com eles. Mas você e eu... — ele disse, sorrindo. — Nós tivemos somente duas semanas. Não foi suficiente. Eu queria uma vida cheia de lembranças de você, não somente aquelas que conseguimos viver em quatorze dias. Não há como justificar as coisas erradas que fiz, mas a ideia de deixar você para trás algum dia, do mesmo modo que aconteceu com o meu pai... jovem demais, sem qualquer aviso. Eu tinha tanto medo de deixá-la sozinha que fiz você me deixar antes. — Zach sentiu seu peito apertar conforme suas velhas crenças tentavam dominá-lo outra vez. — Eu nunca disse isso a ninguém antes. Somente para você. Você ainda quer estar comigo, mesmo se eu morrer como meu pai morreu?

— Ah, Zach. — A mão de Heather lhe tocou o queixo, o polegar acariciando o lugar onde os arranhões que lhe marcavam o rosto estavam quase desaparecendo. — Às vezes, você é muito bobo. Um bobo que eu amo muito. Claro que eu ainda quero ficar com você.

Foi então que ela teve certeza de que poderia aceitá-lo de volta. Não somente porque estava em seus braços, não somente porque ouvira o pedido de desculpas... mas porque acabara de lhe dizer o quanto ele estava agindo como um tolo, do mesmo jeito que *ela* fizera várias vezes antes.

— Posso beijá-la agora?

O olhos de Heather baixaram até estarem focados na boca de Zach, e ele podia quase sentir sua doçura quando ela respondeu:

— Ainda não.

Ele baixou a testa até tocar na dela e gemeu.

— Será que as coisas ficariam mais rápidas se eu dissesse de novo o quanto amo você?

Ela sorriu, com os lábios quase tocando os dele — sem tocá-los realmente — enquanto dizia:

— Eu me apaixonei por você rápido demais, com tanta intensidade que mal consegui aguentar. Mas, mesmo sabendo que eu o amava, eu ainda não pensava que isso fosse possível.

— Porque o amor nunca teve qualquer significado na sua família.

Ela fez que sim com a cabeça, suspirando.

— Eu achava que todos os homens eram comparáveis ao meu pai desde que tinha 17 anos. Você se parecia muito com ele, no início. Tão encantador, tão autoconfiante, que eu tinha que ficar com a guarda levantada o tempo inteiro. Mas descobri que você não era como ele. Você é doce, gentil, carinhoso, honesto... o único homem vivo que seria capaz de atravessar as minhas barreiras e tornar o amor possível para mim. — Ela sorriu para ele, um sorriso tão bonito que ele entregou seu coração a ela outra vez. — Mas o amor é apenas uma parte do que eu sinto por você.

Foi Zach quem se afastou desta vez, surpreso.

— É mesmo?

— Você me ensinou a confiar. A ter fé e esperança. A rir outra vez. — Ela deslizou a ponta do polegar pelo lábio inferior de Zach. — E quando estou me sentindo segura e acolhida em seus braços, exatamente como agora, eu conheço o verdadeiro significado da paz.

Assim como Zach sentira-se incapaz de esperar tantas outras vezes antes, ele teve que roubar o beijo que queria, devorando os lábios de Heather com a fome de um homem que passara muito tempo sem prová-los. Heather retribuiu o beijo com o tipo de paixão que deveria ficar entre lençóis retorcidos em quartos escuros, não em calçadas do subúrbio.

Ele não queria parar de beijá-la. Não quando precisava compensar uma semana inteira de beijos perdidos. Infelizmente, os aplausos e os gritos da sua família não poderiam ser ignorados para sempre.

Heather olhou por cima do ombro dele e seus olhos se arregalaram.

— Eles estão nos observando esse tempo todo?

Os irmãos e irmãs de Zach, sua mãe e a sobrinha recém-nascida estavam todos no gramado em frente à casa agora.

— Pelas janelas, eu acho, mas não devem ter aguentado o fato de não poderem ouvir cada palavra, ou de não conseguirem ler nossos lábios. E isso é bom, porque eu sei o quanto eles detestariam perder tudo isso.

Ele colocou um joelho no chão e o queixo de Heather caiu.

— Zach? O que você está fazendo?

Os dois cães cheiraram a mão dele quando Zach tirou a caixa de veludo preto do bolso e a abriu.

— Pedindo a você para ficarmos juntos eternamente.

Os olhos de Heather se iluminaram enquanto os cantos da sua boca tremiam. Ele sabia que não estava jogando limpo, oferecendo-lhe o anel de noivado pouco tempo depois de reatarem. Mas desde o primeiro momento em que colocara os olhos em Heather ele tinha feito de tudo para torná-la sua. E não iria parar agora, nunca pararia de amá-la com toda a sua alma e seu coração.

— Meu pai deu esta aliança à minha mãe.

Ela olhou para o anel, e depois voltou a olhá-lo nos olhos.

— É lindo, Zach.

— Você quer ser minha, Heather?

— Eu sempre fui sua.

Ele adorou o jeito que aquelas palavras soavam.

Sempre.

E, em seguida, ela disse algo de que ele gostou ainda mais.

— *Sim.*

EPÍLOGO

Ryan Sullivan estava jogado na espreguiçadeira debaixo do enorme carvalho do quintal da sua mãe, tomando cerveja.

Todos estavam muito felizes porque Zach conseguira convencer Heather a aceitá-lo de volta, mas ninguém mais do que Lori. Sua irmã estava tagarelando a todos sobre sua vitória na aposta que fizeram a qualquer um que quisesse escutar, enquanto os dois cães (um enorme, o outro minúsculo) perseguiam um ao outro em círculos pelo gramado. Emma gorgolejava, alegre, sempre que os cães se aproximavam.

O ano fora bastante movimentado para seus irmãos. Casamentos. Bebês. Noivados. Até mesmo cães.

Ryan não tinha nada contra pessoas se apaixonarem, e ficava feliz por tudo terminar tão bem para todos... mas tudo aquilo parecia ser trabalhoso demais. Ele gostava da parte do sexo, é claro. Mas... e todas aquelas separações e reconciliações, a angústia que via no rosto dos seus irmãos quando as coisas davam errado?

Não, obrigado.

Ele estava perfeitamente feliz com o *status quo*. Gostava do seu trabalho como arremessador do time de beisebol, gostava de aproveitar a companhia da sua família, os amigos, e as belas mulheres que entendiam que não deveriam esperar muito de um rapaz como ele.

Quando o telefone tocou em seu bolso, ele estava se sentindo relaxado demais para se incomodar em pegá-lo. Quando tocou outra vez, alguns segundos depois, ele enfiou a mão no bolso traseiro do jeans para desligá-lo. Antes que pudesse, viu a mensagem:

Preciso da sua ajuda.

Vicki?

Ela era uma das suas melhores amigas no tempo do Ensino Médio, mas ele não a via, ou tinha notícias dela, há muito tempo. Tempo demais.

Será que estava com problemas?

Ele rapidamente respondeu à mensagem.

Onde você está?

Ele estava agarrando o telefone com tanta força que o aparelho podia até mesmo se quebrar.

São Francisco. No Clube Pacific Union.

O que ela estava fazendo? Estava de volta à cidade? E o que estaria fazendo naquele clube exclusivo para ricaços?

Ryan saiu da espreguiçadeira indo em direção à porta da frente quando a próxima mensagem surgiu em seu celular.

Venha rápido.

O Sullivan tranquilo que o mundo achava que conhecia desapareceu. Porque, se alguém se atrevesse a tocar em um fio de cabelo de Vicki, Ryan o mataria.